人鱼不是法外狂徒

鹿迢迢 著

时代文艺出版社
SHIDAI WENYI CHUBANSHE

图书在版编目（CIP）数据

人鱼不是法外狂徒 / 鹿迢迢著. -- 长春 : 时代文艺出版社, 2023.7

ISBN 978-7-5387-7060-5

Ⅰ. ①人… Ⅱ. ①鹿… Ⅲ. ①长篇小说－中国－当代 Ⅳ. ①I247.5

中国版本图书馆CIP数据核字(2022)第180515号

人鱼不是法外狂徒

RENYU BUSHI FA WAI KUANG TU

鹿迢迢　著

出 品 人：吴　刚

责任编辑：孟宇婷

装帧设计：青空工作室　陈　阳

排版制作：隋淑凤

出版发行：时代文艺出版社

地　　址：长春市福祉大路5788号　龙腾国际大厦A座15层　（130118）

电　　话：0431-81629751（总编办）　0431-81629758（发行部）

官方微博：weibo.com/tlapress

开　　本：880mm × 1230mm　1/32

字　　数：230千字

印　　张：10.5

印　　刷：三河市万龙印装有限公司

版　　次：2023年7月第1版

印　　次：2023年7月第1次印刷

定　　价：45.00元

目录

楔子

2036 年，动物变种人被正式确认为民法典、刑法等法律的适用对象。

这意味着，动物变种人将和自然出生的人类、克隆人类以及高智能机器人一样，享受法律的保护，同时也要接受法律的监管。

尽管许多人不想承认，可动物变种人实际上已经在我们的生活中存在很多年了。

过去，因为不受法律认可，他们无法取得合法合理的身份，在人类社会中也只能遮遮掩掩地生活。他们普遍没有受过高等教育，也很难和正常人类交友、恋爱、结婚，不被普通人类接受，因此也只有一些门槛不高的行业会雇佣他们，甚至是一些监管不严的“灰色地带”。更有甚者去做了违法行当。

比如狼人，近几十年来电信诈骗几乎被他们垄断了。他们的作案金额越来越大，作案范围也越来越广，警方却对他们无可奈何。因为过去面对动物变种人的犯罪，常常处于无法可依的状态。一旦被抓捕，狼人就会亮出“保护动物”的身份，想拘留他们，警方还得提前向当地野生动物保护主管部门申请捕猎证，别提多麻烦了。

而地下博彩也容纳了大量的动物变种人，兔子人常是各大地下赌场争抢的荷官。他们凭着出手快、嘴巴严、见人赢钱不眼红的高素质，抢占了大量人类荷官的岗位。业务素质强不说，一旦遇到警方临检，他们还能迅速变回兔子形态，假装是毛绒吉祥物，非常容易就能逃脱法律制裁。

当然，动物变种人并不只是从事这种“灰色地带”或违法行业，大部分动物变种人还是想勤勤恳恳地在人类社会混一口饭吃。蛇人就是其中一员，他们大多考取了瑜伽教练证，在瑜伽教室轻而易举地把自己扭成个麻花，享受会员们的啧啧赞叹。无论人类会员如何努力，都不能像瑜伽老师那样，把胳膊从双腿间穿过去，再勾住脑袋搭在腰上。人类会员只能一头栽倒在地，直呼技不如“人”。

“我干这个吧，也不图挣钱，没别的，就是喜欢笑话人。瞅他们那笨样儿，嘿!”蛇人还在背后嘲笑那些人类会员。

人类学家对此进行了粗略的考量，认为动物变种人应该起源于公元前 687 年发生的那场陨石雨。

他们认为在两千多年前的那个星星消失的晚上，神秘的宇宙射线照耀大地上的每一个州府。这场陨石雨让动物和人类之间的生殖隔离消失，孕育了大量具有人、动物双重属性的物种。这些动物变种人在地球上继续繁衍、生活，像一滴融入大海的水，与人类共同演绎了一出出或动人或“坑爹”的故事。

从那之后，这个世界上有了《聊斋志异》，有了《白蛇传》，也有了《人鱼不是法外狂徒》。

第一章

他从海中来

TA CONG HAI ZHONG LAI

"就离谱!"一声怒吼从游轮上传到海面。

豪华游轮上，挂着一面红底烫金字的条幅，上面写着"恭贺禄岛核电与泰多金律所达成合作"。

这艘游轮名叫"波塞冬号"，由Y国皇家加勒比游轮公司制造，依靠太阳能发电，集娱乐、会议、旅行等多功能于一体，目前归禄岛核电会社所有。这次出海，是为了庆祝禄岛核电与国内知名的泰多金律所签下法律合作协议，未来五年内，泰多金律所将担任禄岛核电在亚太地区的法律合作伙伴。

波塞冬号共有五层，船上的区域划分极为考究。底层是船员及仓储物资存放区；二层和三层是泰多金律所、禄岛核电的员工休息区；四层是娱乐区，餐饮、红酒品鉴、钢琴舞会、泳池派对均在这里进行；而五层则是禄岛核电和泰多金律所的高层管理人员客房，里面设有独立的餐厅、娱乐设施和会议室。自出海以来，他们极少在五层之外的地方露面。

司法改革的新闻，是在他们出海之后才传出的。尽管之前早有传闻，但大多数法律人对此不以为意，认为动物变种人是绝对不可能被纳入人类法律管理范围的。

认为这条新闻离谱至极的是林律师。他通过海面卫星电视看到了这条新闻，当时就怒上心头。“啊？是不是？离谱！动物就是动物，人就是人，这样一来，司法界要出乱子的。”林律师放下红酒杯，口沫横飞地说。

他是律所的中级合伙人，主要负责中小型公司的 IPO（首次公开募股）业务。这次出行，他也有意在这群青年律师中选取新鲜血液，加入自己所在的团队。

“林律，我认为，这次司法改革是时代的进步。动物变种人已经与我们共存千百年了，尽管过去官方有意无意地遮掩他们的存在，但是现在已经是 2036 年了，时代在进步，国家在进步，法律当然也要与时俱进。”一名青年律师有条不紊地说着。

林律师不满地扫了这名青年律师几眼。这位身材挺拔的青年律师名叫裴子航，从耶鲁留学归来，从业近十年，胜诉率 98% 以上，一直是林律师心里认定的加入 IPO 团队的第一人选。

“你还年轻。”林律师出生于 1990 年，他想起自己年轻时也经常被前辈们这样数落，“你办的案子还少，没经验。动物变种人的案子，我还真接触过。咱们不说别的，就说这个动物变种人，警察抓了往哪儿关？当时我那个当事人，才 21 岁，你猜怎么着，他竟然是个狼人，搞诈骗的。搞诈骗就搞诈骗吧，被抓了也不承认自己是狼人，就按照正常程序审。我呢，那会儿也年轻，想着借这个机会好好给他打一场官司，自己也出出名。”

位于游轮五层的音乐厅传来悦耳的钢琴声，听说这次出海，禄岛核电还特意请来了几位国际上知名的青年钢琴家。不过，这几位钢琴家也和公司的高层一样，几乎没有在五层之外的地方露过面。

林律师闭上眼，附庸风雅地随着琴声摇头晃脑，直到琴声飘散在海风中。

他晃晃红酒杯，对着一众青年律师说："喝着听，喝着听，有什么意见随便说，我这个人很随和，不搞一言堂的。"

他抿了一口酒，假装享受，期待着年轻人们迫不及待地向他追问。但是并没有，年轻人都在兴致勃勃地讨论这次司法改革将会对实际业务产生的影响。

"哼……"林律师一屁股坐上大理石桌，让那群年轻人不得不听自己的高谈阔论，"我这个人很放浪形骸的，那我继续说了，你们随意。我当时给那个当事人打官司，打得那叫一个精彩，那陈辩词放哪儿都能当教材。扯远了。然后吧，就这么到了二审阶段，我一直按照轻罪辩护给他辩，没想到老天就那么不开眼，我就那么倒霉——"

一听到林律师的倒霉往事，大家都竖起了耳朵。"二审那天审到晚上，结果吧，月圆了。"

林律师双颊通红，也不知是因为酒精，还是因为愤怒，他不甘心地说："我那当事人，眼见着就要判轻罪的当事人，竟然变身了！没辙，这都到二审了，也不能直接把他放了。判了五年，没地方关，就给关动物园去了……关动物园就关动物园吧，你们猜怎么着，这五年时间他也没闲着，在动物园狼山发展了不少下线，搞上诈骗教育培训了。"

在座的年轻人里，只有裴子航认真地回应他："林律，这就是司法进步的体现啊。我认为我们法律人应该把思路拓得宽一些，动物园式监狱、动物园式法庭，也不是不可以存在的嘛。”

游轮摇摆了一下，把坐在大理石桌上的林律师给晃了下来。他不屑地掏掏耳朵，说：“总之呢，这次司法改革太仓促、太不健全、太操之过急了，回去我就要递交提案，联合几位法学专家一起抗议。我劝你们呀，在司法解释出来之前，不要瞎接动物变种人的案子，小心毁了自己的名誉。”

裴子航微微一笑，一句名言已到他嘴边——“法律绝非一成不变的，相反，正如天空和海洋因风浪而起变化一样，法律也因情况和时运而变化。”

然而替他把这句话说出来的人，是 IPO 部门从其他律所挖来的精英女律师方玫。

“黑格尔《法哲学原理》。”他们两个人异口同声地说了出来，然后惊讶地瞧着对方，再双双不好意思地笑起来。

“哎哎哎，干什么呢？”林律师端着红酒杯挤到他俩中间，强行隔开他们的目光对视，“别郎情妾意的啊，我们小裴是有女朋友的人。唐灵呢？唐灵——”

“林律，林律……”裴子航十分窘迫地说，“我们……分手了。”

林律师的嘴巴大张，游轮再次剧烈摇晃，他手里的红酒杯一个不小心滚落在地，一直滑到四层外面的甲板上。

甲板上，一位单眼皮的女士默默地捡起了红酒杯。

五层传来的钢琴声越来越激越，夜空中刮来的海风也越来越凉，但她并没有走进船舱的打算。她宁肯站在黑漆漆的甲板上，看着舱内的纸醉金迷，看着自己刚刚分手的男友和方玫相谈甚欢。

她是这个故事的女主角——恋爱十年没有等来裴子航求婚、从业五年没有通过司法考试的——唐灵。

唐灵的名字来源于一场山火。

她第一次来这家律所面试时，是林律师接待的她。

林律师颇爱附庸风雅，一听到她的名字“灵”是“山、火”的组合字，立刻翻着眼皮想了想：“哎，我知道了！是不是那个谁，白居易的那句‘山火高于星’？”

“不是，是因为我爸是护林员……”唐灵面无表情地说，“我出生那天，我爸翘了班跑到医院来看我。结果他负责的那片山给烧秃了，他也就失业了。为了纪念那场山火，我就叫唐灵了。”

“噢。”林律师推了推金丝眼镜，为自己没有找到出风头的机会而遗憾，“那请问你来我们律所面试的原因是什么？我看你也不是法学专业的，从头学起有难度啊。”

“为了和他每天在一起。”唐灵手一伸，甜蜜地指向泰多金律师事务所的新人律师裴子航。

而此时，这个和她恋爱十年、分手一个月的人正和方玫言笑晏晏。

林律师没有办法，一个劲儿冲着站在甲板上的唐灵使眼色，暗示她进来管一管。

唐灵一手拿着那只红酒杯，一手捏着一罐啤酒，摇摇晃晃地走着，像失去了发条的机器人，手和脚都不太听使唤了。

波塞冬号出海已经三天了，今天晃得格外厉害。

唐灵干脆扶着桅杆坐下，一边遥看着舱内的觥筹交错，一边泪洒大海。

她和裴子航分手时，谁都没有犯原则性的错误，她甚至都有些忘了到底是因为什么事产生的矛盾。吵着吵着，两个人话赶话说到了分手。唐灵作势收拾行李要走，而裴子航就坐在沙发上抱着脑袋，没有一丁点儿要留她的意思。

她不是没留下台阶的——分手第一周，唐灵骄傲冷漠，每天穿着新买的小高跟鞋“咯哒咯哒”在裴子航办公室附近溜达；分手第二周，唐灵夜夜买醉，和朋友喝得烂醉如泥，然后请朋友打电话叫裴子航来接，没想到裴子航直接转手就是一个“120”，给她送急救科去了；分手第三周，方玫来了……

这次庆功之旅，是为所里业绩优秀的中青年律师办的，唐灵没有律师从业资格证，在所里只能算作“法律工作者”，平时只能干一些帮着其他律师整理材料的杂活儿，按说是没有资格来的。她为了寻找和裴子航重归于好的机会，特意厚着脸皮争取了一番，这才获得踏上波塞冬号的资格。不承想，从登船到现在，裴子航和方玫有说有笑、有打有闹，愣是没有把她这前女友放在眼里。

“佛祖，我求求你，能不能让他俩是失散多年的亲姐弟？现在、马上、立刻给他俩一个滴血验亲的机会，拜托了！”唐灵醉意阑珊，嘴里胡言乱语。看着心爱的人渐行渐远，就像望着一艘小船卷入风浪，任凭风吹雨打，也是无能为力。

劈头盖脸的一阵凉意从天浇下，海水把烂醉的唐灵淋得一凛。

“佛……佛祖？”唐灵困惑地站起来，看向无垠的海。

远处，似有怒浪袭来。

那里漆黑一片，白色的浪花越卷越高，掩住了城市，掩住了灯塔，掩住了夜空里的弯月。

然而波塞冬号依旧平静地在海面上穿行。

四层和五层歌舞升平，泳池派对也正常开启，红酒塞子高高弹起，人们酣红的脸上漾着笑意。

深不见底的海水在船的两侧分开，又在船过之后慢慢地聚合。

“佛祖是在暗示我，聚散终有时。”唐灵被海风吹出了鼻涕，头脑也清醒了点儿，她不愿回头去面对船舱内发生的一切，她知道那里人们正在相互轻拥，在起舞，在交谈，在凝望彼此的双眼。她只能把脸朝向黑暗的海水。

她隐约看到，海水深处，似乎有什么巨大的东西在浮上来。唐灵不敢相信自己的眼睛——那东西像鱼又像龟，在海水中呈土黄色，奇大无比，一直蔓延到很远很远的地方。这让唐灵有种错觉，仿佛出海的这三天一直都是在这东西的背上航行着。

“我是不是喝得实在太多了……”唐灵揉揉眼睛，再次望向海里，只看到深不见底的汪洋，一圈圈的水花漾出，像一只很黑很黑的眸子，正安静无声地望着喧嚣的波塞冬号。

游轮再次剧烈晃动，船身左右倾斜，大浪已至眼前。

一个巨浪扑起，船舱内的人跌倒一片，红酒倾洒，泳池里粉红色的池水泛出，人们挣扎着跑回内舱。

“唐灵是不是还在甲板上?”裴子航意识到即将发生危险，从地板爬起来，向舱外跑去。林律师在地上一把拉住了他的脚踝：“站住，你给我站住！海上要起风浪了，谁也不许出去。我马上用寻人广播叫唐灵回来。”

然而海水呼啸，寻人的声音早就被淹没进海浪声中。

怒起的海水扑打在唐灵身上，她的头发湿透了，衣服也湿透了，明明是初春四月，却仿佛再次回到了严冬。她感到自己两排牙齿瑟瑟打战，手里握着的红酒杯径直滑落海中，瞬间被海水吞没，再也不见踪迹。

船身越来越斜，海水深处隐有雷鼓之声传来，铺天盖地的雪浪席卷，一层翻过一层，一层比一层高。原本漆黑如墨的苍穹似乎都被海水吞噬了，顷刻之间天地颠倒，这艘五层高的豪华游轮像落入急流的柳树叶，被打得左摇右摆，毫无逃脱之力。而唐灵则像柳树叶上的蚂蚁，螳臂当车一般地做着无用功，死死抱紧桅杆。

那条烫金的条幅似乎被风扯断了，飘进海水中。“禄岛核电”四个字被海水吞了吐、吐了吞。唐灵的鼻腔、嘴巴里也灌满了海水，满嘴满眼都是苦涩。剧烈的撞击之下，唐灵的额角开始冒血，肋骨处也传来断裂般的痛感。她挣扎嘶喊，然而只能看到同事们一个接一个从船舱内滚出，像那只红酒杯一样跌落深海……

十几分钟后，海面归于平静，刚才巨浪的轰鸣声、游轮的鸣笛声、旅人的哭喊声仿佛从来没有存在过，只余下远方海鸟长歌的声音。

唐灵被一股熟悉的味道唤醒——她先是闻到了海水浓郁的咸腥味道，然后闻到了来自山野的气息。

那是她熟悉的味道，灌木和乔木的馥郁、浆果和溪水的清凉、动物皮毛的油脂气息。昏昏沉沉中，她还以为自己回到了童年生长的大山旁。

她动动手指，触摸到一旁滑腻的海藻和沙砾。额头的伤口还在，被海水浸过后，辛辣的痛感顺着头皮蔓延。

唐灵捂着脑袋坐起来，她的身下是一块看不出颜色的巨石，像抹香鲸的脑袋，一半浸在海水中，一半搁浅在沙滩上。

她的身旁，放着两只鞋子和她的手机。

鞋子像是被人从海里随手捞起的，一只男鞋、一只女式拖鞋，压根儿凑不成一双。手机安然无恙，唐灵记得几年前这款手机刚推出时，打的广告词就是“陪你浮潜一万米”。

她先是拨打了裴子航的号码，然后又拨打了紧急救援电话，没有一个能打通。

这片孤岛上没有信号。

唐灵忍着浑身的疼痛，一脚蹬进那只男鞋，一脚踩上那只拖鞋，从巨石上爬下来。她放声大喊裴子航的名字。她隐约记得，刚才是有人把她从水里托举出来，然后抱上岩石的。

“既然还知道把手机给我捞出来，一定是子航……”唐灵继续喊着，回音徘徊在岛上的群山中。

“小唐！是小唐吗？”有一道男士的声音传来，听起来十分痛苦。

唐灵循着声音的方向跑过去，远远地听到林律师在拼命挣扎：“在这里，在这里！哎，拉我一把，我要掉下去了！”

他被卡在两块崎岖的礁石之间，半边身子悬空挂着，全靠一双手臂死死地抠住石块。

“林律，刚才是子航把你救起来的吗？”唐灵一边用力扯着林律师的胳膊，一边焦急地询问。

“不知道呢，我淹水里了，以为今天这条老命就交代到这儿了。不知道是谁在水里推了我一把，借着浪头，给我打上来了。”林律师气喘吁吁地爬了上来，他的西裤少了一条裤腿，露出大红色卡通内裤的边缘。林律师咳嗽了几声，强行掩饰尴尬，把另一边的裤腿撕成两半，扎在腰上，勉强当裙子穿着遮羞。

“虚岁本命年。我太太非给买的，咳。”林律师讪讪地说。

“其他同事呢？有见到的吗？”唐灵也不好意思地回过头去，装作没有看到林律师娇艳的内裤。

“没有……这次律所可能得赔不少钱。不过这也是不可抗力，再加上出行前大家都买了保险，还好，还好。”林律师紧张地抹了一把额角，擦下不少海藻来。

“赔钱不赔钱的还好说，咱们可能……一时半会儿回不去了。”唐灵指指天空。

夜空中光点星罗棋布，汇聚成一条银白色的长河，贯穿天际。

林律师抹了把脸上的海藻，从礁石上拾起自己的眼镜，小心翼翼地戴上，仰着脖子朝四周看了一圈，才发现镜片没了。

“咱怎么就回不去了？”他迷茫地看着天空。

“这是南十字星啊！”唐灵激动地指着四颗闪亮的星星，“就是那儿，多明显。只有北纬23° 以南的地方才能看到，可咱们的出港地是北方呀。”

林律师眨眨眼，他本来就是近视，再加上散光，满天星辰在他眼里仿佛热锅盔上撒的芝麻，密密麻麻，毫无区别。一阵海风吹过，他赶紧按住腰间的“裙子”，不耐烦地说：“小唐，说人话。”

唐灵沮丧地说：“就是刚才的浪把咱们打远了，直接偏航了，救援队估计得花一段时间才能找到咱们。”

“要是、要是找不到呢？”林律师顾不得“裙子”了，紧张地问。

“那就咱俩搭伴在这儿过吧，林大律。”唐灵面无表情。

林律师一阵哀号，义正词严地说：“小唐，我知道你没人要，我可是有人要的。我和太太感情很好的，你不要对我有什么非分的想法，我是……我是绝对不会同意的啊！”

唐灵笑起来，这还是她登船后第一次笑。她轻微肿胀的单眼皮略有些泛红，像小女孩儿的胭脂一不小心沾染到了眼皮上。

林律师跳到沙滩上，一边走着，一边间歇性地喊着同事们的名字，想起哪个喊哪个。而唐灵跟在他身后，一直向四周喊着裴子航的名字。

“哎，你在甲板上那会儿……船舱里的事都看见了吧？”林律师实在于心不忍，回过头问她。

“都看到了。拜托，林律，方玫来律所又不是一天两天了，过去两周他们一直这样啊。”唐灵故作轻松地说。她受不了林律师用怜悯的眼神望向自己，这更让她感觉自己像一个彻头彻尾的输家，唐灵停下脚步，郑重其事地说，“分手嘛，很正常。现在他是单身，我也是单身。都什么年代了？动物都得遵守基本法了，对吧，分手了还不许人家觅新欢哪？而且，而且分手也是我提的，是我甩的他。”

说完，唐灵潇洒地甩甩垂在耳边的短发，像舒了一口恶气。

“你想得开就好。”林律师也松了一口气，移开有意挡在唐灵面前的身子，转向前方，“你看那是谁。”

前方，裴子航和方玫相互搀扶着，正从珠光白的沙滩上深一脚浅一脚地走过来。

这两人身高相近，年龄相仿，都从海外名校留学归来，也都是泰多金律所最被看好的青年律师。即便是刚刚死里逃生，也维持着体面和从容，头上的海藻和沙砾已被细心地清理过，与狼狈的唐灵和林律师截然不同。

在唐灵眼中，这两个人不是走在劫后余生的沙滩上，而是相互搀扶着走在婚礼的红毯上，走在去幼儿园接孩子的紫藤花下。

“反了天了……”唐灵喃喃地说。

“啊？”林律师不及反应，唐灵已经硬扯着他的胳膊塞进了自己的臂弯中。

“扶我，来，林律，我也是很虚弱的，无依无靠。搀紧了！”唐灵怒火中烧。

林律师小声提醒她：“小唐，你刚刚还说无所谓，还说是你甩的他……”

“嗯，对，我刚刚还看见他们尊敬的业界精英林律师穿着大红色的卡通内裤。需要我现在告诉他们也行。”唐灵眯了眯眼睛，像一只正在打磨利爪的狸猫。

林律师马上进入状态，高声呼喊：“哎哟喂，可找到你们了，小唐虚弱得很，刚救上来，还不赶紧来扶她？”

“我刚刚还看到你从岩石上跳下来……”裴子航站在唐灵面前，困惑地问，“你还好吧？”

这是他们分手以来第一次在非工作时间说话，唐灵心里原本酝酿了许多诘难、许多指责，每一句都可以像小刀一样扎向裴子航。相恋十年，他们太清楚彼此的逆鳞在哪里，激怒对方是他们最擅长做的事。

但是听到他关心的声音，唐灵的心瞬间软了下来。她也细细地打量着裴子航，他还活着，他没有受伤，他们还能在一场突如其来的灾难后见面，这件事已经足够让她欣喜了。

“你是在哪里看到的?”话到嘴边，唐灵把自己的关心和思念又塞了回去，只是冷漠地问他上岸后的情况。

说起被救的过程，大家的回忆都和唐灵差不多——即将窒息之际，被某种力量推上了岸。

像是浪，也像是巨大无比的手，把落水者从海中托起，送到这片沙滩上不同的地方。

裴子航醒来后，发现身边的沙滩上有一排脚印。他顺着脚印走，找到了一堆篝火。

方玫早他一步抵达篝火前。“不是我留下的脚印，除了我们之外，这个岛上应该有其他人上来过。”方玫淡淡地说。

这座小岛呈马鞍形，四面环海，中间群山密布，但都不高。岛的南面是曲折的白沙滩，北面则是山体断崖。而篝火位于群山之间的凹陷处，被几棵粗壮的龙血树环绕。海岛上的龙血树干高且粗，估计五六个人手牵手也无法环抱。

唐灵抬头望去，只见树冠贲张，呈半圆状，如巨伞，也像浮在半空中的蘑菇，遮住夜空星辰，大有独木成林之势。

“刚才我爬了上去，准备看一下岛上的情况。正好看到你和林律师在那边，其他的人，暂时还没有发现踪迹。”裴子航一边说着，一边将籍火分散成几摊，围成三角形，向里面丢着被海水打湿的枝条和蕨叶。

唐灵默默地坐在火边，烘烤湿冷的衣物。林律师饶有兴趣地看着另外几摊篝火，问他们为什么要升起这一堆黑烟。

“这是国际求生信号。三角形的火堆、长冒的浓烟，如果附近有船只或者飞机经过，会知道岛上有人。”方玫光着脚，手脚并用地撕扯蕨叶，再一条条交给裴子航。浓烟穿过龙血树的树冠，径直升向半空中。树下，两个人举止默契，仿佛这个动作早就练习过无数遍。

“我还是大学时在滑雪课上学到的，没想到用在了这里。”裴子航自嘲地说。

方玫惊讶地看着他，笑道：“我也是。滑雪课的老师是日本人，带我们去瑞士的滑雪场上课。结果前三天什么也不教，只教野外求生知识。他还说……”

“还说‘求生是一切运动的初衷’！”裴子航不可思议地看向方玫，“伊藤老师？出了名的严格，这句话是他挂在嘴边的。”

两个人越说越投缘，虽然一个就读于美国，一个就读于英国，却上过同一位老师的课、去过同一家滑雪场，甚至还曾居住在同一个滑雪度假村。

对唐灵来说，这个夜晚出奇地漫长。

衣服烘干了，海水留下的盐却烙在了身上。她背朝篝火躺着，像身下有千百只蚂蚁穿行，无论如何也睡不着。

睡前，他们四个人商量好，每人休息两个小时，轮流守夜。

她看看手机里的时间，凌晨3点，而守夜的人还是裴子航，一直坐在能望到海的山石上，只把背影留在她的视野中。

按照约定，早该换成唐灵来值守了。

她装作若无其事地走过去，用脚尖碰碰他身边滴溜圆的椰子，问：“从哪儿来的？”

“就在你上岸的那块岩石旁，好多椰子树呢。刚才我走过去捡了几个回来。大家在岛上，别的都好说，只是饮水的问题难解决。有了椰子，事情就好办一些。”

“昨天我一醒来，就一直喊你。原来你在看着我。”唐灵在他身旁坐下，很远的地方正有一抹淡淡的粉红，是太阳要升起来了。

“是的。我看到林律师也在你不远的地方，知道你们都没事，就放下心了。”裴子航一直望着远方。

唐灵坐得离他很近，近到可以感受到他的体温、听得清他的呼吸，这让她有了种错觉——这只是一个很普通的清晨，像过去十年里任何一天的清晨那样，他们会彼此拥抱、彼此亲吻，然后一起吃早餐，一起走出家门。

她把手抱在膝盖上，早晨从海面上吹过来的风并不凉，只是很清爽，像17岁时吹起她头发的春风。她的左手食指上还有戒指的压痕，那枚戒指是刚上大学时裴子航送给她的。摘下来时，像长在了手指上一般，费了好大的力气，仿佛要生生剥下一块皮肉来。

她悄悄瞄向裴子航的左手，那枚和她的一模一样的素戒圈还在。

但不知道为什么，裴子航下意识地攥起了左手，把食指藏在手掌中，他笑笑说：“禄岛核电租用的这艘船，船员显然没有做好安全培训。人都掉下去了，才想起来往下丢救生衣。我没有抢到，但是方玫拿到了。她只有一件救生衣，然后马上递给了我。我还没有来得及拉住她，一个浪就把我们打散了……”

“是啊。”唐灵抿抿嘴巴，也把左手缩回到身后，“回去我们得起诉他们。显然没有尽到救助义务嘛。告到他们倾家荡产，好好赔我一笔，然后我就拿着这钱还信用卡、交房租、交电费……”

她絮絮地说着，一刻也不敢停下来，她要用这些毫无意义的、密集的语言挤占两个人单独相处的时间。她真的害怕自己一旦停下来，就会像个可怜虫一样把那句话说出口——“不要走，求求你。”

林律师的到来打破了这令人窒息的难堪。

作为出生于1990年的中年人，他有晨练的习惯。只见他双手叉着腰，来回扭着走，像一支尽职尽责的圆规。

“起来起来，活动活动。年轻人嘛，多动动是好事。”尽管没戴眼镜，林律师还是一眼就看到了椰子。他的肚子一阵轰鸣，小跑着来到唐灵和裴子航身旁。

“昨天光顾着逃命了，还真是挺饿的。”林律师捧起一只，拍拍打打，却无从下口。

他可以把股权分析得井井有条，可以把风险把控得滴水不漏，但是面对这只混不吝的野生椰子，林律师毫无办法。

“我来。”唐灵接过椰子，开始在地上碾滚。

“蹴鞠?”林律师一脸蒙。

“想打开椰子呢，就要把外面这层纤维揉搓到蓬松，这相当于椰子的防弹衣。没了这层防弹衣，椰子只能束手就擒。”唐灵解释着，找来一块称手的尖锐石块，冲着椰子较尖的那一头，“梆梆”几下锤下去，椰子裂成了两半。

他们蹲在岩石上，像类人猿那样抱着椰子，大口大口地喝着。从昨夜到现在，这几个人都是滴水未进。甘甜清凉的椰汁汩汩入口，唐灵才意识到自己嘴唇干裂、喉头灼灼如火燎。

“鲜美!”林律师啧啧称叹，还不忘激励唐灵，“小唐很有一手嘛，平时在所里也就是准备准备材料、打印打印文件，真是屈才了。要是准备司法考试也像砸椰子那么用功就好了。那也不至于考了五年也没通过，你看，男朋友都跑了……”

眼看唐灵和裴子航的脸色都变了，林律师一拍脑袋说：“言多必失，言多必失，岁数大了。你们继续谈。我回去补一觉。”

远远地，传来了方玫的声音。

她在篝火附近采集了不少野果，兴冲冲地摆到地上，让大家辨识哪些是能吃的。

“这个黑的是桃金娘，红的是山莓，像黄豆那么大的是野葡萄，可以吃，但最好再等一段时间，现在还酸得很。那几个青黄色的是野菠萝不可以吃，未经处理的话是有毒的。”说起山里的野果，唐灵如数家珍，她的童年就是在山林里度过的。

林律师颇为乐观，喝饱了椰汁，吃饱了水果，他拆下腕带式手机开始研究。

“你们的手机都还有信号吗？既然咱们能活下来，其他人估计也流落到哪个岛上了。看看能不能接通信号。”他的手机可以正常开机，VR 投影也可以正常使用。

林律师的腕带式手机里还保留着坠船前最后一条消息，那是他太太发来的。他点击投放功能，把手腕对准一块较为平整的灰色石壁，他的太太活灵活现出现在影像中。

“生发液在你行李箱最外侧，一定要记得涂啊！每天三次！脱发医生说了，再不坚持涂药，你离‘地中海’就不远了……”林律师的太太在影像里谆谆告诫。

林律师尴尬地把手机关掉了，见大家的目光都若有似无地飘向自己的头顶，他恼羞成怒地说：“看我干吗？我脸上有信号？快看看你们手机还能不能用！”

除了唐灵之外，其他人使用的都是腕带式手机。

平时可以戴在手腕上，有办公需要时，可以在平面上投影出大屏幕和光感式键盘，律所几乎人手一支。

“咦？小唐还是这种老式的曲面屏手机啊。我记得 2029 年开始市面上就很少见了。”方玫惊讶地说。

“是啊。我恋旧，用得久了，又没有坏，不想轻易换掉。”唐灵顺嘴说道，说完才发现，这句话让他们三个人都莫名地有些尴尬。

只有林律师什么都听不出来，还在欲盖弥彰地抚弄着自己的头发。

他们轮流尝试拨打电话、连接网络，收到的反馈都是“没有服务信号”。

“没事，要乐观，要乐观!”林律师被海岛上的野果滋养得面色水灵，“相信我，这事要上大新闻的。禄岛核电第一次在亚太地区定下法律合作伙伴，刚一出海庆功就失踪了。这还了得？再加上，我在法律界也是叫得响的人物，我失踪了，那说不定是要引起业界动荡的。最多，最多今天傍晚，就会有搜救船赶来的。去，小方，把你们那个求救信号的火弄得再旺一点儿……耐心等着吧，年轻人。”

这一等，就是一周过去了。

太阳东升西落，潮水起起伏伏。

被困在岛上的四个人适应得很快，从最初的不知所措，已经逐渐发展出一套荒岛生存的哲学。他们约定谁也不去讨论“何时才能等来救援”这个话题，也绝不思考其他同事的下落。本着能过一天是一天的想法，在岛上昏昏沉沉地混日子。

幸运的是，这个岛屿地处南方，时值盛夏，植物馥郁，野果也丰盛。在唐灵的带领下，他们在山上找到了甜蕨、马齿苋和野芒果，每天餐食色彩丰富，加上各类莓果，同放在椰壳内，赤橙黄绿青蓝紫拼成一份，酸甜适口，唐灵还给它起了个名字——“彩虹碗”。

“这一份，不夸张地说，在 CBD 点外卖的话，下不了百元。”唐灵得意地说。

“味道是可以。就是缺点儿油水了。”在岛上一天五顿瓜果，两位女士还勉强受得了，林律师和裴子航吃了几天后就有点儿双腿发飘。林律师抚摸着日渐清凉的头顶，剔着牙缝，“呸呸”地吐出嘴里的野莓皮，露出染成深紫色的门牙，把目光投向了每天在岛上早出晚归的海鸟们。

岛上异鸟繁多，大多居住在群山深处。由于不曾被人类骚扰过，大多呆呆笨笨，毫无防备之心。鸟巢建得也颇为随意，或在乔木肆意伸出的枝杈之间，或在矮蕨丛中。这些鸟见有人闯入岛上，不但没有害怕之感，反而还呼朋唤友，每日往返于山海之间时，来他们四个居住的龙血树林短暂聚集一番，像是有意来观赏这些会说话、没有毛、爱玩火的生物。

这天临近日落时，几只羽毛趋于淡紫色的海鸟再次停留在篝火旁，好奇地打量着四个馋得眼冒金星的人。

林律师双眼一亮，慢慢转动脑袋，瞧向唐灵，问道：“小唐，这鸟今天出门没看黄历，要不就它吧？”

唐灵挑挑眉毛，摩挲双掌，忐忑地说：“那可怪不了谁了。出门不看黄历，和咱一样倒霉。都是难兄难弟，那就互帮互助一下吧。我上次吃到烤小鸟还是 8 岁那年……”

这几只海鸟的羽毛初一看是淡紫色，在火光照耀下又有点儿隐隐地泛出金光，像脊背上洒了一层金。脖颈纤长，双脚微青，正在火旁慵懒地梳理翅膀。

唐灵指挥着林律师和裴子航去摘些矮蕨叶子："要宽的、大的。我得装扮装扮，不动声色地接近它们。"

海鸟见人们散去，一扫方才懒洋洋的姿态，扑棱着翅膀跳到椰子壳旁，齐心合力叼起来就飞。

"好家伙，咱想吃它，它想偷咱的，这鸟玩了一出'无间道'。"林律师在矮蕨旁站起来，薅掉头顶粘住的野草。

"什么叫'无间道'？"出生于2003年的裴子航茫然地问了一句。

林律师瞟了他一眼："经典，你不懂。"

椰子壳本就沉，海鸟又舍不得其中的野果，只能在低空飞行，飞一段距离，就落下来歇歇。

唐灵从头到脚披了一身张牙舞爪的蕨叶，散着几天没洗过的头发，活像刚刚下山的野人。她匍匐在矮灌木丛中，招呼身后龇牙咧嘴说腰疼的林律师："你们快过来，这鸟失算了，跟上它们，抄了老巢！"

方玫一直端庄地走在他们的后面，她撩开遮挡道路的枝叶，小心翼翼地一步步走着。见裴子航落了后，她轻轻拍了一下他的肩膀，小声说："这种鸟看色彩像是濒危物种，咱们真要去抓吗？"

裴子航站起身来，前面的唐灵和林律师还兴冲冲地在地上爬行，像饿急了眼的山猫。他说："总吃野果也不是办法。咱们一直没等到救援，在岛上总得多找点儿资源才行。"

"捕食濒危物种可是入刑的。"方玫皱着眉头，不再向前走。

林律师听到了她的话，扭过头来说："嗨，小方，咱这属于紧急避险，在野外紧急情况下，一不小心吃了濒危动物也是可以免责的。"

"构成紧急避险的前提是咱们有生命危险，除了濒危动物之外，没有别的食物来源。可是岛上的野果明明很丰富啊，咱们这一周也这样过来了，为什么一定要去……"方玫执着地说。

唐灵依稀听到身后有人在说话，她向他们比划了一个"嘘"的手势，全神贯注盯着前方的鸟巢。

这种蓝色的海鸟把巢筑在了山坡凹陷处。这里侧面临海，多年被风雨侵蚀，形成了一处天然凹陷。凹陷之上，野草横生，碎石满地，不仔细观察的话，确实发现不了这里藏有鸟巢。

唐灵瞅准时机，猫起腰，奋力向前扑去。

然而海鸟机警，稍一听到响声就奓起翅膀逃向天空。

唐灵气馁地在凹陷处的草地里四处追赶，却发现这里是海鸟的聚集地。她的跑动惊起一只只栖息在此处的异色海鸟，"哗啦啦"地从草地里直飞空中，然后四处散开，像是一束烟花绽放在山野上方。

林律师停下和方玫的争执，摸摸头顶，不可思议地看看掌心粘着的那抹可疑的黏稠物，很是失态地骂了个脏字。

唐灵风尘仆仆地跑了回来，她手里捧着五六只又小又圆的鸟蛋，上面有黑白相间的米粒大小的花纹。"看我找到了什么！虽然没抓着鸟，但是它们在这里下了好多鸟蛋呀！回头我用海水浸了，用泥巴包成球，放在篝火里烤。等烤到泥巴干了，裂出缝，趁热剥开吃，要多香有多香!”

“我是不会吃的。”方玫固执地说。

唐灵不明就里，依旧兴奋地说:“你是不是觉得这样不够入味？告诉你吧，这岛上什么都有，我再找找，野山葱、野芫荽，洗净撕碎，和鸟蛋一起放在椰子壳里烤，也是很鲜美的……”

“之前我还不敢确定，看到鸟蛋上的花纹就知道了。它们是濒危品种蓝颈鹯，国际上认为这种鸟在全世界也不超过20只。它们每隔三年才会产一次蛋，每次不过产一只。你手里拿的那一把，怕是蓝颈鹯家族这三年的全部后代了。”方玫认真地盯着唐灵说。

刚才向下扑得着急，唐灵的脸颊和膝盖都有划伤的痕迹，脚底也被碎石刺破，此时还有嵌在皮肉里的小石粒。她惊讶地看着自己手里捧着的几枚鸟蛋，喃喃地说:“全世界不超过20只？你会不会弄错了？刚才飞起来的明明有成千上万只了……”

“不会弄错的。”方玫劝她把鸟蛋送回去，“大学时，我就加入了濒危鸟类保护协会，这是一个非政府组织，会定期更新濒危物种的资料。这种鸟的颜色、鸟蛋的形态都非常独特。不会错的。”

林律师一把接过来那几枚鸟蛋，在手里盘着，哼起小调就往回走:“管不了那么多了，你们不吃我吃。这鸟是不是濒危的不好说，再清汤寡水熬下去，我就濒危了。”

篝火升起来时，林律师兴致勃勃地把鸟蛋埋在了土堆里。

很快，火里就传来咸泥巴裂开的声音，海鸟蛋独有的咸香气息摄人心魄。

方玫坚持坐在离篝火很远的地方，并不时对着天空里偶尔飞过的夜鸟拍摄，她说这些都是要交给濒危鸟类保护协会的资料。

“不吃这些鸟蛋我们不会死，但是吃了的话，意味着这批蓝颈鹳有断代的风险。”她一脸遗憾，淡淡地说。

鸟蛋烤好后，唐灵左手倒右手，把它们从泥土里剥出来，一枚枚地放在椰壳中，递给裴子航：“要吃趁热啊。”

裴子航摇摇头，说：“算了，方玫说得也有道理。”他站起身，走向一直站在丛林边缘的方玫，“她在那儿好长时间了，我过去看看。”

“不吃就不吃呗。一边咽口水，一边假装不饿……”唐灵气咻咻地想。也许是火太旺，让她颧骨处划裂的小伤口隐隐作痛。

“你帮我看看，是不是破相了啊？”唐灵也没了胃口，询问一旁食指大动的林律师。

林律师正塞了一枚鸟蛋入嘴，被烫得嘶嘶咧嘴，一会儿摇头一会儿点头，根本顾不上回答唐灵的问题。一周没沾荤腥的他，压根儿舍不得把刚入口的鸟蛋吐出来，只能含糊不清地赞叹：“人间有味是清欢哪，呼——烫死我了。”

树林那边，裴子航大声喊：“好像来船了！”

唐灵和林律师面面相觑，唐灵把手里的椰碗往地下一蹾，马上朝那边跑去。林律师看看还剩下的几枚鸟蛋，满脸不舍地把它们留在了篝火边。

跑出几步，嘴里泛起那枚鸟蛋的余香，丝丝缕缕，从胃里，到齿间，说不出的勾魂，林律师只觉得这味道比过去四十年里吃到的云南宣威火腿、贵州秋松柏腊肉、瑞士咸奶酪都要迷人。“要不带给太太几个，一周没见了，空着手回去不好。”林律师心想。

他一边大喊“等等我!”，一边转身回去拿，可是，他发现，留在火旁的鸟蛋全部不见了。

方玫站在淡青色的峭壁之上，身影窈窕，正向着海里渺茫的孤帆拼命挥舞手臂。

“我们在这里，救命!”她的声音很快消散在风里，海鸥低飞划过海面，这样的呼救连一圈涟漪都不曾激起。

而方玫不肯放弃，解下头发上红色的丝带，又脱下外套，绑在一起，高高举起，用力晃动。

“不好，咱们得赶紧找地方躲起来。”匆匆赶来的唐灵发现，那艘船的背后也出现了隐隐约约的白色“长城”。

唐灵还记得，事发的那天晚上，这种贯穿汪洋的白色浪花出现后，没过多久便狂风大起，海浪毫不留情地冲到面前，如同巨兽吞掉一只海燕那样，把波塞冬号打入海底。

天海交接之处，昏黑一片，既像是从天上垂下的乌云，又像是在海里伺机待发的巨浪。

“你如果要回去，就跟着他们藏起来吧。我不走，那艘船一定看到我了。我要在这里等它来!”方玫完全无视过来的唐灵和林律师，连一眼也不看他们，只盯着裴子航，恳切地说。

裴子航也发现天色有异，他好心宽慰方玫说：“船还会再来的。我们先躲起来，等风暴过去，一定会等来救援的。”

“我不要再等了。”方玫倔强地转过身子，继续朝着船的方向挥动双手。

海岛之上已开始起风，碎草和细石子转着圈地飞上天空。岛上蓝色的海鸟哀鸣一片，在黑漆漆的夜里四处躲藏。

“我们在这里不是生活得很好吗？”林律师平时在家哄太太习惯了，只当方玫是在发脾气等台阶下，便挂着殷殷的笑脸说，“你看啊，有吃有喝，还能游山玩水。小方，想开点儿，就当旅行了。”

然而方玫怒目而视，凌厉道：“这是旅行吗？林律师，你心知肚明，这不是！我们遇到了灾难，我们的同事已经尸沉大海，我们的家人也许急得以泪洗面。你们一个个怎么可以装成好像什么都没有发生过的样子？”

“可是事情已经这样了啊，我们总得活下去。”唐灵一边说，一边过来拽住她的手。眼见那白色高墙越来越近，仿佛海里陡然立起的海怪，正拿着三叉戟朝这座小岛狞笑。狂风肆起，方玫散开的长发被吹成了一张弓，她的手又湿又冷，无论唐灵怎样拉扯，她一步都不肯走，只是一味地朝着海里早已不见踪影的船只求救。

“你放开我，我不会在这里和你们苟活下去。你们现在已经开始吃濒危动物了，接下来会发生什么？如果等不来救援，你们会不会互相残杀？会不会对彼此抽筋剥皮？你们和茹毛饮血的动物变种人有什么区别？”方玫愤愤地说。也许是因为冷，也许是因为愤怒，她瘦削的肩膀瑟瑟发抖，像屠刀前的羔羊。

“我们走。你愿意送命就自己留在这里吧。”唐灵作势要走，招呼林律师和裴子航抓紧找地方躲起来。

而方玫却一把拽住了裴子航的衣袖，歇斯底里地对唐灵说：“别以为我不知道你为什么想留在岛上，在这里，你有的是和裴子航相处的机会。别痴心妄想了，你们本来就不是一个世界的人。学历、家世、能力、容貌，哪一样你都配不上他。只有在这里……”

条件反射一般，唐灵扬起的手落在了方玫脸上。

由于用力过大，她的手有种麻麻的胀痛，像被千万只看不见的小虫子蚀骨吸髓。被戒指留下印痕的食指已经泛红，而方玫脸上更是直接地浮现出玫瑰色泽的指印。

“你冷静一点儿，再拖下去，我们四个都得死。”唐灵冷冷地说。她转过身，快速向前走着，那只穿了一周的男式拖鞋被她遗落在路上，她的脚掌被利石划伤，留下一地淡淡的粉红印子，而唐灵全然不觉。她只是庆幸骤来的雨刚好能遮得住她满脸的泪水。

方玫自小到大都是优等生，处处顺遂，现在到哪里都是受人尊敬、为人赞赏的“方律师”。她没想到所里那个帮着打杂、嘻嘻哈哈混日子的唐灵敢对自己动手。愤怒之下，她转身追了过去。

裴子航和林律师借此机会，将她架离地面，三个人你拖我拽，动作夸张，像是舞台上的默剧演员，跟在唐灵身后逃向岛屿腹地。

这次的风浪比倾覆波塞冬号的那场更为猛烈。

他们避身的几棵龙血树被连根拔起，巨伞一样的树冠在半空中登时四分五裂，伞骨似的枝干随风盘旋，随时会掉落下来。

篝火也被大雨打灭，夜空中雷电交加。青紫色的电光亮起，他们才看得清彼此脸上的狼狈和恐惧。

为了不被风掀到半空中，他们四个沿着山壁手牵手蹲下，林律师和裴子航在最外侧，倾尽全力地握住山石缝隙里伸出的植物根系。

岛上不知哪座山被雷电生生劈裂一半，巨石滚落汪洋，浪声轰鸣，异鸟奇兽嘶鸣，更是让人心惊肉跳。

“壮志未酬呀！”林律师长啸一声，鼻涕眼泪齐飞，头顶锃亮一片，原本用来遮羞的寥寥几根发丝被吹得群魔乱舞，“司法界少了我，怕是要出大乱子了！”

风呼啸着向他嘴里灌着雨水和泥土，他“呸呸”吐了几口，竟然还吐出了被风卷起的鸟蛋壳。这下林律师更是伤心，他侧着脸躲避风，呜咽着说：“我想我老婆了。连遗书都来不及写了。”

他的旁边是唐灵，唐灵低着头，用下巴紧紧抵住颈窝的部位，提醒林律师：“低头，林律，当心颈椎，被风折伤的话至少瘫痪起步。”

唐灵的右手边是方玫，最初方玫坚持不肯握住唐灵的手，还是唐灵一把扯过她的手臂，紧紧拉住。此刻，方玫的头发飞扬，白皙的脸上裹满泪水和泥浆，失去了以往的优雅。她闭着双眼，纤长的睫毛剧烈颤动，嘴唇一片苍白，被大自然的狂暴吓得轻声啜泣。

方玫的外侧则是裴子航，他在风沙间隙中睁开眼，只见大浪已打到岛上，方才站立的地方早已被海水吞没。若不是他们坚持带方玫回来，此刻海底冤魂怕是又多一条。裴子航不寒而栗，他小声安慰着众人："不怕，会过去的。"

"对不起。"唐灵低着头说了一句。

林律师不知道她在同谁说话，还以为她是为了刚才那一巴掌道歉，于是在危急之中不忘充当和事佬，大声喊："情况紧急，小方不会计较的，对吧？回去之后大家还是好同事，我做个证，这事就算过去了。"

而唐灵还在继续低声说着："我不是真的想分开，我只是想……"

她只当死期将至，鼓足勇气把在心里憋了一个月的话倾吐而出。

恋爱十年，裴子航从来没有提过两个人的未来，也从来没有带她拜访过父母，有时两人谈起这件事，彼此都会说"恋爱就是最好的状态，多那一张纸和现在也没有区别"。这句话他们谁也挑不出来毛病——他们在一起生活，在一起工作，每天几乎 24 小时都彼此陪伴。可却始终都觉得少了些什么。

"我只是想知道我对你来说，到底重不重要……"唐灵抽泣着说起这一个月的思念与煎熬，而风沙大作，她并不知道这些话能否飘到裴子航耳中。

一声惊呼打断了她的絮语，林律师的手不慎被落下的龙血树枝击中，剧痛之下，他和唐灵握在一起的手松开了。

唐灵的左半边身子立刻探出石壁之外，众人惊叫着拉她回来，然而谁也不敢站起身来，唐灵也在大喊："不要动。不然我们会像风筝一样都被刮起来！"

她只有右手和方玫握在一起，然而方玫脸色苍白，眉头紧皱，凄楚地喊："我快要没有力气了！"

"别动，我来！"裴子航尝试着站起来，慢慢地松开抓握树根的那只手，向唐灵的方向伸过去。而大自然绝不给人留情面，狂风吹得他连眼也睁不开，整个人前仰后合。"我真的没有力气了……"

被风卷走时，唐灵只听到这样一句缥缈的话。

那只湿而冰冷的小手松开了她。

唐灵在风里像只布偶玩具一样，三番五次被举到高空，又五次三番地重重落下。她感到嘴巴里一阵热热的咸腥，而腰背剧痛，四肢毫无抵抗之力。

"我可能真的要死了。"唐灵只是后悔出行前不曾和父母好好道别，她苦笑着想，自己为了追逐失去的爱情，却把命都丢在了这里。

昏迷之际，嘴唇被什么柔软的东西触碰到了。

唐灵微睁开肿胀的眼，看到脸贴脸贴在自己眼前的是一张很丑的脸——皮肤皱皱巴巴，轮廓浮肿，头发披肩，其中掺杂着黑色、白色的贝壳和墨绿色的水藻。

她想尖叫，想摆脱，而按在她后脑勺的手加大了力气，让她无法挣脱。

这个很丑的人一手按在她的脑袋后面，另一只手环住她的腰，带着她潜入水中。

她感到风声渐小，雨声渐消，岛上的一切离自己越来越远。耳边只有海水流淌的声音，这声音沉闷却温柔，让人觉得无比安全，像是未出生前在母亲肚子里听到的羊水声。

“不想死就别动。”对面那个很丑的人说。他的嘴巴只离开唐灵片刻，唐灵的鼻腔和嘴里立刻灌满海水，窒息的感觉就像失重，她下意识地剧烈呼吸，却呛进了更多海水。

对面的人又吻住了唐灵，唐灵这才恢复了呼吸。

他们两个相拥着，沉入深海之中。

第二章

海底的他们

HAI DI DE TA MEN

深海，是一个无光的世界。

唐灵睁开眼，眼前一片漆黑。这里空气稀薄，依稀听得到水珠沿着钟乳石滴落的声音。很高很远的地方，隐约有星星点点幽蓝色的微光。身边的一切都是湿漉漉的，仿佛有潮水刚刚退去。

她摸摸身下的“床”，崎岖不平，冰冰凉凉，散发着强烈的海水味道，像是海底沉睡多年的巨石。脖子一侧有又软又滑的东西飘过，根据手感判断，是海藻在摇摆。

“我被那家伙抓到深海了?”她自语道。

“噢，不是，只是停电了。”有一个滑稽的声音响起来，如果卓别林的电影是有声的，那他的配音就应该是这样子，“鳗老板的发电站经常这样，我们已经习惯了。”

几分钟后，很高很远的那点幽蓝变成了一只昏黄的老式电灯泡。

这种灯泡唐灵只在旧照片展中见过，圆圆的，靠其中那根焦黑的钨丝发电。

她的身边，站着一位个头儿不高的医生。

这位医生穿着白大褂，戴着口罩，只露出一双眼睛。他的白大褂是裁剪过的，底下全是拖地的毛边。

“来电了。躺下吧，我们要继续给你包扎了。”医生说。

唐灵乖乖地重新躺下，她发现，脚踝和腿部的伤口都被精心处理过，上面缠绕了深绿色的海藻，包扎得十分漂亮，像芭蕾舞演员腿上的蕾丝绑带。

“现在，要处理脖子和脸上的伤口了。”医生说着，闪到一边，一团高大的身影走过来，朝着唐灵俯下身子。

唐灵的眼睛适应了这里昏暗的灯光，她定睛一看，那个“F”开头的英文单词立刻不受控制地从她嘴里冒了出来，她实在抑制不了自己的错愕——“这……是什么啊！动物变种人也不能这样啊！人鱼不应该是人身鱼尾吗？鱼头人腿算什么东西？”

这位高大的医生不仅是鱼头人腿，还十分丑陋。

整个上半身都是鱼类的形状，尖脑袋、细长的嘴巴，胸腹部蓝白相间，另有一条犹如飘带那么宽的黑色条纹从肚脐蔓延到脸上。而她的下半身则是人类的身体，皮肤白皙，双腿修长，像T台上的超模。腿上无一丝赘肉，走起来，优美流畅的肌肉曲线若隐若现，力量与柔美在这双腿上得到了完美融合。

“别过来，别过来！”唐灵在深山里见过豺狼，见过熊，见过垂挂在枯木上咄咄逼人的细蟒，也对动物变种人有一定的了解，但是眼前这位一丝不挂的半鱼半人，还是击穿了她的心理防线。

“看样子，你应该也是女的吧。美人鱼不是这样的啊，童话里不是这么讲的啊……”唐灵的声音带了哭腔，本能让她想跳起来逃跑，但膝盖早已不争气地吓软了，一落地整个人就软绵绵地跪了下去。

这位身材高大的鱼人显然听不懂唐灵的语言，也无法发出声音，茫然地睁大一双鱼眼睛，盯着在地上蜷成一团的唐灵。

那位身材矮小的医生做了几个手势，发出一些“噗呲噗呲”的动静，像水泡浮起又裂开的声音。鱼人恍然大悟，向后退了一步，对着唐灵微微俯身，好像在道歉一样，然后暂时绕到钟乳石后。

“是这样的，鄙人读过一些你们人类世界的美人鱼童话，对你的反应也有一定的猜测。”身材矮小的医生双手背在身后，踱着步说，“但是呢，你要知道，基因的搭配是十分随机的。就像是抽签一样，不是每一种人鱼都刚好可以拥有人类的上半身和鱼类的尾巴呀。”

“那有没有左半边是人，右半边是鱼的？”唐灵抽泣着问，她时刻提防着哪里再冒出来一只似鱼非人的生物。

“那怎么可能！基因的搭配虽然随意，但也不是胡来。左边是人，右边是鱼，那内脏器官怎么长？这没法儿活的。”矮医生说，“刚才过来的是飘飘医生，拥有鱼类的呼吸系统，用鳃呼吸，所以在深海里也可以自由行走。不过遗憾的是，因为她从小上半身就是鱼，一直没有长出人类的发音器官，不能像我这样学习人类语言，也就没法儿和你们人类交流。”

他还告诉唐灵，他们海底族，有各种各样的海洋生物和人类诞下的“混血儿”。他们大多集人类、鱼类的生存优势于一体，当湿度降低到一定程度时，可以进入人的形态；当压强和湿度增高到一定程度时，也可以进入完全的鱼类形态。

“不过为了日常生活方便，大多数都是用这种天生的半人半鱼的形态在这里生活。”矮医生惆怅地说，“但是最近我们这里发生了一些问题，很多同族没法儿进入完全的人类形态了……飘飘医生曾经也是一位美女呢，但是有很长一段时间她都只能是这个样子了。”

见唐灵的情绪稳定下来，矮医生再次请飘飘医生过来。

她跪坐在唐灵身旁，用细长的嘴巴轻啄伤口，像人类医生做缝合手术那样，细致、轻微地缓缓挪动。最后，她吐出一层透明的黏液，覆盖住伤口，再用海藻包扎起来。

唐灵全程闭着眼，浑身紧张得如一块铁板，一动不敢动。而飘飘医生的处理轻柔、温和，像做了一场 SPA，唐灵睁开一只眼偷瞧她，见她专注地为自己的伤口上药、包扎，虽然面容奇异，但眼神里满是关切，并不时与矮医生交流伤情，似乎是一位极其负责的医生。

包扎完毕后，飘飘医生向唐灵伸出一只“手”——乳白色、近乎透明的鳍，唐灵一怔，才明白她是要自己起来。唐灵鼓足勇气，把手伸向飘飘医生，那乳白色的鳍温柔地覆住她的手背，将她从地上拉起。

“怎么样，是不是一点儿都不痛了？”矮医生骄傲地说，“我们飘飘医生的医术很高明的。她的祖辈混有人类的基因，只是她们家族很久都没有诞下拥有人类属性的孩子了。这个家族世代行医，家族里的每一只鱼都会在海底用礁石给自己搭建一间诊所。要是其他的什么鱼受伤了，就会主动游到诊所前求医。而飘飘医生是这个家族的骄傲，她是几代飘飘鱼中唯一具有鱼、人双态的孩子。”

飘飘站在一旁，因为没有耳朵和听觉系统，她不能识别人类的语言，但似乎能看懂唐灵满是谢意的表情，也微微张开嘴巴笑了笑。

“奇怪，刚才我觉得她丑得吓人，这会儿看习惯了，发现还好。”唐灵惊讶道。

矮医生比她还惊讶：“你竟然觉得飘飘医生丑？天啊，这种蓝、白、黑三色条纹是海底世界医学世家的标志，几乎每条鱼都很仰慕的。”

“可能我的审美观和你们不太一样……”唐灵吐了吐舌头，“那你呢？也是这个家族的吗？”

“啊，忘了介绍自己了。”矮医生从白大褂的一侧兜里，郑重其事地捧出一张名片，送到唐灵眼前。

名片上写着：巴璞，人类学研究专家。

“人类学……研究专家？”唐灵刚想把名片收起来，巴璞就一把抢了回来，然后吹了吹上面的灰，重新妥帖地放入侧兜内。

“是的，没错。”巴璞略带拘谨地说，“鄙人是海底族专门做人类学研究的，他们都叫我‘人类通’。一般有陆地来客，都是鄙人接待。”

“那么你是，什么鱼？”唐灵好奇地打量着他。

“鄙人是，海星。”

巴璞带着唐灵走出了诊所，他说要去看看阿遥。

“就是带你进海的那位，他因为缺氧昏迷了，飘飘医生认为他的情况不算严重，就送他回家休息了。”巴璞解释说，为了让陆地来客适应氧气和压强的变化，都是海底族派人去接进来。

“过去都是阿遥和他的哥哥巴琅担任‘引路人’的工作。这种缺氧的症状从来没有出现过，不知道为什么这次回到海底，你们两个人都是昏迷的。”巴璞说。

“什么引路人啊，说白了就是人肉氧气瓶。”想起那张浮肿、丑陋的脸，唐灵依旧心有余悸。

巴璞听不出话里的冒犯之意，点点头认可道：“这样说也不算错，阿遥确实是一位非常优秀的氧气瓶。”

“……你确定你是人类通吗？”唐灵反问道。

一辆有轨电车“叮叮当当”驶过，巴璞拉着唐灵的手，把她拽向路边。

这里是距海面五百米的位置，海底族生活在一处巨大的海洞之内。海洞的入口处，有一层泛着光的结界，保护这里不受海水的侵袭。

海底族的建筑多以礁石和珊瑚搭建，受材质影响，大多都不高，只有矮矮的一两层，整个区域像是一座古老的小镇。小镇上，便利店、美发店、邮局皆有，若不是行走在礁石路面上的都是形状怪异的半人半鱼，那么看起来和 20 世纪七八十年代的小镇风貌没什么不同。

唐灵从建成窗户形状的缺口望进去，看到美发店里竟然还有红色 PU 材质的美发椅。几只半人半蟹的家伙坐在那里，钳子在虚空中胡乱地夹着。他们眼睛无神地望着街上走过的人。看起来，这家美发店有段时间没有接待顾客了。

“像阿遥他们这种人身鱼尾的，也是需要剪头发的。不过真的很久没剪了，很多族人都退化了——我怀疑是人类的基因在他们体内退化了，只能进入鱼或者虾蟹的形态，不能回到人类形态了。”巴璞忧愁地说，“连我这位人类通也不能幸免。”

“你还是能说话能思考的，难道这不算人类形态吗?”唐灵对于他们的变形规律还不太熟悉。

巴璞叹了一口气：“鄙人知道，第一次进入深海的陆地客，总是会被这里的情境吓一跳。为了更好地交流，所以鄙人略做了一番打扮，实际上——”

他扯下白大褂，一只矮胖的海星出现在唐灵面前。

除了眼睛和嘴巴，他的身上已经再也找不到人类痕迹了。

“我退化了。”巴璞的眼神很忧伤，“我试过，就算去陆地上，也无法进入人类形态。”

“我就是想知道，最早到底是多么丧心病狂的人才会对海星下手，生下了半人半海星的你们……”经过飘飘医生的洗礼之后，唐灵对海底族的奇怪长相已有了一定的接受度，见到巴璞的庐山真面目，她笑得前仰后合。

“啊，不要用这么粗鄙的字眼。那是爱情!”巴璞还是很忧仿，他推推低矮的面部，仿佛那里有一架眼镜。他问唐灵有没有听说过美人鱼的故事。

“当然听说过，只是……”唐灵小声说，“只是长的好像不应该是你们这副样子。”

巴璞并不把这样的话视作冒犯，他继续说道：“很久以前的那场陨石雨，打破了人与动物之间的生殖隔离。生活在海底的动物们有了与人类相爱的机会——美人鱼就是海底族和人类爱情的结晶！”

“我还以为这只是个童话。”唐灵搓搓眼睛，又揉揉耳朵，她怀疑自己依旧在梦里。

“不是的！”巴璞斩钉截铁地一摆手，“是爱情！话说回来，谁不想要拥有这样的后代呢？带有你们人类基因的后代，那意味着更优越的大脑、更强的生存能力。”

巴璞指着结界外的幽深海底说：“所以，当时我们的祖先，成群结队地冲向海洋之外。”

在他的描述中，唐灵仿佛看到万千年前，海里的鱼类、虾蟹乃至浮游生物，从深海中游到海面。

如献祭一般，它们聚集一体，齐齐冲破海面。

大多数海洋生物无法承受这压强变化，像气球一样爆破在海面之上，重新跌落海底，成为沉睡在无边海床上的灰烬。

而这样的死亡，阻挡不了海洋生物寻求进化的欲望。总有那么几名幸运儿，穿越万千同伴的尸体，跳落到渔船上。

“不然，你以为每隔一段时间的鱼潮是怎么来的呢？”巴璞严肃地打断了她的想象，“渔民以为是从天而降的福音，实际上，我们只是迫切地想改善基因……不对，我是说，寻找爱情。”

唐灵听得目瞪口呆，这座小镇上五花八门的生物实在是太多——海星、螃蟹、人鱼、背着白色房子的扇贝……

“他们的祖先，都和人类产生了爱情？”唐灵惊讶之际，突然想起一件更重要的事，胆战心惊地问，“那么你们带我来的目的是……？”

巴璞“嘿嘿”一笑。

“我们，需要法律咨询服务。”

唐灵的脸颊一红，抓抓蓬乱的头发来掩饰尴尬：“说到法律咨询，要不你让那个丑八怪把我送回去，把岛上另一个头发很长的女人抓下来如何？她很厉害的，是我们律所重金挖来的。”

巴璞为难地指指结界入口，一头灰鲸正竖立在海中睡觉，它的幼崽在一旁发出“咔哒、咔哒”的声音，像黄铜钟表的指针滑过表盘。

“只有到了上弦月的那几天，结界处才会生成一条旋涡通道，从那里可以去往陆地之上。而平时，我们只能在距海面 200 米之下的地方活动。我想这是祖先对我们的保护。”巴璞解释说，曾经也有探测船下来搜寻过，但无论是声纳探测仪还是别的什么东西，只能探测到这里是一处黑暗的海洞。

“各个国家的人都来过。”巴璞骄傲地说，“见他们这么孜孜不倦地寻找海底生命，我作为这里唯一的人类学家，出去和一名潜水员会见过。”

他告诉唐灵，那名潜水员是美国人，既是海洋生物学家，也是艺术家。见到会说话的海星，潜水员无比惊奇，拉着巴璞交流了很久，还说要依据巴璞的样子进行艺术创作。

“根据你的样子进行……艺术创作?”唐灵苦思冥想，也想不出有哪个艺术形象是一只海星。

提到这件事，巴璞很是得意：“是的，他说要让数千万人都知道我，喜欢我，会让我比做海底人类学家更出名。不过，我等了他很久，也没有见他回来过。按照你们的历法，我是在 1996 年见到他的。现在是哪一年了?”

“2036 年。40 年了。”唐灵说，“不过我倒是想起一个受千万人欢迎的‘艺术’形象——派大星。”

巴璞说话都不利索了，他激动地捂住心脏的位置，倒抽了几口气：“真的？是不是和达芬奇的‘蒙娜丽莎’、米开朗基罗的‘大卫’一样的艺术形象?”

“……这么说也没错。看过你这个艺术形象的人，确实会比看过那些世界名作的人多一些。”唐灵无奈地点点头。

巴璞抱住两只手，神往地闭上眼睛，像唱一首咏叹调那样说道：“鄙人一直有个梦想，就是去陆地上，参观世界各国的博物馆、艺术馆，看看你们人类的智慧结晶和我的艺术形象。”

道路两旁的灯突然暗下来，电车也“吱悠”一声停在了路上。黑暗再次覆盖了这座海底小镇。车上的旅客对猝不及防的停电已经习以为常，继续聊天或发呆。一片漆黑之中，唐灵似乎听到还有谁在嗑瓜子。

海底小镇的深远处，是群起的礁石山脉。山脉之上，有一轮圆圆的东西还在亮着。

巴璞和其他海底居民的眼睛是可以适应这种微光环境的，他向唐灵伸出那只满是吸盘的小手，领着她在昏暗里穿行。

“那里是太阳。”巴璞虔诚地介绍，“我知道，和你们的太阳有些区别。不过我们生活在海底的人，终生都在追求自由、太阳、美酒。从我出生起，这太阳就在那里了。”

他嘴里的太阳，谁也不清楚到底是什么做的。不是矿石，不是珊瑚，也不是荧光植物。每一名海底居民都知道，会发光的蝰鱼家族终生都守护在那座高山之上。这些蝰鱼不眠不休，从会发光起就聚集在太阳身边，头尾相连地盘环转圈。他们由生至死，都不会离开太阳。

“现在好了，法律承认我们了。我们这里的人也可以在上弦月降临时，游去陆地，和你们一样求学、工作、逛博物馆，生活在太阳之下！”巴璞越说越兴奋，“我们的后代就可以见见真正的太阳了。”

“说到法律，你们到底要咨询什么事情？”唐灵打断了他的狂想。

这座海底小镇遍生珊瑚，朱红色的枝丫像鹿角般张扬地林立在海水中。穿过这座由珊瑚组成的红树林，后面就是阿遥的家。

巴璞停顿了一下，摆摆手说：“是一件不值一提的小错误。”

“有多么不值一提呢?”唐灵坚持要他说出来，因为依据她以往的经验，大多数人都会用轻描淡写的方式来讲述自己犯过的错误。

“他们误杀了一个人。”

“这种事，我们一般不用‘不值一提’这个词来形容。”唐灵艰难地说。

错愕之余，她碰翻了红树林中的几只木桶。这些木桶都是用沉船的木板做成，最外侧生满了和木桶融为一体的贝类生物。酒香味的液体汩汩流出，半米高的海水很快沾染了淡淡的珠光色，飘出异香。

“你踩我头了。”红树林里有人说道。

唐灵一边说着“抱歉”，一边慌忙让开。一只粉白的水母匍匐在地，足有两米宽，身体浑圆透明，像一张上好的毛毯。而这只水母拥有人类的发音器官，不停抱怨着唐灵这一脚踩得太重，打扰了他酿酒。

“你们这都是造的什么孽啊……”唐灵悲叹一声。

“我们不造孽，造酒。”海底族人似乎都有着极为强大的钝感力，听不出他人话里的讽刺和责怪，巴璞认真地解释道，“酿酒业是我们海底最发达的产业。这里的湿度和光线是酶喜欢的，而且我们这里有一种独特的海浆果，风味绝佳。这些酒常年卖到你们陆地上，听说还挺受欢迎的……”

离阿遥居住的礁石洞很近了，一只淡紫色的贝类是他的门卫，扇形的贝壳挡在洞口前，充当大门。

“如果你不告诉我到底发生了什么，我就拒绝会见当事人。”唐灵义正词严地说。

“不是我不告诉你，是我们谁也说不清到底发生了什么。”巴璞在白大褂里掏掏捡捡，唐灵还以为他要拿出什么重大证据，而他只是开心地掏出一把瓜子，问唐灵，“吃瓜子吗？”

唐灵一把捂住脑袋，捶胸顿足地说：“你们到底懂不懂法律？法律是很严肃的！”

巴璞一边嗑着瓜子，一边说：“懂，懂。新法公布之前，我就开始研究你们的法典了。因为我知道，总有一天我们会成为你们的一员，还是懂点儿法好。我只是肚子饿了，你看，太阳变成淡青色了，该吃晚饭了。”

“你这瓜子从哪儿来的？”唐灵下意识地从他手里抓了几颗尝尝，味道还不错。

巴璞“嘿嘿”地笑着说：“前段时间沉了一艘船，我在沉船里找到的。”

“沉船？是不是我们律所和禄岛核电的那艘船？”唐灵丢掉瓜子，扒住巴璞的肩膀，激动地问他。

巴璞被她晃得东摇西摆，他嗓音沙哑地说：“不是，不是。沉船很多的，我们这里的大多数物资都来自各类沉船。不过‘禄岛核电’这个名字确实有些耳熟……”

唐灵丢开他，沮丧地问：“你们把我留在这里，也没什么用。我压根儿就不是律师，连资格证都没有。不如这样，下一次上弦月来临时，你就让丑八怪带我回去，换那个女人下来……”

“你说谁是丑八怪!”一块软绵绵的东西远远地砸了过来。

唐灵抓起一看，是一块真正的海绵，上面的小孔一个接连一个。这一砸，居住在小孔里的虾类成群结队逃逸而出。

“这是阿遥的枕头。”巴璞的话还没说完，一名少年从屋里冲了出来。他容貌清隽，半人半鱼，脊背上青灰色的鳍高大锋利，鱼尾格外强壮，挥到路旁的珊瑚，珊瑚的细枝如同落英，纷纷飘进海水中。

“咦？你就是阿遥？你和带我下来的那个丑八怪好像不是一个人。那个丑八怪的脸是肿的，嘴巴也是肿的，脸色惨白。”唐灵扯着自己的脸，比划出浮肿的形态。眼前这个少年看起来不太聪明的样子，她担心他听不懂。

“你在海水里泡那么久，也会浮肿的啊!”阿遥冲到她面前，对着她大喊。

在文明社会生活久了，唐灵很少见到这样不懂礼貌的人，她抹掉脸上被喷到的唾沫，也像他那样声嘶力竭地喊：“那你为什么要泡在海水里那么久啊？！”

“我不过是拿了你们烤的鸟蛋，哪里想到你们就要用雷电轰啊!”阿遥更愤怒了。

唐灵也学着他的样子挺起胸脯、握紧双拳：“我们也是那场雷电的受害者。”

阿遥的语气弱了下来：“这个我知道。我在水里看到你们躲在崖壁，怂得很，这才知道你们和我一样是浑身长肉的胖小孩……”

“什么叫……浑身长肉的胖小孩?”唐灵不肯输了气势，用怒气满满的眼神瞪着阿遥，只把脸侧了侧，等待巴璞的翻译。

巴璞挤到他们中间，拆开怒目相向的二人，小声说:“肉体凡胎的意思。”

为了请来律师，阿遥在岛上足足等了两个月。

他用了相当一番工夫，才让唐灵勉强明白这里发生了什么。

在海底，不止有一处结界庇护着变种人族群。巴璞、阿遥所在的结界位于海面下 200 米，与弱光区、无光区的海洋动物们同生共存。而在更深一些的海水中，聚集着其他大型海洋生物的后裔，比如美洲赤鱿。

“我们和他们不一样，经过鄙人详尽的研究和判断，他们目前并不能称之为‘人’。”巴璞煞有介事地说，“人类的面孔、人类的发音器官、人类的躯干，至少拥有一样，才能算得上是‘鱼人’。这些特征他们一样也不具备，虽然取得了人类的基因，但几千年以来，人类的基因没有在他们的身上得到表达。”

阿遥房间里的墙壁上，挂着一节干枯的触手。

这节触手只有短短一截，上宽下细，是美洲赤鱿的触手末端。上面乌黑的毒囊已经枯竭，缩成苹果大小挂在触手之上。触手呈暗红色，有如老树桩一般粗壮，最上端的伤口参差不齐，像是撕裂伤。

“是我哥哥在战斗中获得的。”阿遥骄傲地说，“他有六腮鲨的血统。”

“你也一样。”巴璞漫不经心地补充，他继续讲解当年那场战役，“很久以来，我们之间大多数时间都是相安无事的。他们生活在完全黑暗的千米之下，临近海床，那里遍布无人踏足的海沟、奔涌的热泉以及可怕的盐卤池，所以我们的交集很少。只是，从 1200 多斛之前……”

“斛？”唐灵从干枯触手上挪开视线，这东西让她相当不适，她似乎已经看到具有人类基因的动物们在互相残杀的场景。

“噢，抱歉。我们这里的历法和你们不同，这里看不到真正的太阳和月亮，没有你们陆地上的日升月落，所以我们的祖先开始用酿酒花费的时长来记录时间。”巴璞下意识地推了推并不存在的眼镜，“按照你们的历法来说，那时大概是 2022 年。”

2022 年，蛰伏在深海之下的美洲赤鱿，第一次对海底族结界发起了进攻。

数以千计的美洲赤鱿聚集在结界附近，他们疯狂地甩动触手，急躁地吞吐海水，在海中激荡出一圈圈绵延万里的旋涡。他们生性残暴、贪婪，在侵袭结界的过程中，他们撕裂和捕食一切被触手握住的生物。

结界外，山崩地裂。

海底的火山群上滚落下被他们击碎的乱石，生长千年的深海珊瑚被齐根拍断，几只携带幼崽的抹香鲸也被撕成块状。鲸脂香和血腥味在海水中蔓延，引来居住在遥远海域中的鲨鱼。无一例外，这些鲨鱼一旦进入美洲赤鱿的陷阱中，瞬间就会被毒液包裹，翻起肚皮沉入深海之下。

“是的。它们中的大多数，沉入了深海的盐卤池。在那里，死去的鲨鱼不会腐坏，也不会消亡，会和大海一样成为永恒。”提到鲨鱼，阿遥的感情复杂起来，他握住那段触手，手背上青筋根根浮出，像是在与美洲赤鱿暗自比较力气。

巴璞走到他身后，踮起脚，像老大哥一样体贴地拍拍他的臂膀，然后语重心长地问：“吃瓜子吗？”

他们两个立刻从悲伤的情绪里走了出来，坐在礁石边上嗑起瓜子来。

“你是不是……”唐灵愤慨地追在后面问，“有‘一说要紧事就吃瓜子’的毛病？”

“不是。”巴璞快乐地摇晃着小腿，指向群山之上的环形太阳，“早上了，到吃早饭的时间了。来点儿吗？”

唐灵像只被惹恼的雌狮，在他们身后转着圈，语无伦次地说：“我拜托你们要讲案子就一口气讲完。你们知不知道律师的时间很贵的？每一个小时都要几百元的。你们已经浪费了我一天一夜的时间了！”

“知道。”阿遥眨眨眼睛，无辜地看着她，“所以我们找你。你在岛上说过的，你暂时算不上律师，还没有律师资格证。”

唐灵被噎了一下，有火也发不出来：“这帮法盲竟然逻辑自洽了……”

她能做的也只有抱着脑袋在他们身后蹲下，然后半是哀求半是威胁地说:“就算我求你们了，到底把我带下来有什么事情？我不像你们那么悠闲的啊，我有很多事要做的，求求你们做个人，事情讲清楚后抓紧送我回去!”

“哦。”巴璞缓慢地吐出瓜子皮，然后一口气不停地说，“战争太惨烈了所以我们组织了几场和谈但是前段时间阿遥的爷爷去和谈时带回来一个死去的人。”

“啊?”唐灵绕到他们一侧，疑惑地看向阿遥，期待他能说出更多有用的消息。他沉默片刻，郑重其事地说:“巴璞说得对。”

唐灵弹跳起来，手指一直戳到巴璞尖尖的脑袋上，悲愤地追问:“然后呢？现在到什么阶段了？阿遥爷爷呢，被批捕了?”

巴璞不慌不忙地掏掏口袋，神秘兮兮地摊开手掌。唐灵用力抱住他的脑袋，绝望地威胁他说:“你要是再敢提‘瓜子’两个字，我现在就把你剥成瓜子！你一定知道的，我们人类吃海星，都是像吃瓜子那样先剥壳再吃瓤……”

“不是，不是。”巴璞在危难中把手里的纸片伸到唐灵眼前，“这是从那名死去的人类身上找到的东西。他的尸体一直在海底。”

唐灵接过来一看，是一张名片。名片的主人是一名律师。

名片上显示，他就职于某岛朝日法律事务所，这家律所一直被泰多金律所视为竞争对手。它虽然位于某岛上，却比该国首都一些大律所还要出名，其中聚合了不少该国知名律师。

“他工作的地方，我好像很熟悉……”唐灵闭上眼思考着。巴璞和阿遥安静下来，连含在嘴里的瓜子皮都没敢吐出来。

在泰多金律所，唐灵的职位很低，平时也接触不到负责决策的高层。她曾在裴子航口中听到过几次，和禄岛核电的合作算得上是泰多金律所“从朝日法律事务所抢来的”。

只是，她一向不关心工作上的事，大多数心思都放在维系两人的感情上。此刻的她无比懊悔当时没有多追问几句，她的印象里，并没有听到朝日法律事务所有律师伤亡或失踪的消息。

“我还想起一件事。”唐灵沉吟片刻，“有一个人也来自这家律所，很有可能认识这名死者。”

“谁?”阿遥立刻问道。

“方玫。”

巴璞终于等到了吐出瓜子皮的机会，他在唐灵沉默的间隙，把瓜子皮吐向半米深的海水中。

藏在水里的海兔在下面欢快地接着，条纹状的小耳朵泛着绿莹莹的光。

“这东西也是变种人?”唐灵目瞪口呆。

“不是，它们是阿遥的宠物。”巴璞回答。

“所以，你还会帮我们吗?”阿遥忐忑地问，他弄不清人类社会之间错综复杂的关系，“她和你一样，都是生活在一个结界里的吗?”

唐灵低下头，把耳边的碎发别在耳朵后面，然后抬起头望着群山上的环形太阳，它已经逐渐变得炽红，说：“一定会帮。你们现在带我去看一下死者吧。”

巴璞点点头，准备站起身来。阿遥却拦住了他们，好像有很重要的话要说。

唐灵没好气地警告他：“你现在如果敢问我吃不吃瓜子，我就吃掉你！你肯定也知道的，人类吃鲨鱼是可以生吃的……”

“不是。”阿遥小心翼翼地说，“我是想问你的肚子饿不饿，因为你好像从来了之后就没有吃过东西。”

唐灵这才意识到自己一直头昏脑胀、暴躁不安的原因——太久没有进食导致的低血糖。

她膝盖一软，手掌刚好撑在巴璞的头顶之上，按得巴璞一个趔趄，险些栽下礁石。

“要不，给我点儿瓜子吧……”

在饥饿面前，人类一败涂地。

巴璞把这一条记载到了他的《人类学研究》手稿上。

幽深的海洋中，一切都是慢下来的。

这里没有时钟，没有电子表，没有快速翻动的日历。如果不是环形太阳随意地变换明暗，那么这里也不存在“时间”。人们做事情都是凭着心意，谁也不会催促谁，所有的事情都可以慢慢来。

这是一块不曾被时间打扰的静谧之地。

在这里，唐灵获得了走出校园以后最长的睡眠时间。不论什么时候睁开眼睛，周围都是一片天昏地暗，飘飘医生顶着鱼头用两条漂亮人腿在她身边安静地走来走去，无声无息地为海洋生物们治疗、包扎、分发草药。湿漉漉的空气里，弥漫着海水淡淡的咸味，和海底草药独有的苦涩味道，像是小镇人家在梅雨季中点起的艾草清香。

巴璞和阿遥在等待唐灵的身体恢复，他们口中的那处盐卤池位于深海 1500 米的位置。抵达那里，需要途经海底滑坡，承受巨大的海水压力，还要面对完全黑暗中未知的深海生物。

“即便是海底族最英勇的武士巴琅，去深海也需要做一番准备呢。”巴璞托着腮说。

唐灵的身体情况给飘飘医生带来了极大的困惑，她搞不懂为什么神奇的海底草药和飘飘鱼独有的修复黏液无法让唐灵变得强壮起来。

“这就是祖先们梦寐以求的人类基因吗？看起来比海底族要虚弱得多呢。”阿遥不屑地说。

“鄙人一直希望可以有一具人类的身体用来解剖研究……”巴璞看着唐灵，眼里闪着光。

昏昏沉沉的唐灵竖起一根手指，气若游丝地说：“你们，有没有考虑过我是饿成这样的……”

一块从沉船上拆下来的甲板是她的餐桌，漂浮在床前，上面摆着海底族常见的食物：浒苔、鹧鸪菜、海萝、红毛藻。

这段日子，唐灵吃干净了巴璞和阿遥在沉船中搜刮到的一切陆地食品，以潮湿的瓜子为主，偶尔掺杂一些变了味道的面包和乳酪。为了让她尽快好起来，阿遥还从家里拿出自己珍藏多年的方便面，这是他在一场海难中拾取的，收藏许久都没舍得开封。

除此之外，唐灵的食物就只有眼前这些泥黄、酱红、墨绿的藻类植物了。

“你的胃口会不会过于大了？”阿遥担忧地说。

巴璞是这里唯一的人类学家，除了做研究之外，还承担了教学工作，负责教海底族的孩子们学习人类语言。这里大多数人都是他的学生。他把照看唐灵的任务交给了阿遥。只不过阿遥对于“照看”的理解就是“照着光看”。

只要他来到飘飘医生的诊所里，必定会带着一只发光水母，在唐灵床前照出一尺见方的绿色荧光，幽幽地盯着唐灵的一举一动。看到唐灵食不知味地吞下那几坨海藻，阿遥毫不掩饰地露出嫌弃和遗憾的表情，就像人类看到一只大马猴往嘴里填着怀石料理。

“不是我胃口大，是你们不正常。你们这里气温低、氧气含量低，做什么事情都是慢吞吞的，再加上你们都是深海鱼，代谢也慢，隔三岔五吃口海藻就饱了，我不行啊，我是人类!”唐灵气喘吁吁地说，说几句话都耗费了她大半体力。

她把照在自己眼前的那只发光水母拍开，让光源投向诊所中间。那里进来了几只求医问诊的蟹人和虾人。他们谈笑风生，焦糖色的蟹钳圆润、肥美；而那几只虾人肤色白皙，肌肉紧实，相当适合白灼。

唐灵怜惜地摸着自己日渐凹陷的脸颊，若无其事地问：“照照那边——他们是梭子蟹还是面包蟹？”

“椰子蟹。他们的祖先生活在椰林海岸，常年以椰肉为食……你流口水干吗?”阿遥困惑不解。

“没，没想干什么。”唐灵半撑起身子，眼神再次跟着一位淡粉色尾巴的鱼人飘远了，她的脑海里闪过一行又一行的鱼类吃法：焦糖炙烤三文鱼、三文鱼腩拌饭、盐烤三文鱼皮……

阿遥一把夺回发光水母，重新把荧光绿色照到唐灵脸上，认真地说：“巴璞让我照看你，可没让我照看别人。”

“你不行，代价太高，吃不起的。”唐灵愁肠百结地把手伸向阿遥的背鳍，像抚弄一只小狗似的摸着鲨鱼的背鳍，心里想的是吃国家二级保护动物得坐几年牢。

“我警告你，我们现在都是法定的人类了！你可不要对我有什么非分的想法!”阿遥意识到哪里不对，收起笑脸，但还是任由唐灵拎着他的背鳍。

“唐律师，要不先试试这个?”

诊所之外，鳗老板迤逦而来。

一时之间，唐灵很难分辨来者是“他”还是“她”——人面蛇身，湿漉漉的长发披肩，腰肢纤细柔软，走起路来弱柳扶风，摇曳生姿。

直到走得近了一些，唐灵才确定是“他”。鳗老板有一张五大三粗的脸，像是一幅狂草书法作品。尤其是一双眼睛，眉骨粗犷，瞳仁浑黑，犹如两个浑然天成的问号，看谁都带着一副迷惑的表情。

他嘴边的两绺胡子一翘，笑眯眯地拿出一只青灰色的椭圆贝壳，里面是一块灰扑扑的肉干。

“抹香鲸腹部，鲸脂最肥厚的地方。”鳗老板夸张地吸吸鼻子。

他似乎不太受飘飘医生欢迎，飘飘医生迈开两条长腿，不屑地转身离去，连一个多余的表情都没有留给鳗老板。

阿遥小声地告诉唐灵，鳗老板垄断了海底的发电站，这里的大多数人都不太喜欢他。

“咳咳，我听得见。”鳗老板坦荡荡地说，“在百忙之中，听闻我们这里来了位律师，所以我有些法律问题要不耻下问。”

“他的成语也是巴璞教的吧?”唐灵小声问。阿遥赞许地点点头，一副“这都被你猜到了”的表情。

鳗老板把鲸鱼肉干托在掌心，左右转着观赏，发出“啧啧”的感叹:“这还是我应邀去陆地参加生物发电设备研讨会时带回来的……”

“其实是他跑到结界外溜达，被捕鱼船一网子兜上去了。”阿遥解释。

“喂，不用翻译，唐律师听得懂人话，二王子。”鳗老板愤愤地说。

“我打断一下，你们这里‘王子’的含义和我们陆地上是一样的吧?”唐灵惊讶地打量着阿遥，像是刚刚认识这位脑子不太聪明的人鱼。

阿遥似乎对这个称谓不太满意，满脸都写着不爽，朝着鳗老板的两撇胡子指了指，绕到诊所门口去了。

“言归正传。说到哪儿了？”鳗老板把鲸鱼肉干放到唐灵的鼻前，一只手在上面来回扇动，试图用鲸鱼肉的香气迷惑住唐灵，“对了，就是有些法律问题想和唐律师咨询一下。我知道的，人类律师是收费的。当年我在海鲜市场……不是，在生物发电设备研讨会也雇用过律师。这样，这块肉干就给你了。希望唐律师好为人师！”

“你……说吧。”唐灵本想义正词严地斥责鳗老板，告诉他吃国家二级保护动物，那是五年起步、十年封顶的大事。但是话到嘴边，就变了调。

当阿遥再次回到诊所时，他看到唐灵盘着腿坐在床上，一扫方才的虚弱无力，她一边心满意足地剔着牙，一边对鳗老板谆谆教诲。

“五险一金交了没？”

“没有。”

“合同签没签？”

“没有。”

“工资一般怎么发？”

“没发过。”

“那他们为什么几代人都在你的发电厂工作？”

“我们有编制……”

“……问题不大，最多罚点儿钱。等上弦月到了，你去补个营业执照，申请个新能源补助，真有人起诉你，这些钱也补得上缺口。”

鳗老板感恩戴德，临走前还连连作揖，再三邀请唐灵，说是等小吃摊儿开业后，请唐灵务必来“化缘”。

“好说，好说。”肚子里有了像样的食物，唐灵说话的底气都足了，“把成语再巩固一下啊!”她对着远走的鳗老板喊。

“什么小吃摊儿?”阿遥没有从巴璞那里学到过这个词。

“哦，我给了他一个小建议，建议他朝餐饮业发展。你看你们这儿，又黑又冷，连口热饭都吃不上。他们电鳗又人多势众的，还都是带编制的，他也开除不了，整天闲得打架，导致你们这里老停电。那他就不如发挥余热，支个摊儿，把这些海藻啊，浮游虾米什么的，做成电烤的。”唐灵咂咂嘴，回味着电烤鲸鱼肉干的弹嫩鲜香。

“我明白了，这个词我学过——废物利用!”阿遥恍然大悟。

唐灵点点头:“很好，一看你们就是同一个师门的……”

第三章

暗袭

AN XI

鳗老板是结界里知名的大喇叭，他把阿遥请来了律师的消息传遍海底。

飘飘医生的诊所开始人满为患，咨询法律问题的变种人络绎不绝。

尤其是蟹人和虾人，天生比其他人要好斗一些。他们在飘飘医生这里刚包扎好伤口，就争先恐后挤到唐灵面前相互告状。千年来，这里没有产生过“金钱”概念，任何交易都是采取以物换物的形式。人与人之间的关系也极其简单，不存在“内卷”和阶级纷争。所有人一诞生就遵循上一代的生活方式，在海底安静地栖息。

他们之间产生的矛盾也格外幼稚，无外乎是你踩了我的脚、我挤了你的壳之类鸡毛蒜皮的小事。最初唐灵还耐着性子调解几句，后来彻底疲倦了，一律采取糊弄大法蒙混过关。

“唐律师！蟹小弟钳了我的尾巴，留下好长一道伤口，我都破相了！”

“死刑。下一位。”

短短一天之内，阿遥眼睁睁看着唐灵判出了七十八例死刑、二十五例死缓以及一百多例无期徒刑。

最初他还站在一边饶有兴趣地听着，唐灵也给他安排了个“书记员”的差事，阿遥当得津津有味，左手一块沉船木板，右手一支墨鱼笔，认真地盯着唐灵的嘴巴，那里每冒出一个新鲜词，他就恭恭敬敬地记在上面。

“儒艮巴珊，因为坐在礁石上接受船员投掷的硬币，判洗钱罪，十年有期徒刑。”唐灵随说，阿遥随记。常常是她话音刚落就忘了自己到底给判了个什么罪，倒是阿遥一笔一画记得认真。等唐灵回答完这些族人的问题，阿遥身边已堆砌出一座小墙。

“什么叫‘十年’？”儒艮巴珊是传统的美人鱼，人类童话里的美人鱼形象都来自于她的祖先。橙褐色的波浪长发一直垂到腰间，没说几句话就不胜娇羞地靠在了床边，勾起手腕，托住下巴凄迷地盯着唐灵。她俩离得极近，唐灵似乎能感受到她纤长的睫毛都要触碰到自己的脸颊了。而当唐灵望向她的那一刻，她旋即游开，留下一阵淡若幽兰的微香，在隔开一段距离的地方站住，扭过头来浅浅地对着人笑。

“‘十年’就是很多斛。”阿遥对时间也一无所知，但他认为自己作为“书记员”，是时候讲两句话了，“就是环形太阳起起落落几千次。”

“为什么他们都是死刑，只有我是有期徒刑？”巴珊尚不知足，尾巴轻轻拍着海水。

“那你……还做了什么其他犯法的事吗？”见到真正的美人鱼，唐灵也挪不开眼睛，下意识地想和她多说几句话。

“我，我还给那些船员唱歌。他们投来硬币，我就唱歌给他们听。”巴珊的眼睫浓郁，总是习惯在睫毛的阴影下斜斜地看人。无论说什么话，发音都甜腻而缓慢，像是唇齿之间有一块嗲嗲的白糖糕黏在那里。

“那就再算上个危害交通安全罪吧。数罪并罚，无期。”唐灵苦思冥想，终于给巴珊找到了一个合适的罪名。巴珊烂漫地笑起来，一颗小虎牙在红唇间若隐若现。她对这个结果十分满意，一路唱着歌走了，橙褐色的长发随着腰肢摇摆，如同风花雪月中淌下来的红瀑布。

当巴璞下课回来，阿遥已“著作等身”。他用完了五支墨鱼笔，在沉船木板上画了几千个游鱼一般的象形文字。这些文字中，斜斜的窄三角代表海底族人，后面像贝壳和海藻一样曲折的线条是他们的名字，而他们的刑期都用海螺来表示。十个海螺图案代表人类的十年，单独一个巴掌大的海螺图案则代表无期。

“要不，我们的返航计划就暂停吧。”面对堆砌成墙的“判决书”，阿遥咧咧嘴，征询巴璞的意见。

巴璞不置可否，他给唐灵带来了今日新摘来的海藻以及结界出口处冲进来的浮游小虾。一听到他们还有“返航计划”，唐灵连吃也顾不上了，紧接着奉劝阿遥：“你们准备回到陆地生活吗？听我一句劝，一定要回去。到了上面，我请你们吃些真正的人类食物，开开眼界，见见世面……”

阿遥皱着眉头说：“可是听起来我们这里的人都罪大恶极呀。光你的审判意见就已经这么厚一摞了。”

唐灵被嘴里刚咽下去的海藻噎了一下，她吞吞吐吐地说：“那，那不是有我吗？包在我身上。你们这些罪，我都能给你们辩成无罪释放。”

阿遥望了巴璞一眼，见巴璞正在翻看那些判决书。他故意拍了几个水花，巴璞依旧全神贯注地沉浸在判决书中。阿遥深吸一口气，小心翼翼地走到唐灵一侧，压低声音问：“如果是犯了很大很大的错呢？你也能帮我吗？”

“你犯什么错了？”唐灵压根儿没当回事，这一天的法律咨询让她意识到，这里是一方无罪之地。

“我……”阿遥再次看看已经转到另一侧去的巴璞，眼皮垂下来，躲闪着唐灵的眼睛。他十指交叉，像是在给自己打气，由于过度用力，骨关节绷得发白。尝试了许多遍，阿遥都说不出来，只有背后的鳍剧烈地颤抖，仿佛要用尽全身力气来阻止一个天大的秘密脱口而出。

“如果和别人不一样，是罪吗？”阿遥终于冒出这样一句话，他对自己说的人类语言不是很有信心，又补充了一句，“我是说，如果我明明是个怪物，却一直伪装成和别人一样的鱼人，这是不是罪？”

“你以为你现在这个样子到了陆地上还不算怪物吗？”唐灵捂着嘴巴笑出了声。她本不是一个刻薄的人，但是一见到阿遥，她就总是忍不住拿他打趣，阿遥笨口拙舌、急于解释的样子更让她觉得好玩，是她在海底为数不多的乐趣。如果阿遥露出生气的神情，她就会把腰一挺，理直气壮地说：“谁让你把我从岛上拐下来呢?”

可这次阿遥没有生气，他微尖的耳朵竖起来，在捕捉结界里细微的动静。巴璞也像被施了定身咒，一动不动地站在那堆判决书之前。

正在凿药的飘飘医生也怔住了，她的两条长腿焦急地在海水中踢打着，最后抱起一只药箱，跑到了诊所之外。

“怎么了？怎么了?”唐灵从床上跳下来，巴璞和阿遥不再使用人类语言沟通，而是此起彼伏地说着海底族的语言，像在沸水中急促滚起的水泡。

街道上，海底族尖锐的声音由远及近地传来。方才一直在外面唱歌的巴珊也换了种音调，她柔软的嗓音不再歌唱浪漫凄楚的爱情，而是陡然一转，亮出雄浑的歌喉，开始唱那些节奏短促、气势磅礴的曲子，像古老的边关上，战士吹起的号角。

唐灵跟在他们身后赶了出去，结界入口只有公司楼下的花坛那样大，外面浮起自下而上的细碎白雪。这些白似雪的东西被海水高高顶起，又缓缓落下，积在结界外的礁石群上，远远看去，如同一座连绵的雪山从海底浮出。

结界外，璀璨多彩的珊瑚和黯淡无光的礁石均被盖在一片绵绵白雪之下，而更高一些的地方像是有某种庞然大物缓缓而至，一点点吞噬了所剩不多的微光，让一切都沉浸在黑暗之中。

不出所料，鳗老板的发电站又在关键时刻断电了。

“超——超负荷了。有带电的赤魟过来了。”鳗老板惊恐地喊。

结界瞬间陷入黑暗，唯有环形太阳还在发着纯白的光。驻守在那里的蝰鱼不急不慌，依旧按照亘古不变的节奏，在太阳周围循环往复地绽放光芒。

结界外，几束青紫色的闪电滑过，把满覆白雪的礁石和珊瑚撞得七零八落，原本已沉寂下来的海水中再次下起纷飞的大雪。

雪中，一双、两双、三双……荧光绿色的眼睛亮了起来，那些眼睛没有一点儿温度，看不到人类的智慧和仁慈，是属于野兽的眼睛。

“他们来了。”阿遥的声音反而很沉稳。

站在他背后的唐灵看到，阿遥的背鳍正在扩张，每一根鳍骨都像箭一样立了起来。

“巴琅还没有回来，王也还没有醒过来……”巴璞的声音瑟瑟发抖。

“还有我，我也是守卫结界的武士。”阿遥大步向前，冲了出去。

“他应该没问题的吧?”唐灵的眼睛适应不了彻底的黑暗，她只能看到结界外鬼火一般的绿色，“你不是说过吗，他是什么鲨鱼来着？鲨鱼嘛，海底霸主，吃掉鱿鱼没问题的吧?”

巴璞苦笑着，攥了攥拳头，回答不上来。

当赤鱿的面孔几乎贴上结界，唐灵才看清，它们每一只的体型，都超过了她曾乘坐的那艘波塞冬号游轮。

而她能看清的，已有百余只。

结界入口打开的一瞬间，巨型赤鱿疯狂地簇拥向前，而入口仅容它们放得下一只眼睛。黑而冷的眼睛，像从天而降的星体，悬在结界入口，泛着青色的光，和战栗的海底族人对视。

阿遥挡在所有人前面，他手里抓着两把鲸鱼骨改造的白色长矛，向赤鱿的眼睛掷去。

赤鱿仿佛不怕痛一般，长矛入眼，依旧不肯离去，拼命向结界里挤着。后面的百余只赤鱿也一拥而上，疯狂地堵在这只赤鱿身后，想凭蛮力撞开结界入口。

结界中，地撼天摇。

钟乳石柱上裂开丝丝碎纹，从穹顶纷纷砸落。人们四散逃窜，躲避碎石。街道上古老的有轨电车被砸成了两半，十几米高的血红珊瑚被齐根压折，鹿角般的红色枝丫跌落海水。寄居在珊瑚林的荧光水母潜入水底，贴在地面来躲避这无妄之灾。模糊的圆影颤颤巍巍，像是从海水中浮起许多晶莹透亮的莲。

“海底竟然有这么大的生物……”唐灵被那巨大的眼睛震惊了，站在那里忘了逃。身边碎石落如雨下，飞扬的尘土中，她仰头望着那只眼睛，还以为自己看到了坠落在眼前的月亮。

“以前并没有大到这样恐怖的程度，就算是对结界发起突袭，我们也有八成以上的胜算。最近这些年不知道为什么它们长得飞快，如果再这样下去，结界怕是不保了。”巴璞拉起目瞪口呆的唐灵，带着她跑到一处礁石之下藏身。

结界里，漫进来的海水越来越多，眼见就要没过唐灵的肩膀。

海底族人在沉船中搜集的各类摆设、家具都被海水冲了出来，空了的可乐罐、红酒木塞和寄居蟹遗弃的小房子一同漂在水面。

赤鱿似乎也发现了涌过来的海水可以对这里造成毁灭性的打击，它们静了片刻，青黑色的眼珠毫无感情，冷冷地望着这里发生的一切，像是巨人在思考如何能一举摧毁玩具般的微观世界。

礁石壁上，有蝙蝠一样的生物快速飞出。它们的背部凹凸不平，深褐色的皮肤颜色与礁石极为接近，仿佛早已融为一体；背鳍和胸鳍一片雪白，连成一体，展开后有五六米宽，像翼装飞行员的翅膀。它们腾空飞起，长刺一般的尾巴用力拍击水面，清脆的巨响一声接着一声，越来越多的同类被唤醒，追随在阿遥身后，迎着滚滚的海水逆流而上。

“是海蝙蝠。平时要么躲在沙地里睡觉，要么伏在礁石上一动不动。自从我们的祖辈建立这处结界开始，它们就在这里了。如果渗入结界的海水过多，那就意味着结界遇到了危险，它们就会被唤醒。”巴璞提醒唐灵低下头，躲闪着呼啸飞来的海蝙蝠。这些海蝙蝠身宽力大，尤其是那刚劲的翅膀，如果在海面上与人类相遇，它们只需要一跃一沉，翅膀击起的海水足以打翻一艘渔船。

在海蝙蝠的冲击下，拥挤在结界入口处的赤鱿们向后退了一步。

阿遥和其他海底族武士立刻冲了出去，与乌压压的海蝙蝠在海里形成一道防线，守护着结界入口。

因为涌入的海水过多，氧气稀薄，海底族全部从半人半鱼态退回到原来的海洋生物模样。飘飘医生是一条蓝色尖吻鱼，大约有 1.8 米长，唐灵从那黑蓝白相间的条纹辨认出了她；鳗老板则是一条妖娆的电鳗，盘桓在被钟乳石砸断了的电车旁，久久不肯离去。

这些拥有了人类智慧的海洋生物，占据了海底食物链的顶端，几千年的进化使他们的体型远大于那些普通的同类。但在巨型赤鱿面前，依旧是蚍蜉撼树一般的存在。

游弋在赤鱿群前，阿遥毫无畏惧。嗜血的本能埋藏在他内心深处，海水中弥漫的血腥气息让他兴奋，他渴望和这些大块头们相互厮杀、相互啃噬，但他不想在族人面前露出凶残的一面。

沉静片刻，他再次拿起尖锐的鲸骨长矛，敏锐地在赤鱿群中上下游窜，抓准时机朝着它们的眼睛发起攻击。

唐灵已看不清结界外的情况，只能看到巨型生物在漆黑的海水中浮动、挣扎，它们任意一个动作都可以掀起惊涛骇浪，海水撞击在礁石上的声音如鼓鸣、如雷轰，碎裂的钟乳石柱上不时传来磅礴的回声。

在它们搅起的旋涡中，一个灵活的身影时而进攻、时而躲闪，他的身后跟着一群赴死的海蝙蝠，像受巫师指挥的大鸟，随着他的动作发起进攻。

赤鱿挥起粗壮的触手，立刻就有几只海蝙蝠受伤跌落。

围绕在远处的虎鲨群伺机而动，等待捡食这场战役中的失败者。

“阿遥怎么还保持这个形态？”巴璞感觉到事情有些不对，他和唐灵坐在一块沉船木板上，滑行到了结界边缘，“不进入鲨鱼态的话，在海水里很快就会体力不支的。”

借着鳗老板发出的微弱的光，唐灵终于能看到外面的情形，阿遥始终保持着半人半鱼的姿态和赤魟周旋。海水已被血液染红，海蝙蝠死伤过半，阿遥身上也布满伤痕，鲸骨矛只剩短短半截，被他握在手掌中。

“你们的形态是可以自己控制的吗？”唐灵急切地问。

“受环境和意愿的双重影响，高湿度、低氧气的情况下，大多数人鱼都会回归到完全的鱼类形态。”巴璞焦虑地在木板上踱步，“他好像是刻意维持现状，有意不进入鲨鱼态。”

阿遥面前，还有两只赤魟尚未放弃。

它们一左一右分头包围住这渺小的人鱼，他的身后，仅跟着十余只海蝙蝠。

同类的失败，让它们意识到，只要不给他接近自己的机会，单凭这巨大的体型悬殊，他就无法发起进攻。

阿遥弓着背，背鳍底下像有什么东西要割裂他的脊背，然后破土而出，他感到自己的手臂和尾巴都在急速膨胀，他在和这股力量对抗。

他知道，一旦放出这股力量，一旦纵容自己变异，那后果是无法想象的。

上一次不受控制地回归到那种“怪物”形态，他打翻了一艘船。

那艘叫波塞冬号的游轮被他掀起的风浪卷入大海，尽管他的本意只是想登船寻找一位可以帮人鱼打官司的律师。

折裂的桅杆、被撕裂的甲板、像叶子一样漂浮在海里的人类……那是他这段时间以来的噩梦，更让他恐惧的是，在那种“怪物”形态下，他甚至有种要吞噬一切的想法。

“我是人，不是怪物……”阿遥直立起身子，把那股想要异变的力量压回体内。半人半鱼态的他并不能长时间承受深海的压强和缺氧环境，隐隐的眩晕感包围了他。他本想对赤魷发出挑衅的信号，而胸腔却传回一阵阵闷痛，眼前的黑暗来得一次比一次频繁。

“变成鲨鱼呀！阿遥！你是不是忘记了？”巴璞在结界里着急地大喊。

飘飘医生直接从结界入口冲了出去，游向被赤魷包围的阿遥，他正在笔直地缓缓下沉，而赤魷粗壮的触手无声无息地伸向了他。

一声嘶鸣传来。

像马，但远比草原之上野马的嘶鸣更嘹亮，更空灵。是席卷八千里地的大风，在边关卷倒胡杨林后发出的嘶鸣。

巴珊是第一个听到这声音的，她转换音调，兴奋地跟着这声音唱了起来。

“是鲸歌！”巴璞握紧的拳头松开了，“巴琅回来了。”

结界外，这深邃的鲸歌让阿遥陡然一凛。沉入海中央的他拼尽全力游向斜下方，在触手上划下一道又一道伤痕。赤鱿越是恼怒，伤口处的血液就散开得越远，匍匐在一旁的虎鲸群就越是兴奋。它们像草原上的秃鹫，对准赤鱿的伤口吮吸起来。

恼怒的赤鱿挥动触手，追击在海水中躲藏的阿遥。

一条矫健的六鳃鲨挡住了它的追击，这条六鳃鲨比寻常的鲨鱼大了几倍，像一艘小型潜艇。但在巨型赤鱿眼里，也不过是一只令人讨厌的小小鱼类。疼痛和失败让赤鱿失去了耐性，它们只想一口吞掉这些上蹿下跳的小东西。

而这只六鳃鲨远比赤鱿想象的更勇猛、更灵敏，直袭赤鱿面庞，尖锐的牙齿瞬间让它皮开肉绽。

空灵的鲸歌戛然而止，一头又一头蓝鲸出现在六鳃鲨的背后，像从天而降的守卫，牢牢保护住结界入口。

这群性格温顺的大块头，在海底几乎没有敌手，它们不屑与谁为敌，但也绝不任人欺凌。蓝鲸群游荡在赤鱿身后，直到确保它们不再回来，才渐渐游入深海中。

飘飘医生把阿遥带了回来。

他的肩背、手臂、尾巴上全是伤口，因为受到触手的重击，手腕处有骨折，飘飘医生不得不用一根珊瑚把他的手臂固定了起来。

“你是阿遥找来的律师？”巴琅问呆呆地站在一旁的唐灵。自从他由六鳃鲨变回人鱼形态，唐灵就一直保持着这种呆若木鸡的神情。

“他在和你说话呢。”巴璞戳戳唐灵的胳膊肘，唐灵恍然大悟，除了点头，别的什么话也说不出口。

“为什么一直这样看着我？是还不习惯海底族的样子吗？”巴琅被唐灵看得摸不着头脑。前段时间，他前往日本海岸线，协助一批搁浅的鲸鱼回归海洋。阳光把他的肌肤晒得黝黑，微卷起的头发漫不经心地散在肩上，让他看起来像是古希腊雕塑中的王子。

“这个人很奇怪的。她看到巴珊时也是这样挪不开眼睛，还说这才是他们人类世界童话里美人鱼的样子。”阿遥醒了过来，他见到巴琅异常开心，不顾伤口尚未愈合，像个小孩子一样伸开双手，“哥哥，你回来了。”

巴琅和他紧紧拥抱在一起。巴璞看着这对久别重逢的兄弟，一边擦着眼泪，一边小声对唐灵说：“阿遥不是在结界里出生的，是六个月大时被人送到海底的，几乎完全是由巴琅抚养长大。”

阿遥的伤口渗出一点点血迹，飘飘医生赶过来要求他躺下。巴璞想起刚才结界前的一幕，百思不得其解：“阿遥，你为什么不变成鲨鱼形态？你明明知道的，在深海里半人半鱼态支撑不了太久。”

“我……”剧烈的疼痛让阿遥龇牙咧嘴，他好像想说些什么，但始终没有说出口。

巴璞还在不停地念叨：“如果不是巴琅及时赶到，后果不堪设想。”

“没关系，我会一直在的。”巴琅抚摸着阿遥的头发，安抚疼痛的他。

等阿遥再次沉睡过去后，巴璞小声地说：“王子殿下，阿遥已经不是小孩子了。将来您继承了结界，他作为您的帮手，也是要守护结界的，再把他当小孩子看，他始终都不会长大的。”

巴琅宠溺地笑笑，对这个问题避而不答。他对巴璞说：“放心吧，阿遥好得很快。在回来的途中，我看到有一艘沉船，里面似乎还有被困的人类。他们有潜水设备，还能再撑一会儿，等阿遥醒了，我们再去看看。”

“是波塞冬号吗？”唐灵从花痴状态恢复了过来，“是不是一艘游轮，五层的？”

“没看那么仔细。我们在海里游得很快的，被困的人似乎男女都有……”

“是他们来找我了！”唐灵抑制不住地掉下了泪，“是我的同伴，一定是。能不能现在就去救援？他们撑不了太久的！”

“你是因为船沉没了才来到这里的吗？”巴琅显然对这件事一无所知，在阿遥的叙述中，唐灵乘坐的波塞冬号因为故障而搁浅在小岛上，并没有人员伤亡，更没有谁落海。

“是的，我记得起风浪的那天，也出现过和赤鱿那么大的海底生物。就在船底，当时我站在甲板上，看到了它的眼睛……”

唐灵擦干泪水，回想起那天蛰伏在海水中的庞然大物。那只海底生物出现没多久，海上就起了一场轩然大波。

“那应该不是赤鱿，它们从来不去浅海区域，它们生活在海平面千米之下的海沟，眼睛和内脏早已适应不了浅海的光线和压强了。更何况，这群赤鱿是刚刚离开海沟的，看到那些落在礁石上的海雪了吗？那是海沟附近的悬浮颗粒，像多年无人擦拭的灰尘一样，是被赤鱿带上来的。这意味着赤鱿族群有段时间没离开过海沟了。”巴琅缓缓地说。

巴璞发出了一声夸张的尖叫：“这还意味着，我们很可能有新的敌人要出现了。结界可经不起再一次袭击了。我的教室、我的藏书、我的论文，全都毁于一旦啊！”

“你作为一只海星，还写论文啊？”唐灵惊讶地看着这只会说话的海星，哑然失笑。在海底结界，这些莫名其妙的家伙们总是能出其不意地让她忘记眼前的烦恼。

巴璞两只尖尖的小手相互搓搓，低下脑袋说：“鄙人研究人类学很久了，有那么一点儿不值一提的小成果。等返航计划实现了，鄙人想向 SCI 投几篇论文，获得一点儿虚名……”

他们说这些的时候，躺在病床上的阿遥双眼紧闭，睫毛一直在轻轻颤抖，胸腔也出现了明显的起伏，手臂上浮起若隐若现的肌肉线条，绷带上再次有血迹渗出。没有人注意到这一切，除了一直站在旁边守护他的飘飘医生。

飘飘医生没有人类的语言系统，听不懂也说不出人类的语言，她不明白为什么大家的脸上都浮现出了害怕的表情。她那灰色的鱼眼睛对表达感情这件事无能为力，她只能面无表情地低下头，久久地看着紧张的阿遥，然后用一侧的鱼鳍，一遍又一遍地轻拍他的脊背，像是人类的母亲在安抚幼儿。

“飘飘医生？”巴琅喊了几遍，飘飘医生才听到。她匆忙赶过去，巴琅用一串气泡似的声音告诉了她沉船的位置，请她和几名医生鱼组成救援队，赶去紧急救援。

“放心吧，飘飘鱼的速度很快。沉船上的人都带了专业设备，能撑到救援的。”巴琅宽慰着唐灵。

飘飘医生点点头，背上药箱，然后转过身子看了一眼阿遥，再看看交谈着的三个人，沉默地游向海洋深处。

经此一战，结界内满目疮痍。

街道上低矮的店铺被落石砸穿，交通设施也被拦腰截断。远处的珊瑚红树林矮下去一截，存储在那里的酒桶浮在水面上，珊瑚红色的酒浆殷殷流淌。结界里积攒的海水漾起淡淡的粉色，飘散出海底浆果发酵后独有的鲜香与迷醉的气息。

半游半走的海底族人喝了太多海水，都有些醉了，几名蟹人背壳通红，勾肩搭背地坐在珊瑚杈上吐泡泡。美丽的巴姗和其他美人鱼把尾巴甩到一侧，各抱了一只缺了口的酒桶，坐在断裂的屋顶上，一边喝酒，一边唱歌。他们似乎并不着急重建眼前这受了重创的家园，当务之急仿佛是把流出来的酒喝光。

“本来嘛，结界就是自然的馈赠。在祖辈的记载中，他们找到这处海洞结界时，这里就已经初具雏形。”巴璞对坐在木板上的唐灵说。他不习惯仰着头说话，也跳了上来，像一位规划师，挥着手臂讲述结界曾有过的繁荣。

这里曾经是一座都市，摩天大楼鳞次栉比，高架桥盘旋往复，纪念碑、游乐园、学校、医院……应有尽有。

巴璞指着一团乌黑的礁石，再指指被钟乳石砸下去的一处凹洞，煞有介事地在虚空中比划着。

“而且，这些建筑仿佛在这里等待了很久了。祖先的日记里写道，‘游乐园的摩天轮上生了锈，被海草紧紧缠绕，许多海螺已经在上面安了家。他们用力转动暗红色的滚轴，摩天轮竟然缓缓地转了起来’。”巴璞对这一切倒背如流，“祖先猜测，这里曾是一座被海水吞没的城市。”

唐灵皱着眉说：“唔，我不觉得你们这里有什么都市的影子。这里看起来就像陆地上简陋、粗糙的小镇。”

“这就是战争的后果。一次次被冲毁，再一次次重建，受条件所限，我们无法生产钢铁、水泥等材料，建成这样已经很不错啦！”巴璞得意地说。

巴琅一直以鲨鱼的姿态在水里游着，他在探寻沉落水底的居民收藏品，比如断了线的电话，导管和线路被掏空的电视机以及各种旧相框。巴璞喊他上来做证，他冒出鲨鱼犀利的背鳍，在水面上划出对号的弧线，然后继续沉到水底探寻。

“我怀疑你在吹牛。这里完全看不到现代文明的痕迹，是不是你做人类研究时读了陆地上的资料，产生了什么幻想？”看着眼前黑黢黢的小镇，和懒散又快乐的海底人，唐灵无法想象这里曾经也有过高楼大厦和游乐设施。

“他没有。”巴琅不知道什么时候已绕到了木板之后，他变回了半人半鱼的形态，推动木板向前，鱼尾在水中迅速摇摆，“那些文明的遗迹都还在，是每一代族人都要守护的东西。我可以带你去看一下。”

他刚从水中浮起，黑色的头发被水打湿，闪着一点点幽蓝色的光泽，希腊神像般坚毅的五官在暗光中也清晰可见。

唐灵感到脸上一热，她想起自己被阿遥带入深海的方法，捂着嘴巴说：“啊，那多不好意思，第一次见面，你们真的是太奔放了。那，那就拜托了。”说着，就把手伸向巴琅的肩膀。

没想到，巴琅刚好沉下水中，重新回到鲨鱼形态，唐灵用力过度，扑了个空，从木板上跌了下去。

片刻之后，灌了一嘴海水的她被鲨鱼驮了起来，打了几个泛着酒香的嗝儿。

“这样走，会快一些。”在一旁游泳的巴璞说，“遗迹大多数都在结界内，有氧气的，不用担心。”

骑在鲨鱼背上的唐灵怅然若失地点点头。

“咦？你脸怎么红了？”巴璞时刻不忘他的人类学研究。

“醉了。”唐灵狼狈地说，从嘴里吐出几口海沙。

隐藏在结界深处的礁石群山，遮蔽了这里曾有过的繁荣。

巴琅举起右手，掌心朝上，周围的荧光藻顺从地聚集过来，在群山之间汇聚成一条星星点点的河，再如溪流一般，沿着不同的分支流淌。

黑暗散去，一座废弃的城渐渐显现在水下。

她牢牢抓住巴琅的背鳍，游荡在这座废城的上空。

这里是结界中的一处巨洼，结界里多年积下的海水均流向此处。

巴琅说，这个地方要比结界中的生活区再低近百米。凋零的摩天大楼被海水吞没，像受伤的巨人一样孤零零地站在水中。它的脚下，是荒废千年的游乐场，曾留下许多欢笑的摩天轮被长到几十米高的海藻牵绊着，静静地生着锈。

生活在2036年的唐灵，早已摒弃了“时间是一维的”这个观念。可若隐若现的铁轨和颓败的火车头，还是让她对自己所学所知的历史产生了困惑。

“你们的祖先是什么时候发现这里的？”唐灵的声音颤抖。

“最早的记载是1710年……”巴璞翻着白眼，回想自己看过的《海底人类史》。

他们游向摩天大楼的楼顶，那里一处建筑残余物勉强可以露出水面。唐灵从巴琅背上跳下来，蹚着冰冷的水走向那反着微光的建筑，她抹掉上面的积水，从凌厉的碎片中可以判断，这里曾是位于高楼楼顶的全透明阳光房。也许曾是一间咖啡店，也许曾是一间花房，无论是什么，一定曾有过许多人在这里享看过城市之巅的风景。

唐灵还在这里捡起十几张圆形的东西，最初她以为是巨型贝壳，海水已经蚀去了它原有的样貌。巴璞接过来，放在嘴里啃了啃，又掂了掂，然后说：“是你们人类的唱片。”

“1710 年……那不可能呀，那时工业革命还没有开始。”唐灵被翻起的海水呛了一下，她毫不客气地招呼巴琅过来，“能不能麻烦你再变一下鲨鱼？”

“请称呼他为尊贵的王子殿下。”巴璞立刻纠正。

“没关系。”巴琅宽容地笑着，在水中轻巧一跃，露出尖锐的背鳍。唐灵轻车熟路地抓住巴琅的背鳍骑了上去，一心都在探索这遗迹的来源：“最早的海底人发现这里时，这里就已经荒废了很久了？”

“是的，是的。根据祖先的记载，他们发现这里时，这里是一处都市废墟，仿佛经历过一场浩劫。都市里大部分物资都保留下来了，只是人类都不见了。”巴璞小心地在前面探路。

唐灵目不转睛地望着水中央，那里依旧有立交桥、居民楼留下的金属架构。这里也曾人声鼎沸，这里也曾车水马龙。唐灵感到呼吸困难，她想，不知道是一场摧枯拉朽的海难剥夺了这片土地，还是人们曾在这里建立文明，然后又舍弃了它？

这些在巴璞祖先的日记里无迹可寻。他们也只是根据这里的保留物进行猜测——“鄙人精心撰写的论文里提到了这个假设：人类本就诞生于海洋，有一部分人选择走上陆地，有一部分人留守海底，并在海底发展农耕、建设城市，产生了不亚于陆地的文明。”

“你不会剽窃我的论文吧？”巴璞滑稽的声音停住了，警觉地询问唐灵。

唐灵懒得理他，回了一个白眼。

最初他们还会交流关于这里的看法，随着水中的废墟越来越多，所有人都越来越沉默。

他们安静地穿行在礁石山脉之间，在一处明显的断层前，巴琅停下来，从水里发出信号，告诉他们不能再向前了。

在巴琅背上，唐灵远远地望见一根巨型灰色罗马柱横倒在两块庞大的海底礁之间，像跨江大桥一般，火红的鱼在这里来回穿梭，密集如同黑暗银河中躁动的流星，不知在忙碌些什么。

她努力向更远的地方望去，音乐厅浑圆的穹顶、运动场开阔的观众席，现在都已经彻底属于那些会发光的深海鱼。这些鱼的样貌很怪，远异于常见的深海鱼种，身上绽出奇光异彩，成群成群地伏藏在这里，静候趋光小鱼的到来。

“那个地方现在已经不属于结界了。”巴璞遗憾地解释，“2022 年开始，针对海底族发动的战争就越来越频繁，每次大战之后，结界守护的区域都会缩小一些。我曾经去过那个图书馆，想发掘一些当时的历史记录。基本上，我能完成人类研究，依靠的就是那个图书馆里保存下来的资料……”

“现在你们不可以去了吗?”唐灵疑惑地问，“那里明明还生存着好多海洋生物。”

巴琅找到一处高地，像是某幢高楼上的避雷针，他让唐灵停留在此，然后忧虑地说：“那里的海水有些问题。巴璞曾经频繁地进出那里，后来就慢慢地无法变成人形了。飘飘医生怀疑，那里有某些化学物质或者射线，对海底族有不可逆的伤害。”

“是的，我已经有十几斛的时间没有变成人类了。”巴璞感慨，“真怀念有一头秀发的日子。”

“其实我们请你来，也和这件事有关。”巴琅想了想，还是说了出来。他把湿漉漉的头发捋到脑后，露出高挺的额头，那里有一道突起的旧疤，由额角到左眉，“那个死在海底的律师，是代表禄岛核电来和谈的。”

“禄岛核电？”唐灵和巴璞齐声问道。

巴琅点点头，他怜惜地摸摸巴璞尖尖的脑袋，声音沉重地说：“这次去日本海送回那些搁浅的鲸鱼时，我发现它们身上也有明显的变异点。和结界禁区的鱼很像——比如失去视力、肢体出现异变以及腹部和尾部出现异常发光点。你们知道是为什么吗？”

“你不会想把这件事赖在禄岛核电身上吧？”唐灵打趣道，“国际社会对这件事有定论了，是无害的。我倒是知道最近有很多 NGO 组织（非政府组织）在以此起诉禄岛核电，我们律所就是禄岛核电的代理。这些 NGO 组织，不过是想讨些钱罢了，明明已经有了定论的事，每隔几年就要拿出来炒一番新闻。”

她对 NGO 组织一向没有好感，尤其是得知方玫也是 NGO 组织的成员后，更是把这些人的过激行为看作“吃饱了闲的”。

也许是她调侃的、事不关己的语调激怒了巴琅，巴琅用少有的冷漠语调反问她：“你确定是无害的？”

他纵身跃入海水中，由于用力过大，激起的水浪把发光藻类推得很远很远，周围的光线瞬间暗了下来。黑暗中，只有激荡翻动的海水声。他的背鳍一路滑向遗迹禁区，然后沉了下去。

过了不久，巴琅游了回来，他把几条来自禁区的鱼丢在唐灵面前。

这些鱼类的身体泛红，外皮斑驳，有的地方看得见内脏，那些鱼类的内脏在发出暗红的荧光。唐灵小心翼翼地捧起其中一条，已经看不出这鱼的品种，只能看到它的脊部高高鼓起，部分皮肤脱落，鱼鳃处还疙疙瘩瘩的，不时渗出味道异常的黏液。

“不是的，”巴琅的声音还是很冷，“他们是白鲷鱼，很久之前就生活在这里了。每次赤魭进攻结界，结界就会倒灌海水，而海水大多流向地势低洼的遗迹。时间久了，海水都积在这里，这些鲷鱼就慢慢变成了这样。”

“那也没有证据可以证明和禄岛核电的排水有关。”尽管巴璞一直担忧地拽着她的袖子，唐灵依旧保持着清醒的法律思维，她和巴琅针锋相对，“这可以说是你的猜测，因为没有足够的证据来证实这件事。”

“这件事，爷爷在和谈中对那名律师提过，那名律师没有否认，还询问是否能以赔偿的方式解决。”巴琅立刻回应。

“然后呢？为什么那名律师会死在海底？”唐灵追踪这个关键点。

“后来的事情，就是我们找到了你。”巴琅捧起那些异形鱼，用力握住，鱼痛苦地挣扎了几秒，接着很快就平静下来。咸咸的海水气息中，一下子就沾染上了血腥味道。

唐灵冷静了下来，这几天轻松愉悦的相处，让她忘记了眼前这些奇形怪状的“人类”，实际上是未经教化的蛮荒种族。她收敛起开玩笑的神情，提醒自己不要再说激怒他们的话。

“实际上，后来的事情，我们谁也说不清了。巴琅和阿遥的爷爷第二次参与和谈时，就带回了那个律师的尸体，而他自己也受了重伤，一直在很愧疚地说‘我杀了他，我杀了他’。”巴璞忐忑地回忆起那天的事。

巴琅接过了他的话：“飘飘医生试图抢救那个人，但一切都已经晚了。在抢救过程中，她发现律师身上装了定位器。很快就有人找到结界了，爷爷自己出去见的他们，然后就被他们带走了。为了结界的安全起见，我和阿遥把尸体送去了海床的盐卤池。在那里，我决定去禄岛核电附近的海域寻找爷爷的踪迹，阿遥则去岛上等你们。”

“我记得，你们的和谈是发生在海底族与赤鱿之间的，为什么禄岛核电的人会参与进这件事？”唐灵拿出公事公办的语气来说话，她已经进入了工作状态。

这个状态让巴琅很满意，他冷峻的表情渐渐松弛下来，说：“和谈是禄岛核电组织的。赤鱿的体型你也看到了，它们对我们发起的战争，总是会在海面上引起轩然大波。禄岛核电的排污设施一连几次都被摧毁，所以，由这家公司率先出面组织了和谈。”

“我答应接这个案子的时候，你们没有告诉我实情。”唐灵淡淡地说。

巴璞慌忙解释：“因为我和阿遥知道的也不多，只能等巴琅王子回来再说。”

游出去的时候，他们之间的氛围明显冷了下来。他们在暗光中穿越群山，群山高处的环形太阳若隐若现，互相之间也不再聊天和打趣。一直到飘飘医生的诊所附近，唐灵才松了一口气，有件事她酝酿了良久，确保从遗迹安全离开后才敢开口。

巴璞似乎看出了什么，在巴琅先走入诊所后，他一把拉住唐灵，小声地提醒她：“喂，我知道我们都很活泼开朗、可爱英俊的，但是你不要乱说话呀，巴琅是王子。而且，你要记住，鲨鱼始终是嗜血的。不像我们海星，一直都是温和派……”

唐灵感激地点点头，尽管她知道这番话会激怒巴琅，但作为准律师，她不得不说：“抱歉，你们找错人了。”

巴琅的脚步停下来，唐灵站在很远的地方说：“第一，我是一个很失败的人，一直没有拿到律师资格证，你们的案子涉及刑辩，我是不能替你们上法庭的；第二，我们律所是禄岛核电在亚太地区的代理所，所以，依据回避原则，涉及他们的案子，我爱莫能助。”

她的话超出了巴琅的理解能力，巴琅回过头，居高临下地看着她，希腊人般深邃的眼里失去了原有的友好，取而代之的是真正属于动物的蒙昧与冷漠：“也就是说，你和死去的律师一样，是禄岛核电的人？”

唐灵点点头说：“白白耽误了你们这么久的时间，还请下一次可以出行时，送我回去。”

“其实，就算是爷爷杀掉了那个律师，我也认为爷爷是无罪的。”巴琅一步步走过来，确切地说，是游过来。半人半鱼的他身高超过 1.9 米，站在离唐灵几米远的地方停了下来，坚定地说，“因为在确定结界安全之前，任何可疑的人类都不应该活着走出去。”

巴璞赶紧挡在他们之间，举起一只手比划暂停的手势说：“误会，误会，王子。她说的话我来翻译一下……”

他的话没说完，就被青灰色的鱼尾击打出很远，巴琅化成鲨鱼，像风中的箭一样，贴地袭来。

锯齿状的牙齿近在眼前，唐灵第一次看清，原来鲨鱼有如此多的牙齿——一排紧覆一排，像斜屋顶上密密麻麻的瓦片那样，隐藏在锋如钢刃的前牙之后。那些仰卧的牙齿不动声色地随时恭候着被撕扯进来的食物。待前牙狠狠锁住食物之后，后面数以百计的臼状齿就会把它毫不留情地碾碎。

“不要！你们现在是人了，不要用这么野蛮的方式啊。你们可以……可以用金钱诱惑我啊！法律人……也是可以低头的嘛！金钱不行，还有，还有美色！对不对？哪有一言不合就要吃人的，你这翻脸也太快了！”唐灵尖叫一声，抱头逃窜，在水中横亘的钟乳石间东躲西藏。

巨大的鲨鱼并不想和她玩捉迷藏的游戏，直接撞碎了粗壮的石柱，紧跟在她身后。而巴璞却松了一口气，放下心来。因为巴璞知道，人类那可笑的游泳速度，是绝不可能躲开六鳃鲨的袭击的。

水下，浮起一只臃肿、浑圆的动物——儒艮。

灰黄色的背部遍覆稀疏的绒毛，皮肤粗糙且多皱，而此刻，这厚墙似的背影屹立在唐灵身前。唐灵牢牢抱住儒艮轮胎一样粗圆的腰肢，胆战心惊地问：“是……巴珊吗？救命呀！”

儒艮的体型不足六鳃鲨的十分之一，她挡在鲨鱼面前，犹如螳臂当车，但她毫无畏惧，扬起短而小的鳍，“啪”的一声，干脆利落地打在鲨鱼嘴侧。

原本得意扬扬地张着血盆大口的鲨鱼，竟不知道是该先闭上嘴巴好，还是先变回人形好。

巴珊没给他留思考的时间，她甩动尾巴，变回了半人半鱼的形态，肤色莹白的小手伸出，使劲掰住鲨鱼嘴中的一枚牙齿，不客气地问：“哦？这就是我们未来的王？如果老国王还在，这个时候一定是带着我们重建家园，而不是急着吃掉远道而来的客人！”

“就是，就是！”唐灵从巴珊的肩后歪出脑袋，已吓得脸色煞白，“我是你们请来的客人呀，‘买卖不成仁义在’，这个道理你难道不懂吗？”

鲨鱼乖乖地张着嘴巴，任由巴珊像要拔出一颗萝卜那样狠狠握着他的牙齿。巴璞挤过来，小心翼翼地说：“要不，先松开手吧，这样王子殿下是没法儿讲话的。”

巴珊松开了手，巴琅连连呼痛，抱怨她下手太重：“说过很多次了，不要抓我的牙齿，很痛的。我只是想吓唬吓唬唐律师，如果真要吃掉她……”

“如果真要吃掉她，也是阿遥来吃。她是阿遥带回来的食物，忘记老国王制定的海底法则了吗？‘最先捕获食物的人，才有资格吃第一口’。”巴珊一甩橙红色的长发，一双宜喜宜嗔的眼睛挑衅地瞧着巴琅。

“什么食物不食物的，这么说多生分啊。”唐灵抹抹头上的冷汗，尴尬地打着哈哈，“这件事呢，我确实帮不了你们。上弦月的日子也快到了，我回去后会帮你们介绍其他律所的。而且，就算没有律师能帮得了你们，我认为这件事你们也有别的解决办法。”

“什么办法？”巴琅、巴珊齐齐地望向她，眼里亮起希冀的光。他们二人站在一起，长发披肩，身姿俊美，健硕、修长的鱼尾在水中静静摇摆。他们的背后是被海水摧毁的小镇，繁忙的子民正在水中重建家园。

如果不是五角形的巴璞非要挤在中间凑热闹的话，这一幕简直就像童话故事里王子和公主的插图。

想起刚才巴琅化成鲨鱼的样子，唐灵依旧心有余悸，她调整措辞，小心地提醒：“不论犯了什么错，你们只要保持动物的形态就好了呀。法律拿你们没办法的，总不能强迫你们变成人形吧？就凭你……就凭巴琅王子刚才的鲨鱼形态，谁能不把你当个保护动物呢？好多动物变种人都是这样干的，犯了法，就坚持不承认自己是人类，最多放到水族馆里待几年，怕什么？”

这番话受到了众人的一致反对，尤其是巴璞，激动得口沫横飞，他铿锵有力地说：“我们一直都是和你们人类一样的存在，我们有历史、有文明、有自己的语言，和你们人类一样会思考、有感情，现在好不容易等到法律承认了我们，我们再用动物的形态来逃避责任，岂不是让人笑掉大牙?"

唐灵耸耸肩，把没说出口的话咽回肚子里。

巴琅的到来，让她不敢再口无遮拦，然而她一刻也没有真正地把这些奇形怪状的海底人看作是自己的同类——“人是人，动物是动物，如果混为一谈，是要出乱子的。”这句话林律师在岛上时就语重心长地对她说过，见识了鲨鱼的凶猛与冷血之后，这句话更是反复回荡在她耳边。她看着滔滔不绝的巴璞，一个字也没有听进去，只顾在心里庆幸自己果断拒绝了海底族的请求，回家的日子近在眼前。

直到阿遥重新活蹦乱跳起来，那支派遣出去的救援队也没回来。

环形太阳经历了几轮明灭，巴璞说上弦月就是这几天了。他情真意切地为唐灵打包了一些海藻，对她说:“路上吃，吃不了就当个土特产带回去，帮我向伯父伯母问声好。”

唐灵哭笑不得地接过那只足有小臂长的海螺，那是巴璞准备的餐盒，最外面的一侧摆着黄、绿、红相间的海藻干、海藻饼、海藻团，最里面的尖角里灌满了海底结界产的酒。晃一晃就有酒香飘出，微红的液体撞击着海螺内壁，像在里面放置了一片小小的汪洋。

“这么快就要走了？我可不送你回去，有本事就自己走掉。”

阿遥抱着脑袋躺在街边刚修好的长椅上，望着结界里灰褐色的穹顶，那里一刻不停地向下渗着海水，“你的需氧量太大，送你一趟消耗太大，会让我变弱的。”

“你们讲不讲道理？这叫管杀不管埋。”唐灵把他赶开，抱着海螺坐下来，拎出几枚海藻干吃着。刚来的时候，这些咸涩的海藻让她难以下咽，而一想到要走，却觉得多了几分酥脆咸鲜的爽口。

“没事啊，我不送你，还有巴琅呢。他也可以带人穿越深海。”阿遥若无其事地说。

唐灵赶紧摆摆手：“那可不用。虽然巴琅是比你英俊一些，不是，英俊许多，但是他服务态度不行，说翻脸就翻脸，万一在海里哪句话惹到他，我这命还要不要啦？”

“是啊，就像你说的，我们本来就是动物，当然说翻脸就翻脸。我要是你，就少说话，尽量不要惹‘动物’翻脸。”巴琅正率领众人抬着一块老船木板搭上房顶，听到唐灵的话，冷冷地说。

“这梁子算是结下了。”唐灵暗中做了个鬼脸。

又是一阵冰冷的海水扑进结界，结界口再次打开，冲进来几名蟹人。

“是飘飘医生回来了吗？”阿遥蹚水迎了过去。

这几名蟹人的背壳赤红，不是少了一只蟹钳，就是少了一条腿，他们相互搀扶着，横走过来，说：“飘飘医生被那群家伙扣住了。我们剪了好久，才悄悄地剪断了网逃了回来！”

蟹人七嘴八舌地说，那并非是一艘沉船，而是伪装成沉船造型的潜水器。里面有四五名人类，飘飘医生的救援队刚一接近，埋藏在珍珠沙里的网就浮了起来。

“他们好像一直在找结界的位置，但是由于信号受到干扰，始终无法定位到结界。于是，就扣下了飘飘医生，说是要等海底族的王来谈一谈。”蟹人忐忑地说，“他们大概是弄错了什么，飘飘医生并不会说话，我们也不敢说话，只能装成帝王蟹。直到他们抬出了蒸锅，我们才想到也许事情不妙了。”

“是禄岛核电的人吗?”巴琅皱着眉头，“上次他们组织过一场和谈，是爷爷自己去的。去了之后，就发生了那件事……”

蟹人翻着眼睛，想了想，说：“也许是。他们把我们关在网里，自己在船舱里开什么会议，我听到他们通过一个黑匣子和地面联系，说是在勘测海底管道的线路。”

“你还能找到位置吗？我去见见他们。”巴琅的神情逐渐严肃。

“你不能去。”在珊瑚林修复酿酒装置的巴珊闻讯赶来，她极少用这样软糯的语气说话，“赤鱿刚在这里打了一场败仗，谁知道会不会发起二次进攻？而且，老国王已经被他们带走了，你不要再去了，结界现在很需要你。”

“我和这几位帝王蟹朋友的看法一致。”唐灵蹚着水走过来，“这里面也许有什么误会。作为他们的合作律师，我倒是可以和他们沟通一下。毕竟我们都是人类，有些事好商量的。”

“鄙人作为人类学家，也可以去尽一份薄力。”巴璞也匆匆赶来，他从不肯错过和人类交流的机会。

巴琅担忧地看着结界之外，那里暗淡无光，幽深的海水之中什么都有可能发生，他说："抱歉，我实在没办法完全相信人类，尤其是禄岛核电的人。你们去了之后，不一定会发生什么事情，他们既然能伪装成沉船的样子等候在那里，那么一定是有备而来。不如我直接变成鲨鱼，去探探情况，发生什么意外的话，也可以召唤附近的鲨群来帮忙。"

"哥哥，还有我呢。"阿遥灿烂地笑起来，"爷爷不在的时候，保护结界就是你和我共同的责任。"

"对呀，阿遥也是鲨鱼。由阿遥带队去，我们也一样安全的。"巴璞肯定地说。

听到这话，阿遥脸上的笑容凝滞了一下，不置可否。

面对阿遥，巴琅像一位年轻的父亲，手臂搭在他的肩膀，有千言万语想要叮咛，却也只化成了一句："保护好自己，有什么事情的话，就用音波发信号回来。"

巴璞是第一个离开结界的，他又蹦又跳，先是伏地做了几个俯卧撑，又撑开双臂做了几个扩胸运动，嘴里"呼哧呼哧"喷着气，一副慷慨无畏的样子："我的论文都刻在沉船甲板上了，照顾好它们！"

他大叫一声，跳入漆黑的海水之中，安静片刻，再次浮了起来，几只发光的鮟鱇鱼在他周围徘徊，替他点起几盏小小的白灯。

巴琅把武器束到阿遥背上，又把自己脖子上戴的鲸鱼骨项圈摘下来，亲手为阿遥戴上。阿遥是人类与人鱼的弃婴，几个月时被送给了海底族，由爷爷和巴琅抚养长大。要放他单独出去面对未知的危险，巴琅总是不肯放心。他向阿遥嘱咐："我等你们三斛的时间，三斛之后，你们还没有回来，我就马上出去营救你们。"

"你们整天说'斛'，三斛到底是多久呀？"和阿遥相拥着跳出结界时，唐灵困惑地问。

阿遥还没有来得及解释，冰冷咸涩的海水已经紧紧地挤压住他们，他在海中睁开眼睛，望着燃着微光的结界，那里有个高大的身影在对他摆手。

此时的兄弟二人并不知道，这次的"三斛"，意味着永别。

潜水器中，池田佑向嘴里倒着红酒。

他是禄岛核电紧急事态管理部的次长，这个部门是禄岛核电在新法公布前夕临时重组的，主要用来应对可能发生的突发事件，提前和媒体搞好关系，以便随时可以抚平社会舆论。

"说什么让我当次长，不过是拉我出来做挡箭牌。"池田佑愤愤地喝着酒，他是波塞冬号沉没事件中的幸存者，在海里漂流了五天才得到救援。从那之后，他发现自己对酒精的依赖程度与日俱增，尤其是得知要再次下潜到深海之后，他不得不依赖酒精来对抗幽暗深海带来的恐惧感。

红酒顺着他的脖颈流下，像鲜血一样蔓延在衣领旁。潜水器中的氧气稀薄，他喝几口酒，就要拿起氧气瓶猛吸几口。

"这一切都要怪你们。核废水不排向大海，还能排向哪里？

如果没有你们，那些深海鱼又不会说话，这件事过去了就过去了，谁都不会再出来找我们的麻烦。”他把这一切都归罪于被绑在一旁的飘飘医生，飘飘医生瞪大一双鱼眼睛，不解地看着他，就像她一直都不理解他们对她的绑架那样，明明是她带着救援小组来拯救这些人，为什么这些被困海底的人反而要用带刺的渔网捆住她？

眼前这个抱着氧气瓶的男人正朝她走来，她看到他衣领上红色的酒渍，还以为他受了伤，准备吐出黏液来帮他修复伤口。然而池田佑手腕一扭，把剩余的红酒倒在了飘飘医生的头上，然后看着飘飘医生茫然无措地挣扎。

池田佑阴森地笑了起来，欺负这些毫无抵抗能力的动物，让他感到由衷地放松。

“虽然长着人类的腿，但似乎并没有长出人类的大脑啊。不会说话，不会思考，只不过是畸形的鱼类罢了。”池田佑拍了一下飘飘医生修长、洁白的腿，飘飘医生并不明白这个动作在人类社会的意义，依旧担忧地望着池田佑。

“海底族派人来了。”守候在外的部下向池田佑汇报。

隔着潜水器的窗口，池田佑看到一条人鱼和一只海星出现在潜水器前。

他们明显对这艘伪装成沉船的潜水器有所戒备，始终保持着几米远的距离，不肯走近危机暗埋的细沙附近。

“这群家伙的长相可真是奇怪呀……怎么看起来像人类拥吻的样子？这是属于哪类鱼的变种，双头鱼？”池田佑放下酒杯，眯起眼睛。

看到了人类伙伴，唐灵迫不及待地向池田佑挥舞着手，然而她无法开口说话，一旦和阿遥的面颊分开，海水就会涌入她的鼻腔，一直呛进肺里。她只能努力地挑起眉毛、瞪大双眼，希望可以用夸张的身体语言让对方意识到这里有一名人类。

“听说您想和我们谈一谈，这位是海底族的二王子。”巴璞客气地介绍道。

池田佑的部下把这句话翻译了一下，池田佑曾学过中文，听到这些话从巴璞嘴里说出来，还是不可置信地扇了自己几耳光。“你们看清了吗？那个海星一样的东西会说话！”他说。

“哦，介绍一下，鄙人是海底族的人类研究学者。二王子殿下现在显然不方便说话，您有事商谈的话，可以直接对着我说。”巴璞继续说道。

唐灵在一旁发出“嗯嗯呀呀”的声音，不时对着池田佑使眼色。“我是人，我是人，和我说也可以，把你手里的氧气瓶递给我，我就能说话。”她尽了最大努力来尝试发音，但传到潜水器中，不过是一阵吱哇乱叫。

“看来会说人话的只有这只海星。那个双头人鱼显然和我们抓到的这只一样，压根儿不会说人话，只会发出猴子一样的噪音。”池田佑感叹着，穿戴上潜水设备，从舱里踱步出来。

他的身后，几名部下举起海枪，埋伏在暗处，瞄准阿遥和巴璞所在的位置。

这种小型鱼雷一样的枪支专门用来对付海底大型生物，弹径不到一厘米，无声但迅猛，可以快速地射入鲨鱼、海豚、鲸鱼的脏器，同时又不会过多地损害皮肉，避免鱼类在海底大量出血，影响捕捞后的口感。

飘飘医生困惑地看着这黑漆漆的小管子，也弄不明白为什么人类要用这样的东西对准她的朋友。

“看我的手势，如果他们不配合的话，就果断射击。”池田佑悠闲地说着，仿佛只是在交代部下准备几份常见的电子表格。

“想必跑回去的那几只螃蟹已经介绍过我了。”池田佑双脚离地，微浮在水中，这失重的感觉让他恶心，“长话短说吧。你们和赤鱿发动的那场战争，砸坏了禄岛核电埋在海下的光伏线路。不知道你们可否带我去战争发生的地方查看一下呢？”

“光伏？”唐灵一怔，她从来没听说过禄岛核电有海上光伏项目。唐灵停下了夸张的肢体动作，静静地等待池田佑的解释。

池田佑显然已经懒得认真编造借口，他随口说道：“不知道你们听没听说，海面光伏发电，线路铺在海平面下，借助海水来冷却……总之，是我们的保密技术。”

“让他们先放了飘飘医生。”阿遥发出气泡似的声音，巴璞按照他的指示，要求池田佑给飘飘医生松绑。

“可以，但是请等一下。”池田佑回过身子，在水中无声地弹了一下手指。部下明白了他的意思，绕到飘飘医生身后，一边松绑，一边在她光滑的鱼脊上注射进了微型定位芯片。

这是他们的二号计划，在过去几次对海底结界的寻觅中，他们发现结界是可以屏蔽各种信号的，但是飘飘医生体内的定位芯片会持续传回她的位置，只要她离开结界，他们就可以实施二次抓捕。

“谁知道这些滑腻腻的鱼类会不会骗人呢？如果他们骗了我，下次再抓到这个半人半鱼的女人，我们就带回去做刺身。”几名部下开着低俗的玩笑，飘飘医生感到背上一凉，痛得抽搐了一下。

阿遥注意到，飘飘医生身上有明显的伤痕，她的鱼鳍、腿侧、脚踝均有被渔网钩拉留下的痕迹。她走得很慢，脚掌踩过那些海沙时，怕疼似的轻轻躲闪。

眼前这几个人让他说不出地怀疑，他看看和自己鼻尖对着鼻尖的唐灵，唐灵也在盯着他的眼睛。海水的刺激下，她不停流着眼泪，通过轻微摆头示意阿遥不要太快答应对方的条件。

“问他是不是工程师，请他出示工作证件。”唐灵的嘴巴没办法和阿遥分开，她用手指在阿遥的手臂上写了一长串的字，阿遥只能依稀分辨得出“工作”两个字，其他的汉字他还没有学过。

“工……作？你是做什么工作的？”得到阿遥的传话，巴璞马上问道。

“修电缆的。不是说过了吗？”池田佑不耐烦地回答。

“他们好像有个黑漆漆的、手电筒一样的东西朝着这边，我猜是维修电缆的工具。”飘飘医生用鱼类的语言告诉巴璞。

“黑漆漆的、手电筒一样的东西？”巴璞下意识地用人类语言重复了一句。

唐灵立刻警惕地看向船舱内，刚才她就隐约感觉到眼前时而晃过红色的光线，现在她看清了，那是船舱里照出来的瞄准线。

“枪！他们有枪！”唐灵顾不得海水苦涩，大声喊了一句。冰冷的海水灌入她口鼻之中，鼻子里像塞进了几斤重的湿棉花，强烈的窒息感令她头脑发晕。

“你在干什么？会被淹死的！”阿遥追上被海水浮起来的唐灵，而唐灵躲着他的嘴巴，好像在拒绝吸入氧气，她竭力地说：“不要带他们去。”

而在深海中，她的声音听起来只是一连串无意义的音节。她只能交叉手臂，对阿遥和巴璞做出“不”的姿态。

“次长，要不要开枪？那个看起来很像人类的生物似乎在干扰她同伴的决策。”有名部下问，他抬起海枪，故意用红色的瞄准线瞄向唐灵的眼睛，唐灵笨拙地在海水中躲闪，试图用缥缈的海藻来藏匿自己的行迹。这名部下哈哈大笑，像在用激光逗弄一只流浪猫。

“可以，在他们背过身子的时候吧。他们的脸孔和人类太像了，我讨厌看到鱼身上有这样一张脸。”池田佑撇撇嘴，冰冷的海水让他不适，他打算回到舱里再喝一杯红酒。

扳机即将扣动的那一刻，海星浮了起来，挡住红色的瞄准线，大声地说：“不是要去结界吗？”

池田佑的手放在鱼枪上，咂下去一口酒，晕乎乎地说：“等等，先去做正经事。找到地方，再开枪也不迟。难得能在海底打猎，我会给你们这个机会的。”

部下扫兴地收起鱼枪，启动潜水器，跟在游动的阿遥身后。

潜水器的下方垂挂了金属捕捞网，随着潜水器的前移，金属捕捞网在海沙上缓缓钩划，误入其中的小鱼小虾不计其数。还有几只行动迟缓的水母，被捕捞网的利刺划成了两半，它们不会喊痛，只会用裂开的身体在咸涩的海水中翻动、挣扎。

“你让他们把那东西收起来。”阿遥停下来，不快地对巴璞发出信号。黑暗的海水中，那些生长了千百年的珊瑚也被潜水器和金属网折断。这些珊瑚每年只能长高一两厘米，犹如一幢幢小楼，五彩斑斓，空隙里住满了灵巧的小鱼和透明的虾类，像是深藏于海底的居民区。

“结界还有多远?”池田佑对巴璞的话置若罔闻，他烦躁地看看表，今天又要加班了。这件事处理不好的话，回去还是要被部长训斥。

“我看，实在是多余的担心。这些头脑简单的家伙哪里有能力起诉我们这样一个公司?”这句话，在公司里他就抱怨过无数次，谁都不乐意潜下深海和变种人打交道，这被视作一种侮辱。这个差事落到池田佑头上的时候，他心知肚明是同事的甩锅，但是懦弱的他并不敢表示反对，他比任何人都需要这份工作，只好唯唯诺诺地接下来，把所有的不满悄悄藏在心里。

部长向他交代过:“可以先用补偿的方式与他们和谈。他们实在不同意的话，当然可以采取‘清理计划’。”

池田佑并不想在这里耗费太多时间，一没入深海，被那无边无际的黑暗包围时，他就决定要直接采用“清理计划”。

“不远了，就在前面。那个金属网你们最好收起来，结界附近有许多深海暗礁，被挂住的话你们要出危险的。”巴璞坦诚地说。

池田佑感到潜水器猛地向下陷了一下，操控室里的部下连连骂了几个脏字，他说：“这帮家伙原来住在这里，难怪之前的热成像感应器、海底探测器都失效了。”

结界深藏于海洞之内，海洞的入口位于一处海底断崖之上，向下望去，深不见底，黑漆漆一片，似乎仅容一两个人通过。

“你不是在骗我吧？这么小的入口，赤鱿是怎么进攻你们的？”池田佑起了疑心。

“没有，这是我们刚才出来的地方。赤鱿从邻近海床的地方绕进来的，那里是海底三千米之下，我猜你们的潜水器去不了那么深的地方。你们的装备也不合适，这点儿供氧量是远远不够的……”巴璞絮絮叨叨地介绍着。

“这处断崖，有那么深吗？”池田佑还是不肯相信。他示意部下发射探测信号，很久之后，信号才返回来，探测到的距离是4756米。这是探测信号的极限，再远就失效了。

“啊，你们的电缆在哪里？”阿遥提醒巴璞问道。

池田佑无意回答这个问题，他们在身上绑起了救生绳索，提着银色的钛质箱，准备从海洞潜入。

“不要让他们靠近结界。”唐灵再次艰难地移开嘴巴，在阿遥脸颊旁说道。

这次阿遥听清了她的话语，他向巴璞发出信号：“就让他们停留在这里。”

池田佑对巴璞的劝阻置若罔闻，他用鱼枪的柄敲击巴璞的脑袋，面部表情狰狞，隔着潜水头盔，巴璞听不见他的声音，但是从口型判断应该是一句国际通用的骂人的话。

“喂，你说过的，是维修电缆。结界内部不欢迎禄岛核电的人进入，这件事应该无须我来提醒吧?”巴璞追上去，在他们身后，拖住一名潜水员的脚。

阿遥和唐灵两个人像连体婴一样，艰难地钻进入口，飘飘医生在他们之后，游着游着，突然停下了。

她问阿遥有没有听到奇怪的声响。

唐灵的耳朵里灌满了海水，只有“嗡嗡”的声音回荡着。阿遥则听到越来越急促的“哔哔”声，这声音好像来自飘飘医生的背部。

穿过海洞之后，眼前豁然开朗。

多彩的游鱼在这里忙碌地穿梭，会发光的鮟鱇鱼和飞碟水母从人们的头顶滑翔而过，然后再绕回来，好奇地看着这些陌生来客。飘荡在海水中的巨型藻类蔚然成林，在或光滑或崎岖的礁石间有一条林中小路，几只深绿色的龟懒洋洋地趴在那里，等待小鱼来啄食背上的浮苔。

人类的到来，惊扰了地上的龟类和海螺，它们落荒而逃，为人类怀里银白色的匣子让地方。池田佑指挥着部下把这些金属盒子摆好，围着结界入口绕了一圈。

“我们的飘飘医生好像受伤了。”巴璞喊住那几名准备离开的潜水员，“我不能带你们去修电缆了。”

“蠢货。”池田佑翘起嘴角笑笑，这些头脑简单的东西比他想象的好打发多了，他隐约有种落差感。

擦身而过时，唐灵一把扯下池田佑背上的备用氧气面罩扣在脸上，然后对他喊道：“池田先生，我是唐灵，是你们合作的泰多金律所的。据我所知，你们禄岛核电并没有光伏产品线……”

她急切地说着，被海水泡得肿胀的面孔让她看起来像一只软糯糯的深海鱼。

“什么怪物？”池田佑试图抢回被她夺走的氧气面罩，但是唐灵已经意识到了这件事的诡异之处，坚持不撒手。池田佑径直向前走，她像风筝一样跟在后面。

池田佑带来的翻译犹犹豫豫，他好像听到这个像人的生物在说“我是律师”……但是他无法相信深海里有人类的存在，古怪地看了一眼漂浮在海中的唐灵。这个面目肿胀的女人他似乎见过，在哪里呢？难道是在波塞冬号上？

飘飘医生的后背炸开了，一个碗口大的伤痕出现在她的脊背之上。不知是什么原因，定位器进入结界后，就开始持续地发热，直到膨胀炸裂。

“快点儿走，这群头脑简单的东西要生气了。”池田佑催促前面的人，唐灵还在他的后面拉扯氧气面罩，不时用含糊不清的声音喊着：“池田先生，你们不能伤了人就一走了之！”

“哼——”池田佑厌恶地拽断了备用氧气的管道，唐灵立刻像落在激流里的树叶那样在海里翻转起来。

他们快速地爬过海洞入口，疯狗一样扑进潜水器内。

潜水器持续上浮，他们讨论着回到陆地一定要吃一碗热热的乌冬面。

“晚上去居酒屋，今天的任务完成得不错，我请客!”池田佑豪爽地说，他很少有这样能出风头的机会。

在部下的欢呼声中，他按下了爆破设施的遥控键。

九个金属匣子齐齐爆炸。海面上浮起百米远的白色泡泡，很快就消弥不见，仿佛什么都没有发生过。

这一切解决得无声无痕，地处汪洋，也没有目击者，更不会在媒体手里落下把柄。

“今天要喝九瓶烧酒哦。”池田佑撇撇嘴。他放心地摘下潜水头盔，海洋生物的气息真是让他恶心。

皎皎的上弦月升起，躁动不安的海水平静下来。

一群白鲸在海面上浮起，高高地喷出水雾柱，雾气氤氲，海面上仿佛突然多了七八座白色的岛屿。

巴璞瘫倒在白鲸的脊背上，落下的水珠为他补充着水分。他对白鲸说:“前面有座岛，就把我们放到那里吧。这个人昏迷了，我需要在岛上照顾她。你们再回到水下找一找，看看是否能找到阿遥和飘飘医生。”

白鲸的歌声此起彼伏，在黑丝绒一样的夜里徘徊。它们的声音很快会传遍大洋，这颗蓝色星球上所有的鲸鱼和海豚都会知道海底结界出事了。

巴璞和唐灵在那场大爆炸中死里逃生，巴璞只记得池田佑一行人刚刚游出海洞，他们投掷下的银色匣子就开始发出急促而尖锐的声音。容不得他们做出反应，银色匣子爆出巨响，巨响过后，巴璞出现了短暂的失聪，眼前的景象似乎被按下了静音键。他只看到原本匍匐在地的海龟被炸起了十几米高，不远处的结界瞬间灰飞烟灭。

回忆起这一幕，巴璞胆战心惊，旁边梦魇中的唐灵也在不时打着哆嗦。

爆炸发生的那一瞬间，唐灵正在海洞入口附近。本能让她挣扎着向海洞里挤去，而银匣子释放出的冲击波早就快她一步，通向外界的海洞从顶部开始坍塌，碎落的石块沉向无边无底的千米深海。

翻腾的海水中，一只土黄色的巨型生物遮挡在他们身前。

由于这只生物过于庞大，唐灵和巴璞在慌乱之中都没有看清它的全貌。它似鱼非鱼，身侧的鳍远大于寻常鱼类，只是侧鳍一角，已经超越了赤魟的大小。像飞机的翅膀，遮挡住纷纷砸落的乱石。

它的出现，抵挡住了冲击波对唐灵和巴璞的袭击。随着氧气面罩的储氧量减少，唐灵感到胸腔似乎要被海水压扁，她无法抑制地在面罩中大口呼吸，无助地四处摆手，试图寻找阿遥的踪迹，而银匣子炸起的尘埃中，并没有阿遥和飘飘医生的踪影。

唐灵猛地睁开眼睛，她离开陆地已有将近一个月时间，眼睛竟然有些适应不了陆地上的干燥。泪水盈盈，夺眶而出。

模糊中，一只海星出现在她的视线中。

“你没事啦?”巴璞关切地说。

唐灵深深地吸气，再深深地吐出。她已经太久太久没有感受到能充分呼吸的感觉了，她试图站起来，然而陆地上饱满的氧气让她醉氧了。

唐灵颤颤巍巍地跪倒在岛上的乱石中，她语无伦次地说：“我回来了，我没有死……”

“是的，是的。我们死里逃生了。”巴璞担忧地看着又哭又笑的唐灵，她跌跌撞撞地在乱石间跑着，伸伸胳膊蹬蹬腿，实在跑不动了，就贪婪地伸出两只手，让掌心感受久违的风和月色。她还把空荡荡的手掌握成拳，放到嘴边，像是要吞下空气。巴璞翻翻眼睛，心想：当类人猿第一次发现自己能直立行走时，应该就是这种状态。

唐灵花了好长的时间才从重返陆地的兴奋中平息下来，她望着无际的大海，回想起刚才在海底发生的事。

她的脊背一凉，海岛上湿冷的风和无处不在的大蚊子让她意识到这一切都不是梦境。

“阿遥呢？飘飘医生呢？还有你们的结界，你有没有看到，那几个银色的匣子，是不是炸开了?”唐灵声音沙哑，上岸没几个小时，她的嘴唇已有隐隐的干裂。

巴璞沉痛地点点头，他已经很久都不能转换到人类的形态了，泪腺也退化了。他只是觉得自己的胸膛一阵阵发热，这应该是想哭的感觉吧，眼睛又干又涩，难以言喻的疼痛遍布全身。

“巴琅王子、巴珊……还有我的研究，”巴璞哽咽着说，“都不见了。”

远处的海鸟低鸣，鲸和海豚发出悠长的叫声，在海面上回荡。巴璞不敢告诉唐灵，这是海洋生物独有的悲歌。

“阿遥和飘飘医生一定没事的。我都能从海底活着回来，他们当然也能!”唐灵咬着牙说，她跑向沙滩边，大叫着阿遥的名字。

“对了!”她惊喜地想起了什么，“我记得咱们离开结界时，巴琅说如果三斛的时间没有见到阿遥回去，他就要离开结界去找阿遥。你们的三斛到底是多久？爆炸发生时，巴琅一定已经离开结界了，对不对?”

巴璞苦笑着摇摇头，鲸的每一声哀嚎都在通知他海底结界的惨状。他虽然自称人类学专家，但是从来没有研究过人类的残忍，并不知道该用怎样的词汇来描述此刻结界的残颓。

“阿遥和飘飘医生，应该会没事……的吧。”他只能这样回答，“爆炸发生时，有一只很大很大的鱼游了进来，看它的体型，也许是从海沟那里游上来的。我从来没见过这只大鱼，也许藏在海沟很久了。它保护了我们，飘飘医生和阿遥……至少现在还没有发现尸体。”

唐灵和巴璞都沉默下来，岛上只余下风穿过椰林的声音。

在结界里，巴璞无数次逗得唐灵发笑，此刻唐灵看着垂头丧气的海星，很想说些什么逗他开心，却发现自己根本无能为力。海浪拍打沙滩，发出窸窸窣窣的声音，这声音像刮在唐灵的心口，提醒着她这一个月前前后后发生的事情。

“你放心吧。”她望着漆黑的地平线，不久之后，启明星会在那边率先点亮天空，“也许大海让我活下来，就是为了不放过禄岛核电的。”

一个从业多年都没有拿到资格证的人，在孤岛上留下了这样一句豪言壮语：“他们说的每一句话、做的每一件事，我都会让它们成为呈堂证供。”

“可是我没有钱给你。也许，我只是……就像你说的，我们只是海鲜而已。”巴璞忧伤地瘫倒在沙滩上，像一只真正的海星，只希望把自己藏在沙底。结界爆炸的一瞬间，他的梦想、他对人类社会的渴望，似乎全都随着炸落的灰烬深埋汪洋了。

“好像有人在呼救。”唐灵推推垂头丧气的巴璞，皱着眉头说。

海中央，一艘偷捕的渔船上，几名渔夫“噢噢”地惨叫着：“——鬼，捞上鬼来了！这条鱼怎么还长着人腿啊！”

唐灵和巴璞面面相觑，然后发出一阵欢呼：“是飘飘医生！”

2036 年的城市，已经彻底没有了夜晚。

24 小时这个概念被人们摒弃，人们普遍认为工作日是从早上 8 点一直到次日凌晨 4 点，通常会用“我今天加班到 26 点”这样的话来形容这一天的生活。廉价的人工智能和对福利几乎毫无要求的动物变种人进入社会后，人类的工作岗位竞争越发激烈，已经很少有人再提起历史中曾有过的“八小时工作制”了。

离码头还有几海里的时候，唐灵望着那座灯火通明的不夜城，恍如隔世。她发现自己竟然无比思念坐在写字间里一边喝着冰拿铁，一边处理着琐碎工作的生活。

至少在这个社会，谁也不用担心自己的性命朝不保夕，更不用担心自己的家园转眼之间化为尘埃。

“我们回来了。你放心，这里不是海底，也不是弱肉强食的动物世界，人类都是很讲道理的。只要我把禄岛核电的所作所为公之于众，就一定能为你们海底结界讨回公道。”唐灵信心满满地说。钢铁丛林一般的城市轮廓渐渐清晰，那里灯火璀璨，高楼林立，一层环绕一层的高架桥上车流涌动，红黄相间的车灯闪烁，比夜空中的星辰都要夺目。

戴着墨镜的巴璞点点头，人类都市的影子映在他借来的墨镜片上。因为没有耳廓，他只能用手托着墨镜，像举着放大镜看报的老头。

“禄岛核电的人不会跟上我们吧?”巴璞有隐隐的担心，眼前这座都市和沉没在海底结界的那座废墟颇为相似，唯一不同的是，这里明亮得刺目，而那里一片黑暗。

“不会，他们没有那么大的能力。而且，他们的行径在人类社会也是极其少见的，我们人类其实是很善良的……”唐灵尽情描绘着阔别已久的人类社会。

长达一个月的海底生活让她失去了十几斤体重，头发疯长，夹杂着海藻和细沙，拧成一条一条的披在肩膀上。要不是小船上还坐着一只海星、一条鱼面人身的人鱼以及后背鲜血淋漓的阿遥，她真想一头扎进海里，赶紧游回她所熟悉的陆地。

“那个，靠岸后，你们把付款方式留一下吧。清洗费、运送费、救援费，加起来总共是……”其中一名拿鱼竿的人报出了一个不怎么善良的数字。

他们并不是以打渔为生的渔民，而是海钓爱好者，特意驾着小船进行夜钓。飘飘医生就是被这个发型油光水滑的人捞上来的。

“这是我律所的地址，这是我的名字和办公电话。钱，我是一分没有，但是我们可以服务置换嘛。你有什么法律问题可以随时来找我。”出海前，唐灵刚刚重新租了公寓，所有身家都押在了房东那里。

“对。尤其是你犯了什么大案子的时候，一定要找她。有期改无期，无期改死刑，她很擅长的。”巴璞真诚地说，“她在海底帮了我们很多。”

“行，那你的电话我留着。我确实有干些大事的想法。”渔夫满意地点点头，他递过来一张硬卡名片，上面只有简单的三个字——“海公子”。

巴璞也慌忙掏出了自己的名片，爆炸发生时，他两手捂在胸前，就是为了保护这张象征自己人类身份的小纸片。

海公子接过来瞧瞧，不可思议地打量着巴璞，扯过他的脑袋、掀起他的脚掌，上下检查了一番，惊奇地说道：“你还真是彻头彻尾的海鲜哪。我一直怀疑你是人类披上海星壳扮演的。你看他俩，要么有人头，要么有人腿，总之多少有点儿人样。你除了一张嘴“叭叭”地说人话，哪里都没有人的痕迹啊。”

“有的。以前我也是可以变成人类形态的。咦？那张大照片和我过去一模一样。”巴璞两眼亮起星光，仰起头望向码头一侧的巨型广告牌，上面是一位白衣男子面朝大海的方向捋着头发。

他戳戳唐灵的胳膊肘，她正拿着从渔夫那里借来的手机，准备打电话给裴子航报平安。“打扰一下，我的照片好像被人做广告用了，这是不是侵犯我肖像权了？”

唐灵好不容易鼓起勇气，刚刚酝酿出一点点“近乡情更怯”的柔情，全被巴璞沙哑的嗓音弄得烟消云散，她无奈地说：“你给我闭嘴，那是中年男星柳昊然……”

下船后，在海公子的协助下，阿遥和飘飘医生被紧急送往医院。

新法公布后的这一个月，医院显然收到过不少变种人患者，见到是人鱼，医生脸上的表情波澜不惊，有条不紊地把他们抬进了急诊室。

唐灵刚刚松了一口气，却看到医院门口的牌子下，不知何时多了一行小字：禄岛投资集团合作医院。

“禄岛……”她拦住一名步履蹒跚的老教授，问道：“这家医院是和禄岛核电有合作吗？”

“是呀。禄岛核电致力于保障动物变种人福利，本市能为动物变种人提供医疗服务的医院大多都收到了捐赠。禄岛核电给我们医院捐了两座住院楼呢。”老教授停下来，擦擦头上的汗水，“刚才突然接到通知，禄岛投资集团早上八点来我院考察，我要准备发言稿了。”

唐灵转身望望手术室外挂的LED时钟，那里显示现在是凌晨3点25分。

“医生，拜托你们，能不能快一些？我们要在早上7点就带患者离开，不对，6点！ 6点我们就要离开。”她跑到手术室前，隔着半透明的玻璃墙，对医生喊道。

因为面对的是鱼类变种人，手术室打开了无菌加湿器，上下四个角“滋滋”地喷着水雾，医生戴着防雾镜和氧气面罩，像在海市蜃楼中工作。

阿遥背上的炸裂伤呈波浪形，创口上覆有碎裂的白色贝壳、鱼鳞、珊瑚碎，清创难度极高。在渔船上，海公子随身携带的止血药帮他止住了流血，但无法保证不受细菌感染的困扰。医生必须要清理创口上的脏污和腐肉。

“我们也想快一些，但是这位患者拒绝麻醉，也不肯接受治疗。”医生走出手术室，为难地摘下防雾镜。

“拒绝麻醉?”唐灵从窗口望进去，阿遥像一只离水挣扎的鱼，在手术台上又翻又扭，拒绝一切形式的麻醉。他的血压和心率也一直忽高忽低。

“直接这样清理不行吗？这家伙很坚强的，我见过他和巨型生物做斗争。”唐灵焦灼地问，时间每流逝一点儿，海底族被禄岛核电的人发现的概率就增加一分。

“不行。处理动物变种人患者时，我们都是通过麻醉让他们肌肉松弛，彻底回归动物形态，按照动物的肌肉组织和身体结构来治疗。”医生比唐灵还要着急，“你们送来的另一位患者麻醉后已经恢复动物形态了，是巨型飘飘鱼吧？治疗很顺利。这位患者看尾鳍像是鲨鱼，但也不完全像。他似乎很抗拒恢复到动物形态……”

手术台上阿遥维持着人鱼的状态，鱼尾和鱼鳞从腰腹部开始向上蔓延。然而他全身绷紧，每当鱼鳞在他身上蔓延一寸，他浑身的肌肉就剧烈颤抖，重新回到人类形态。

“这样不行的。爆炸伤很容易出现‘表皮轻、内里重’的情况。半人半鱼的状态下，组织结构太复杂，我们暂时也没有掌握人鱼的解剖学知识，谁也不敢按照人类的组织结构来为他治疗。之前来就诊的兔子人、熊人、鸟人，都是先恢复动物形态，再在兽医专家的指导下进行治疗的。”医生摘下无菌手术帽，连连摇头。

“我有办法，让我进去试试。”唐灵沉着地说。

手术台上的阿遥面色惨白，从海里被救起后，他几乎没有说话的力气。肩膀到尾椎全是灼热的炸裂伤，医生怀疑他被炸的那一瞬间皮肤就已经失去痛觉了。

“这里没有人会伤害你的。放心接受麻醉吧，飘飘医生已经变成鱼了，医生清理完伤口就好了，很快的。”唐灵俯身安慰他说。

然而阿遥一直在摇头，他用海底族的语言在说着什么，偶尔迸出几句唐灵能听懂的话，似乎是在呼喊着哥哥巴琅和好友巴珊的名字。

“我要回去救他们。”阿遥的嘴角有血迹渗出。麻醉让他的眼神不再清亮，他靠咬伤嘴唇来使自己维持清醒。

“他们已经……”唐灵想了想，还是直截了当地说了出来，“死了。明白吗？死了。你们的结界也没有了。我们面对的就是这样的现实。”

阿遥停下挣扎，浓密的眼睫垂下来，又再次努力睁开眼，想从唐灵眼睛里寻找到一点儿开玩笑的意味。

“你现在能做的，只有接受治疗，然后重新站起来。死去的人和毁掉的家园，不是靠眼泪和反抗就能追回的。”唐灵硬下心说。她的余光不时望向手术台旁的监测仪，阿遥的心率和血压都恢复到了稳定的水平。而时钟上的数字仿佛越走越快，离禄岛核电来考察的时间越来越近。

阿遥紧握的拳头松开了，一个很累的笑容在他苍白的脸上浮现出来。

“不要打麻药，就这样治疗。”他开始用人类的语言和唐灵沟通。

“好。”

“人类……不会伤害我的，对吗？”阿遥信赖地看向唐灵。

“对。放心闭上眼睛吧。”唐灵说。

阿遥刚刚垂下眼睑，唐灵弯起手肘，打在他额头一侧，阿遥含糊地哼了一声，就晕了过去。

“好了。开始清创缝合吧。”唐灵干脆利索地拍拍手，“伤口我看过了，主要集中在尾椎骨以上，按照人类的解剖学结构来治疗就行。”

医生目瞪口呆，似乎还想说些什么。

“尽快治疗，所有后果我负全责。”唐灵面无表情地走出手术室。

“我发现你们人类说话都是遮遮掩掩，真假参半。”巴璞目睹了手术室发生的一切，啧啧感叹。

唐灵无奈地笑笑，她的手背在身后，手腕上是从海公子那里借来的腕带手机。

那上面有一条刚才就打好的文字：“我回来了，我很想你。天亮后我们在律所见，好吗？”

直到他们离开医院，那条消息也没有被发出去，取而代之的是一条公事公办、毫无感情的消息：“裴律您好，有一起事关禄岛核电的爆炸案，我想提前咨询一下您的办案建议。”

第四章

“十二只猴子”法案

SHI ER ZHI HOU ZI FA AN

天微微亮时，林律师红着眼睛走出办公室。

上周，律所为在海难中失踪的员工举行了一场小型哀悼会。哀悼会结束后，这些从此无法工作的员工就要被后台系统除名，工位也要被尽快清理出来，让给新入职的人。

林律师坚持了很久，一直保持着唐灵座位原有的样子，他总是隐约有种预感，那个笑起来嗓门儿很大的女孩子还会回来的。直到昨天唐灵的家属办理了死亡证明，来所里领取了抚恤金，林律师才接受了唐灵不会再回来了这个现实。

早上 7 点，是这座写字楼最安静的时段。

黑夜已经结束，白昼刚刚开始。幽长的走廊里，灰白色的浮雕壁画一直蔓延到黑漆漆的尽头。林律师越走越觉得不对劲，他猛地停下脚步，若无其事地哼起小调，模仿功夫明星的姿势，若无其事地猛一回头，试图揪出那个跟踪者。但是他的背后空无一人，只有早晨涩涩的风吹进玻璃窗。

林律师尴尬地咳嗽了一声，心里把自己能记起的各类咒语轮流默念了一遍，从“般若波罗蜜”到“阿门我的主”。“中西结合，疗效更好。”林律师倒吸着冷气安慰自己，脚下不由自主加快了步伐。

眼见还差一个拐角就到电梯间了，林律师三步并作两步向前冲，刚好遇上等候在电梯间的唐灵。一声刺破天际的尖叫声从清晨的写字楼中传出。

“林律师，您……叫得楼下电瓶车都响了。”唐灵皱皱眉头，这里可是18楼，停在楼下的几十辆电瓶车发出呼天抢地的防盗铃声。

“小唐啊，小唐。”林律师的声音拐着弯，他举起一只手，哆嗦着说，“我我我昨天是说过，‘不敢相信这么好的员工说没就没了”，也确实说过‘我有种感觉，小唐还得回来’。这都没错，但是这不代表我在召唤你回来啊！你在那边挺好的吧？都都……都到了那边了，就好好过吧，早日托个好人家，不用担心这边。啊？”

“林律师，您睁开眼看看。”唐灵哭笑不得，“我没死，我活得好好的。”她伸出手臂，想让林律师摸摸自己的脉搏。

林律师显然误会了她的意思，惊叫着跌坐在地上，转身就往后爬，凄喊着：“别，别，别带我走！小唐，你要真想带谁走，你带副主任走。他……是他压低你抚恤金的。而且我也早看他不顺眼了，我和你是一伙的，啊，小唐！你带他走，我给你多烧点儿纸。”

唐灵刚想追上去，却被电梯门上的倒影吓了一跳——倒影中的她骨瘦如柴，锁骨清晰可见，脸上瘦得仿佛只剩了一双乌漆漆的眼睛，一个月未剪的头发胡乱顶在头顶，确实很像回来追魂索命的女鬼。

唐灵不可思议地摸摸自己的脸颊，再掐掐自己的胳膊和腰，陪伴她多年的双下巴不见了，苦恼多时的赘肉也没有了。鹅蛋形的脸瘦出了线条，憔悴中多了几分清秀，褴褛的牛仔短裤下，双腿纤纤，犹如漫画中走出来的豆蔻少女。

“这都是在海底结界生生饿出来的……”唐灵喃喃自语，震耳欲聋的电瓶车警报声让她想起了惊魂未定的林律师，她一边追一边解释：“林律，林律，我没死，我被人鱼救了，在海底待了一个月。海底结界里有人类文明存在的，他们都跟我回来了。我给你介绍一下……”

走廊尽头，又传来一声惨叫。

“行吧，省得我介绍了。”唐灵捂住嗡嗡作响的双耳，赶紧朝那边跑了过去。

林律师和戴着墨镜的巴璞双双瘫倒在地，指着彼此发出尖锐的叫声，此起彼伏，仿佛在斗法。

“您俩这是想先震聋一位是吗？”唐灵气喘吁吁，一手拉起一个，快刀斩乱麻地介绍说，“这位，林律师，算是我的师父，当年招我进律所的；这位，巴璞，一只海星，海底结界的人类学家。”

林律师捂着胸口，一口一口全是倒抽的冷气，嘴巴里只能发出“嗯——啊——呃”的声音。

巴璞缓过劲儿来了，从墨镜上方露出眼睛，忐忑地看着嗯啊作响的林律师，小声地问道：“他是鹅人？”

“这倒不是。他是……被你吓的。”唐灵擦擦脑门上的虚汗，林律师和巴璞的尖叫依旧回荡在她脑海中。许久未进食的她已是头晕眼花。

三个人相互搀扶着，步履蹒跚地回到了办公室，一屁股坐在唐灵空空如也的桌椅上，谈起了分别后的这一个月。

自唐灵被阿遥带入海底之后，林律师一行人很快就等到了救援。他们算是被救起得比较晚的，其余落水的同事，大多在当天就被救起送医治疗了。

“说来也是蹊跷，后来才知道，那个岛离航线偏出了一百多海里，没有谁比咱们被浪花打得还远。”林律师苍白的脸色渐渐缓了过来，恢复了点儿主人翁精神，给唐灵和巴璞接了两杯热拿铁，递了过来。

唐灵如获至宝，在海底这一个月，胃里塞满了生冷的藻类，一口热拿铁下肚，就像三九寒冬跳入温泉那般惬意。巴璞学着她的样子，咂了一大口，接着就全部喷了出来。

“这……这是什么杀人于无形的东西！”他“呸呸”地吐着口水，嘴角已烫出了几个大泡，拿铁上浮起的袅袅热气把巴璞吓得浑身颤抖，“那个，蒸海鲜之前，才会有这种白色的气体呢！”

唐灵这才反应过来，海底族没有吃热食的习惯，85℃的热拿铁对于她的海底朋友来说，已然是近乎致命的温度。她熟门熟路地去茶水间拎了几块冰来，巴璞这才心满意足地喝了下去。摸着那杯温温的拿铁，唐灵心里有种说不出的难过。区区几十度的液体都让海底族连连呼痛，那爆炸发生时，被炸伤的阿遥该有多痛?

“林律师，我回来之后，什么也没顾得上就赶来了律所，为的就是找裴……律师……”唐灵赶紧补充说，“谈个案子。爆炸案，已造成极其严重的人员伤亡，我是目击者。”

巴璞也愤愤地提起当时的事，描述海底小镇曾有过的繁华：“我们的公路、民宅、店铺、轨道交通，全部损毁。还有我多年的人类学研究论文，这够得上是造成严重后果了吧?”

“你放心，林律是我的师父，办刑事案出身，人看起来不靠谱儿，实际上很公道的。再加上裴律师，我们一定能让那些家伙付出该有的代价!”唐灵笃定地说，她诚恳地望着林律师。林律师的身后，是裴子航崭新的办公室。透过磨砂玻璃，能看得见他桌上摆的笔直、青翠的虎皮兰。

“在严酷的环境下，也一样能不弯不绕地生长。不要求光线，不要求水源，只要给它土壤，哪怕遍体鳞伤，它也可以落地生根。我认为法律就应该是这样的，无论外界条件多么崎岖，它都要保护人们的生存和尊严，不因利益或别的诱惑而动摇。”刚刚进入律所工作时，意气风发的裴子航和唐灵一起购买了这株植物。当时他选择留在泰多金律所，也是因为负责招聘、组建团队的林律师认可他的理念，和他志同道合。

想起多年前一起买下这株虎皮兰的场景，唐灵心头隐隐一热。几年的时光像倍速播放的电影，在这间熟悉的办公室里循环播放。她收回湿漉漉的目光，充满希冀地看向坐在白色办公桌上的林律师。不久之后，裴子航也会回来，他们会和她一起，帮助海底结界讨回公道。像以前无数次一起走进法庭那样，慷慨激昂，并肩作战。

对这点，唐灵很有信心。

然而林律师慢吞吞地喝着咖啡，他给自己冲的那杯美式，仿佛怎么样也喝不完。

“林律师?”唐灵提醒他，“这案子属于公诉案件了，我想着咱们律所是禄岛核电的合作伙伴，所以想和您还有裴律师探讨一下，是不是需要让海底族幸存者来报案?”

她细细地说着个中因由：“他们还没有取得身份证件，程序上很多事可能要复杂一些……”

林律师打断了她，他放下那杯早就空了的咖啡杯，说：“咳，小唐，你真的认为存在海底族吗?”

唐灵目瞪口呆，诧异地说：“林律师，刚才我不是和您讲过了吗？我在那里生活了一个月，亲眼见证了海底结界的存在。”

一旁的巴璞也重重地点着头。

林律师伸伸懒腰，摇摇头说：“那不一定。这一个月很有可能是你漂流到某处，因为极度干渴、饥饿而产生了幻觉。”

“那巴璞呢？他总能代表些什么吧？不仅是他，还有两位海底族幸存者，就在……”唐灵及时打住了，她把阿遥和飘飘医生的下落硬生生咽回肚里，因为她突然觉得亦师亦友的林律师似乎陌生了许多。

林律师躲开她询问的眼神，低头剔着指甲缝：“小唐，法律知识要常学常新呀。对于动物变种人，法律的定义是非常清晰的——同时具有人类和动物的双重基因，并且既可以维持人类形态，也可以维持动物形态。眼前的这位朋友，叫什么来着？我忘了，随便吧，显然不像可以变成人的样子。”

“我可以!”巴璞争辩道，“我之前是可以的。后来不知道为什么，慢慢地就无法变成人类了。巴琅王子说，是因为禄岛核电倾倒核废水而带来的污染……”

“行行行，打住吧，我没工夫听你们什么王子啊、什么人鱼啊，这些童话。小唐，你已经不是泰多金律所的员工了，抚恤金也交给你的家属了。既然咱们有几分师徒交情，律所这边我来处理，抚恤金你就不用归还了。趁着大家还没上班，你赶紧走吧。”林律师还是不敢看唐灵的眼睛，依旧盯着自己光秃秃的指甲，“以后不要溜进这间写字楼了。”

唐灵不敢相信自己的耳朵，还在试图帮林律师找理由，她故作轻松地问：“林律，是不是您到现在还是无法接受动物变种人是真实存在的这个事实?”

“接受！我接受！但是，我不认可有人鱼的存在，也不认为他们受法律保护，更不认为他们需要承担任何法律责任!”林律师的声音变得异常坚硬，在所里的这几年，唐灵一直和林律师嘻嘻哈哈的，哪怕因为马虎大意做错了事，也没有被林律师这样训斥过。

气氛变得凝重起来，捏着纸杯的巴璞无所适从，像只可悲的大型犬，一会儿瞧瞧林律师铁青的脸，一会儿看看唐灵委屈的眼。

手机铃声打破了这尴尬的氛围，林律师太太的声音凶巴巴的，她在手机的另一头询问林律师怎么还没有到家：“喂，要不要等你吃早饭呀，你再不回来，我就都倒掉了啊！”

林律师深深吸了一口气，表情柔和起来，声音温柔如水，笑眯眯地安慰着焦躁的太太，承诺一刻钟之内必定出现在饭桌前。

唐灵难以置信地摇摇头，她说：“林律，那就不难为您了。我等裴子航来上班，他一定会帮我们。”

“他出院后就重回当时落难的岛上了。你出事后，他一直……很难过。”林律师快步向前走着。

“我说怎么他没有给我回消息呢。”唐灵的心一软，险些喜极而泣，她跑得比林律师还快，呼唤着巴璞：“走，带我回海里。我要去找他。”

“咳，小唐——”林律师抿着嘴，声音越来越小，像是不忍心戳穿唐灵的梦，“方玫跟他一起去的。好像是方玫要去拍那些珍稀保护动物。”

唐灵顿时停下了脚步，鞋底摩擦在地面上，发出沉闷又刺耳的声音，像一声无情的嘲笑。

紧跟在后面的巴璞差点儿撞到她背上。唐灵尴尬地拢了拢头发，自己给自己找了个台阶下：“这么说，这件事，就没人能帮我啦？林律，您是不是和我开玩笑呢？您看，这让我在海底族朋友面前多没面子……”

她无助地看向林律师，那眼神虚弱得近乎讨好。林律师正在走入电梯，他知道，这个风尘仆仆、死里逃生的姑娘不过是想证实所有的事都还有回旋的余地。林律师抱歉地笑笑，手指按上了关门键。

成年人的世界里，有的是说不清道不明的苦衷。

林律师只能无奈地摇摇头，门关上的瞬间，他再次对唐灵强调："别想了，人鱼的身份在法律上很难得到证实的。还不如想想你的抚恤金怎么分配……"

回到家里的时候，眼前漆黑一片。

一个月未归，唐灵新租的公寓已断电、断网。所有的电子用品都陷入了沉寂，信用卡和各类支付软件也遭到了冻结，她急不可耐地打开社交软件，发现两周前就没有再收到过任何消息。每个人的生活都在继续，仿佛没有谁真的在意她被这个世界"除名"。

唐灵拖着沉重的脚步，连拉开窗帘的力气都没有了。她直挺挺地倒在沙发上，只想在幽暗中安静地"躺尸"。

和裴子航恋爱后，唐灵对于社交的兴趣日益减少。在她看来，任何事都比不上两个人腻在一起舒服。尤其是进入同一家律所工作之后，他们两个几乎活成了连体婴，唐灵每天最期盼的事就是下班后回到他们俩租住的房间，然后窝在沙发上，一起捧着泡面和零食刷剧。至于外界发生了什么，朋友身边又有什么新鲜事，她毫不关心，她只关心今天要去哪里约会、饭后要刷怎样的甜剧。

见她一脸的失魂落魄，巴璞收起满肚子的好奇，蹑手蹑脚地游荡在各个房间，向钢筋混凝土打造的住所投去敬仰的目光。

“真就没人找我？连爸妈都认为我死了？”唐灵再次尝试拨打父母的电话，在这之前，她隔半小时就要打一次，但对面总是传来关机的声音。

“啊——回来了回来了！真的回来了！”父亲的嗓门儿如雷贯耳。

母亲惊喜的声音也涌了过来：“哎呀，大仙真的显灵了！大仙说要在追悼会后一周才能给你招魂，这期间都不得开手机。必须正正好好满七天，少一个小时、少一分钟都不行，我和你爸爸就掐着点儿等时间，还真的就把你给召回来了。你在那边……都挺好的吧？”

说着，手机里就传来抽抽搭搭的哭泣声。

唐灵能想象到老两口喜极而泣、抱头痛哭的场景，她赶紧打断了母亲一唱三叹的哀号，大声说：“我根本就没死呀！我只是在海底生活了一段时间。这不好好地回来了吗？”

她尽量以轻松的语气给父母讲述了自己这一个月的生活，虚张声势地说：“哎呀，看这事闹的，我就是随意在海底玩玩，真没想到大家都这么伤心。没了我，律所都快转不动了，老领导见了我呀，一把鼻涕一把泪的；我那些同事啊朋友啊，都可想我了，这不手机都快被打爆了；更别说裴子航了，比你们还伤心呢，茶不思饭不想的，就剩一口气撑着了……幸好我活着回来了……”

说着说着唐灵眼角就湿了，泪水流下来。她尽量保持笑起来的样子，不希望自己委屈的哭腔传到父母耳中。

如果我真的长眠海底，世界上的伤心人恐怕也只有他们俩了。唐灵自嘲地想。

三颗脑袋从客厅墙壁后面探出来，巴璞的在最下面，上面依次是飘飘医生、阿遥。

“干吗?”唐灵挂了电话，抹了一把眼泪，凶巴巴地问。

见这三个人欲言又止，唐灵愤愤不满地警告他们：“如果你们是打算安慰我，那就省省吧。现在安慰我只会让我觉得自己更没用。我好歹也是‘死’了一回，除了我爸我妈之外，压根儿没有人在意这件事情嘛。这日子过得……”

“你们有谁想安慰她吗?”巴璞仰起头问，飘飘医生和阿遥都茫然地摇摇头。

“我肚子饿了。”阿遥坦诚地说。

“我也是。”巴璞眨眨眼，指着脑袋上方的飘飘医生，补充说，“她也一样。”

唐灵无力地扑倒在沙发上，含混地说：“厨房还有泡面，是我一个月前买的。热水怕是没有了，你们就生吃吧。”

“好。”阿遥快乐地冲出来。回到公寓时，他和飘飘医生被唐灵泡进了浴缸中，还被严令禁止不得外出，也不得挪动任何物品。他早就对这个四四方方的小房子产生了浓厚的兴趣。

听到他在厨房里制造出“噼里嘭啷”的声音，唐灵不得不擦干眼泪，朝厨房走去，喃喃自语：“这帮家伙怕是要把家给我拆了……”

厨房里，他们三个人叽叽喳喳凑成一团，一人手里分了一包调料，正准备把调料直接塞进嘴里。

“笨死了！要先拆开包装啊，是这样——”唐灵大步向前，想从阿遥手里夺出那袋酱料，却看到阿遥恢复了人形，赤身裸体，唯有背上缠着绷带。

她大叫一声，捂着眼睛转过身去说：“你干吗说变人就变人啊，多少要穿件衣服呀！辣眼睛，呸呸呸。”

“用鱼尾巴在这里走不动路，这里又没有水。”阿遥无辜地辩解，“你的眼睛怎么了？”

说着，他走过来，关心地拉开唐灵的手，望着她的眼睛。唐灵只能双目朝天，指着卧室的方向说：“那儿，扔在床上的那些衣服你随便选，随便穿。我们陆地上的人，都是穿衣服的。你这个样子……实在是太不雅了，是要被警察带走的。”

“可是这里没有警察。”巴璞一板一眼地较真儿。

唐灵不方便和他抬杠，只能用下巴指指厨房窗口的位置——那里正朝着对面的客厅，客厅窗帘缝隙之间，有一副望远镜正对准这边。

“从我搬来那天，就发现对面有偷窥狂了。是个老头儿，万一他看到我这里有……裸奔的人，说不定就要报警了。”唐灵语重心长地说，她扯下挂在厨房的围裙，给飘飘医生围在腰间。

“那我呢，能不能也送我一件衣服？”巴璞嚼着调料包里的脱水蔬菜，期待地望着唐灵。

“你就算了吧，一只海星而已，也没什么不雅的。”

在巴璞的强烈要求下，唐灵拉开了公寓里所有的窗帘。

他声称要感受一下陆地上的阳光：“对我的研究有好处。你知道的，之前我在海底，只能纸上谈兵。”

傍晚清透的阳光照进这间密闭了一个多月的公寓，和煦的光线中，细小的灰尘浮动，犹如浅海湛蓝的波纹。客厅里堆积着唐灵搬来的各类家具和摆设，搭成小山一样高，衣架、书桌、盛放书籍的纸箱、各类成套搭配的餐具，上面都落了薄薄的灰尘。

客厅里唯一能用的家具就是那张沙发，独居在此的那段时间，她几乎是夜夜在沙发上流着泪入眠。

“为什么摸了一下这张桌子，我的手指就变黑了?”穿着超短裙的阿遥举起一根灰扑扑的指头，认真地问。

“这个……”唐灵挠挠头，并不想把这一切归于懒惰。自从搬进来后，她沉浸在分手的痛苦中，一直没有整理、打扫过这间公寓。此刻所有的灰尘和凌乱暴露在他人眼前，唐灵感到脸颊一热。

飘飘医生虽然听不懂二人的对话，但喜爱清洁是飘飘鱼的本能，原本生活在洁净的海底，她空有一身打扫本领，却偏偏“英雄无用武之地”。她从那堆家具里找出锅碗瓢盆，用瓷煲、铁锅接来水，把地面清洗得透亮，像是六月里大雨过后的蓝天。

在飘飘医生的带动下，阿遥和巴璞也参与了清理。他们对那些人类习以为常的家具和饰品好奇极了，按照渴望已久的样子来布置，压根儿没有唐灵插话的份儿。唐灵只能软绵绵地靠在沙发上，看着他们把书籍搭成三角形的格子间，把围巾一块一块平铺成地毯，把抱枕放置在每一个角落，让人随时随地可以找到能卧倒的地方。连唐灵顺手塞在纸箱内侧的几盆多肉植物都被他们翻了出来，这些胖嘟嘟的植物变得干瘪、细幼，土壤早已干燥如砂，若不是巴璞拦着，唐灵就要把它们塞进垃圾箱了。

巴璞虔诚地把它们摆在洁净的窗台边，絮絮叨叨地说：“不要扔，不要扔。这些有根的植物都是很坚强的，像在海底，那些海藻只能得到一丁点儿阳光，可那一丁点儿阳光，就够它们活成百上千年了。”

夜幕降临时，这个家焕然一新。在海底族人的头脑中，没有“断舍离”的概念，每一样物器都有它的可爱之处，每一种摆放方式都能让他们发出快乐的惊叹。他们赞美楞纹玻璃杯的精致，歌颂棉被的松软，还要把脸埋在被子里，无比满足地吸着气，然后争先恐后地描绘自己闻到的气息——“有暴风雨来临前雷电的味道”“鲸唱歌时太阳光的味道”“翻开最上层的沙子后，埋在下面的泥土味道”。

巴璞和阿遥像玩蹦床一样，乐此不疲地从地板上跃到床垫上，飘飘医生在一旁高兴得转圈。唐灵从来都不知道，这些寻常的事物还能让人如此开心。她这间一卧一卫的小小公寓，被他们布置得精彩纷呈，俯首举目之间都是明丽鲜艳的色彩。

如果不是遭到了邻居的投诉，他们能在这些普通的器具中折腾整整一夜。

唐灵一番赔礼道歉之后，邻居才善罢甘休。她走回房间，发现这几位始作俑者已经躲进浴缸里睡着了。她悄悄地溜进卧室，扑在叠放了三四层棉被的床上。

外面夜色渐起，这是回到家的第一夜，想起过去和裴子航拥有过的二人世界，唐灵心头涌起一阵酸楚。她刚想酝酿酝酿情绪，浴室就传来吹唢呐一般的声音。

“你们——实在是太过分了吧!”唐灵忍不住了，推开浴室的门抱怨道。

三个人挤在狭小的浴缸中，水从里面“哗哗啦啦”地漫出来。飘飘医生和阿遥已经昏睡过去，唐灵这才意识到他们还是伤者，还在恢复期。

只有巴璞被她的破门而入惊醒了，他害羞地解释:“之前我是从来不打鼾的，可这里实在是太干燥了，所以……”他摊摊手，一旁的阿遥继续发出时高时低的打鼾声。

“没事，继续睡吧。”唐灵做了个安静的手势，悄然带上门回到卧室。

倒在床上时，她心里一直在想，无论如何，明天得给他们买几台加湿器，然后再把这个月欠下的费用交上，房间通了电，这些没见过什么世面的家伙应该会更开心吧。还要再找一份工作，总不能天天请他们吃泡面。至于以后的事……也许会很难，但是以后再想吧……

直到睡着，她都没想起来自己本是打算大哭一场的。

2036 年的城市，是没有隐私的城市。

生物特征识别系统已经发展到极致，从你离开家门的那一刻起，搭乘哪路空铁、在便利店买了哪类三明治、喝了什么咖啡以及心率和体温产生了怎样的变化，这些数据都会被精准地捕捉，然后发回城市数据处理中心。

“好处就是——可以不带大脑出门。”唐灵正在教海底族的三位朋友搭乘空铁，她站在离地面足有百米的月台之上，这里差不多相当于 33 层楼那样高。为了方便乘客观景，月台采用全透明的材质搭建，城市的全貌在脚下一览无余。

空铁来了，唐灵带着他们随人潮一起向里走。

“我说，不用买票吗？我们海底的交通是要买票的，可能是几枚贝壳，也可能是一斛自酿酒，总之鳗老板可是什么都要的。”巴璞忐忑地问。

唐灵指指镶嵌在透明穹顶的超微摄像头，如果不细看，还会以为那里是特意做出来的星空景观。“它们已经识别到我的面部信息了，会在我关联的信用卡账户扣款。所以说可以不带大脑出门嘛，去便利店看到什么喜欢的东西尽管拿就好，也不用看价格，反正数据处理中心会按照我一贯的消费习惯来定价……”

很快，唐灵接到了数据处理中心打来的电话，对面传来一个温婉又耐心的声音：“唐小姐，欢迎回家，这里是‘天河十号’超级计算机中心。我们注意到，您已有一个月的时间没有出现在任何交通工具及道路上了。并且，您的水电费及生活消费情况也出现了异常信号。方便告知一下原因吗？根据您的行为，我们验算出几种可能性，请您在以下项目中进行选择：1. 闭关修炼；2. 遭遇绑架；3. 死亡；4. 破产；5. 失恋。”

“死……死亡吧，我选 3。”唐灵尴尬地回答。

“好的，明白，您选择死亡。”客服小姐的声音透露着轻松和愉悦。

唐灵小声地对巴璞和阿遥解释：“她们都是机器人，对市民采取友好策略。所以不管我回答什么，对方都会很高兴的。”

“咳，”唐灵清了清嗓子，问出了自己想了很久的那个问题，“那，我之前的信用账单还用归还吗？我是说，毕竟我已经死亡了……”

“抱歉，让您久等了。就算您顺利死亡，我们也会从您的遗产、抚恤金中扣除相应的金额，不会给您的信用带来困扰，让您走得安心，走得放心。”客服小姐礼貌地回答。

唐灵不礼貌地挂断了电话，愤愤地抱起手臂。

空铁在市民登记大厅这一站停下，这里下车的大多是准备前往办理身份证件和录入生物信息的变种人。

阿遥、巴璞和飘飘医生一下车就愣住了，全透明的月台外，浮云像海边轻柔的白浪一样，缓缓地飘来，又被风丝丝缕缕吹散，天空蓝得没有边际，阳光触手可及。

“好像是大海倒了过来。”阿遥兴奋地说。身后赶着去排队的变种人匆匆忙忙，除了深藏海底的种族之外，大多数动物变种人都对这样的景色见惯不惊。毕竟他们已经与真正的人类共同生存了千百年，和人类一样享受惯了陆地上的自然风光和现代文明带来的便捷。

“申请身份认证的新人类请持双重基因检测报告，并以人类形态前来办理，谢谢您的配合。”大厅里，已经排到了三百多号，新法颁布以来，每天都有数以千计的变种人赶来录入生物信息。为了避免人类的混入，市民登记大厅特意开辟了变种人特别通道，兔子人、蛇人、象人、狼人都在这里排队等候录入。每一位自称是变种人的排队者，都需要在公证员的见证下，展示自己动物和人的双重形态。

“没错，鄙人确实是人。”巴璞骄傲地挺起胸脯，接受公证员目光的检阅，“只是受了核废水的影响，很久都不能变成完全的人类形态了。”

“可是，您除了能说出人类的语言之外，身上没有任何地方符合人类的特征。”公证员谨慎地说，“我们陆地上有一种叫作‘鹦鹉’的鸟，也可以模仿人类语言，但是它并不能列入变种人序列。”

“那，那他可以吗？他可以变成完全的人！”唐灵慌不迭拽来阿遥，他正和一位黑眼圈很重的熊猫人掰手腕。

“不行，得像我这样。”身材圆润的熊猫人走了过来，他向变回人鱼形态的阿遥做了个“请看”的手势。

他是一位甜品烘焙师，头上戴着一顶高高的烘焙帽，浑身散发着甜丝丝的水果味道。见大家的目光都投向了自己，熊猫人那椭圆的脸上露出了一个神秘的微笑，他缓缓地拍了拍肚子，在公证员面前变成了一只呆萌的熊猫。

公证员满意地点点头，并留下了熊猫甜品店的优惠券。

“好了，您已经顺利通过认证。恭喜您，您现在成为合法的人类了！”公证员双眉挑起，嘴巴大大地张开，呈现出木偶一般的夸张笑容。

他转过身，鼓励地望向巴璞、阿遥和飘飘医生，说：“试一下？正如广播里提示的那样，想要得到认证，需要同时具有人类和动物的双重形态。只有符合这一条件的变种人，才可以办理身份证件，享受法律的监管与保护……”

“这种程度也不可以吗？”唐灵把半人半鱼的阿遥推到公证员面前，“你看，他这样看起来和人多像啊——这头发、这胸脯、这手臂……还有牙，牙齿也和人类一样。阿遥，张嘴。”阿遥乖乖地张大嘴巴，展示自己的32颗人类牙齿。

唐灵像马市上的饲主急切地展示着自己的马匹那样，朝着公证员说：“非常完美的人类躯体。”

公证员抱歉地摇摇头说：“可是这位先生并没有向我展现他的动物形态。看这位先生的尾巴，应该是深海鱼类吧。”

“我不能变成完全的鱼。”阿遥的声音低下来。他倔强地坚持着这一点，无论巴璞怎样劝说，他都只是一味地摇头。

“所以，这三位朋友暂时都不能获得认证——一位只能维持海星形态，一位无法变成鱼类，另一位则无法变成彻底的人类。”公证员摊了摊手，做出无比遗憾的表情。唐灵没有被这个可怜兮兮的表情打动，她知道，这是人工智能程式化的产物。这位公务机器人并不会真的产生愉悦或者沉痛的心情，她紧跟在公证员身后，申辩着自己的理由：“海底族现在是濒危动物，不，濒危人类。他们的领地受到了人为破坏，无数同类丧生海底。他们三个必须获得身份认证，才能代表同族进行起诉！”

“濒危”“起诉”等词语明显不在公证员的语料库中，他的反应慢下来，眼珠缓缓地移动，通过网络来搜寻这句话的意思，半分钟以后，回馈给唐灵的还是那句老话——“必须具备人和动物双形态的转变能力，才可以获得身份认证。”

“那，那我可不可以让他以人类的身份进行认证？”唐灵突发奇想，“毕竟他这个样子看起来和真正的人类也没有区别啊。”

大厅里，有人闹了起来。

喜爱群居的犬人、狼人、兔子人一下子涌了过去，即使变成了人，这种爱看热闹的基因也还是没有改变。而高冷的猫人只是微微一笑，不屑地舔舔自己的手腕。见唐灵诧异地望着自己，猫人系紧了西装扣子，正襟危坐。

“不知道为什么，我有点儿怕那家伙。”人高马大的阿遥躲在唐灵身后，他和飘飘医生都感到有股无形的压力。

“也许这就是种族压制吧……”唐灵喃喃地说。

闹事的是一名人类女子。她穿着黑色的连帽长裙，面孔完全隐匿在帽檐之下。她面前的柜台上，堆叠了半人高的现金。

这种红绿掺杂的纸币，人们已经有几十年没有见过了。

“那个，是传闻中的‘钱币’吗?”巴璞好奇地问，“我在历史书中见过，但是听说很久以前，这种纸币就淡出人类社会了。”

“是的。不过，真的是很少见啊。连我爸妈都不太会有这种东西了。大家都习惯了无感支付。”唐灵纳闷儿地说。

穿着连帽长裙的女子还在柜台前不依不饶：“为什么，为什么不能给我身份认证？我要身份认证，我要加入信用系统，我要买吃的喝的，我好饿……”

“纸币在我们这里是花不出去的。”唐灵小声地解释，“而且，她突然拿来这么多纸币，这个行为会引起警方关注的。”

“您可以解释一下钱的来源吗?”办事员有条不紊地问着这位女子。

“我……我攒的。”她的声音有些飘，“我从小就没有身份认证，是……孤儿。”

“您的生物信息已经被其他用户占用了。目前，大数据系统里没有单独属于您的任何数据。唯一和您相关的资料，就是您在泰多金律所出入的记录。”办事员敲打了一会儿键盘，调取了和这位女子相关的全部影像和文字资料。

“那，那我不办理了。”听到泰多金律所的名字，这名女子气馁了，她慌忙站起来，把纸币拢向自己的书包。

“泰多金律所?”唐灵的心中闪过一个念头，她让巴璞混在人群中，跟住那名女子，然后给林律师打去了一个电话。

“林律，还是我。我想问一下，抚恤金……”许多模糊的线索在唐灵脑海中变得清晰起来，她好像察觉到了什么。

“抚恤金不用还了。”林律师压低声音，他正在快速走出办公室门外，“这点儿师徒情谊咱俩还是有的。”

“不是，抚恤金，我的‘家属’是要的现金吗？”唐灵皱着眉问。

“啊，对。我一直弄不明白，怎么还会有人要现金？话说回来，小唐，你妈妈可真年轻，怎么保养的，我太太也想知道……”

阿遥一把抓住了即将登上空铁的这名女子。

唐灵紧跟其后，喊了一声：“大师！”

这名女子条件反射一般地说：“预测未来，为君解惑！百试百灵，请问您要算什么？”

唐灵走到她面前，挡住了她试图踏上空铁的脚步，盯着她藏在阴影中的眼睛说：“你好，我是唐灵。认识一下。你应该早就见过我的父母了吧？”

空铁呼啸而过，风吹起了这名女子的帽子，一张苍白的面庞露了出来。她纤细的手死死地握住了唐灵的手腕。

这张面孔看起来倔强又陌生，唐灵不记得自己和这名女子有过什么交集。这名女子薄薄的嘴唇紧抿，浑身激动地颤抖着，仿佛更害怕唐灵跑掉。

“我招，我什么都招。钱也还给你。你……能给我买些吃的吗？”骗走了唐灵抚恤金的“大师”，像抱住一根救命稻草那样扑向唐灵，比他乡遇到了故知还高兴。

一顿狼吞虎咽之后，这名女子告诉唐灵，她来自 2021 年，是被时空旅行团甩下的乘客。

“我们报社专门搜集这些奇奇怪怪的项目，一听这家旅行团可以低价体验，就给我报了名。谁知道一上车就开始临时加价，我们报社经费有限，我带的钱只够加到 2036 年的，所以……只能在这里下车了。”她大口大口地喝着唐灵从便利店买来的多巴胺可乐，坐在路边言无不尽。

这种可乐里添加了特制的人造糖，可以适度促进人体内的多巴胺分泌，轻而易举达到驱逐疲惫、兴奋神经的作用。它的厂商享受政府补贴，定价极低，一举成为年轻人加班、失业、失恋、破产时的必备良饮。

高水平的多巴胺让她敞开心扉，畅所欲言。她像喝醉了一样两颊绯红，告诉唐灵，自己是《奇报》的记者鹿迢迢。

“唔，我中学时看过你们的报纸，都是些真假参半的故事。真想不到你们还能苟延残喘这么久……”唐灵冷眼看着她，等她做出合理的解释，“不过，这一切都不能成为你欺骗我父母并领取抚恤金的理由。”

鹿记者竖起手指，顽强地告诉她：“首先，《奇报》上的故事都是真实发生的；其次，我们那不叫苟延残喘，在拉赞助这一方面，我们还是有一番心得的；最后，我那不叫骗，那叫……顺其自然。”

在唐灵发怒之前，她快速地从背包里抽出一块巴掌大小的屏幕。那是她从时空穿梭列车上带下来的——上面只有一个花里胡哨的扑克牌游戏，用于打发时间的。为了安抚愤怒的唐灵，鹿记者咳嗽了一声，故作镇静地说：“看！这就是来自2021年的‘量子未来预测器’！”

“什么量子未来预测器，这明明是个……”唐灵一眼就看穿了鹿记者的把戏，只是这东西对她来说年代实在太久远了，她一时想不起它的名字。

“哎，这你就不懂了。”鹿记者得意一笑，“我问你，你们是不是也没有时空穿梭列车了？那是因为在多年前就被紧急叫停了。和这个家伙同理，它确实能预测未来，只是，怕引起骚乱，所以不再生产了。”

“能帮我预测一下我的族人们去哪儿了吗？”阿遥充满了希冀。

“别添乱。”鹿记者把他扒拉到一边去，笑吟吟地对唐灵说，“事情就是这样子的嘛——你父母年龄大了，见过这东西。非让我帮忙找一下你的下落，我一看，就知道你遭遇了海难，并且被困在了某个遥远的地方。”

她是顺口胡诌的，然而巴璞和阿遥却面面相觑，脸上的表情从疑惑转成崇拜。唐灵垂着头，也不知道在想些什么。

鹿记者在心里暗叹了一口气：“这就是年龄带来智商的碾压啊！”

她不动声色，悄悄收起那块“预测器”，准备溜之大吉。

然而唐灵再次拦住了她，说：“那——那骗走抚恤金也是这个……预测器的意思吗？”

鹿记者愣住了，干脆破罐子破摔，把那一堆厚厚的纸币从包里倒出来，统统推向唐灵。

“什么叫骗？我只是……代为保管！反正，反正我在你们这个时代也花不出去……唉，你们怎么就不收纸币了呢，真是见鬼。”

她解释说，自己早就知晓唐灵还活着，只是二老伤心过度，眼见着就要晕过去了。

“我劝他们回家休息，可他们刚刚离开，写字楼里就走出来几位你的同事，他们都在说抚恤金的事。我心想，反正你都要回来了，这个抚恤金，不领白不领。我先代为保管着，啧，你知道这包钱有多沉吗？我没功劳也有苦劳吧！”

鹿记者的一番话，让唐灵嗤之以鼻，要不是巴璞拦着，她就要报警了。

巴璞和阿遥对“预测器”这种东西充满了兴趣，他们凑在鹿记者身边，一个嚷嚷着要看一下哥哥的下落，另一个则要看看自己的研究有没有被毁。

听完他们你一言我一语的叙述之后，鹿记者见实在无法脱身，只得做沉思状，皱眉说道：“你们的问题可以结合一下——结界目前的状况以及禄岛核电能不能得到应有的惩罚。”

两个人重重地点头。

“抽牌吧。”鹿记者叹了口气，眼巴巴看着一辆又一辆的空铁驶向远方。

两个人同时伸手，都想做第一个体验人类高科技“预测器”的海底族。阿遥不得不拿出王子的地位来威压巴璞，巴璞抱起双臂，怏怏地站去一旁。

阿遥抽出了一张红彤彤的牌，上面画着三个对称的三角。

鹿记者夸张地惊呼一声，仔细端详，嘴唇嗫嚅，仿佛难以开口。实际上，她的大脑飞速运转，在思考如何才能把谎话说圆。阿遥和巴璞屏住呼吸，虔诚地望着她手里那张牌。

唐灵也被他们三个人夸张的反应吸引了注意力，把刚才的不快抛之脑后，大咧咧地说：“看到什么直说就好。我也想得很清楚了，这件事肯定是凶多吉少，实在不行，我就养这群家伙一辈子也可以，就当多了几只宠物，我又不是没捡过小动物……”

在喷泉景观里泡澡的飘飘医生似乎心有所感，安逸地挥挥鱼鳍，旁边路过的行人纷纷侧目，很快又移开目光。这段时间大家见多了形态各异的动物变种人，心理承受能力已大大提高。

鹿记者从他们的反应里判断出来，这件事八成遇到了极大的阻碍。于是清清嗓子，神秘兮兮地说：“这事很严重啊——你看，这牌上有三个三角形，最后面的也是最大的那个三角形，隐藏在黑暗之处，三个角格外尖锐，像不像恶魔的战戟，这是……这是预测器里最可怕的‘恶魔’牌。这代表，你们的敌人已经做好战斗的准备了，很有可能正在你们不知道的地方观察着你们。”

唐灵背上一凛，她本来认为这个女人不过是满口胡言而已，而刚刚这番话却让她莫名地不安。她抬头看看隐藏在树丛、路灯、屋檐下的摄像头，这些东西原本是为了方便市民、遏制犯罪所设，谁知道会不会被用来窃取信息呢？

她把腕带手机摘下来，延长之后挂在了巴璞的脖子上，和他说：“你们肚子饿不饿？那边便利店有好多泡面和饮料，你带阿遥去买。对着摄像头扫手机上的信息码就行，对了，再给你们每个人都买一顶棒球帽、一只口罩。”

“我，我不饿，我也不想吃东西啊。”巴璞小眼睛满是茫然。

“不，你饿，你想。我看出来了，快去！”

“你被困在海底的时候，就是和他们在一起吧？”鹿记者问道。巴璞一蹦一跳地走入便利店，好似一只成了精的杨桃。而阿遥依旧穿着在唐灵家翻找出来的短裙，背上缠着绷带，如同经费有限的“女装大佬”。

“那个，我觉得他们即使戴上帽子和口罩，也一样挺引人注意的。”鹿记者讪讪地提醒唐灵。

确认他们彻底不会听到对话之后，唐灵叹了口气说：“这群家伙的领地被毁了，他们是海底族最后的遗民了。你刚才还在预测器看到了什么，尽管告诉我就好。”

“你知道的，泄露太多天机也不好。”鹿记者被问住了。她有意拖延着时间，眼神时不时飘向唐灵身旁的纸币。夏季和煦的晚风正吹得它们哗啦作响。

唐灵心领神会，马上递过一沓纸币，说：“请铁口直断。”

“使不得，使不得。”鹿记者一边拿过钱，严严实实塞进包里，一边颇为遗憾地说，“我要这个干什么呢，又花不出去。”

唐灵顿悟了，忍痛说道：“手机里的付款码我也会打印一份给你的。”

鹿记者立刻毫无保留地说道：“刚才说到哪儿了？对了，这件事也不是完全没有转机。你看，黑色三角形的前面，还有一蓝一白两个三角形，这代表什么？这代表……这代表有两个来自不同的世界，原本不该存在交集的人被命运捆绑在一起。他们两个联手，恰恰可以封印住恶魔前行的道路，而且……”

她是根据唐灵和阿遥的情形编出了这段话，然而唐灵连连点头。

鹿记者只能艰难地继续编下去：“预测器说，这里有希望和新生，还有……爱情。”

“爱、爱、爱情？不会是要我‘舍身取义’吧！”尖锐的叫声打断了唐灵的思索，巴璞不知何时回到了她们身边，手里抱着的泡面桶一层叠一层，像抱来了一座小型金字塔。

“你还专挑贵的买……鹅肝泡面、牛刺身泡面、有机泡面……”唐灵越看越心痛，一手搭在巴璞肩上，一手捂着胸口做哀号状。

“鄙人对营养学也是有几分薄见的。”巴璞不知出于何故，害羞了起来，倾斜了一下肩膀，让唐灵的手滑开，“我知道，那天在广告牌上见过我的人类长相后，你就对我产生了一些不该有的想法。这件事我得思考思考，为了海底结界，让我忍辱负重也可以，只是……”

“你的人类长相?”鹿记者举起胸前的相机，“是什么样？我给你拍几张，带回去都是独家新闻。”

巴璞腼腆地点点头，四处环视，指着商场外墙的电子屏，说：“我之前就是长那个样子。很久很久以前，我在海里救起过一名人类，作为答谢，她拍了一张照片送给我。我和广告里的人长得丝毫不差。”

鹿记者放下相机，回头看看在电子屏里粲然微笑的柳昊然，再回过身瞧瞧暗自得意的巴璞，反手就是一掌，吼道：“不许侮辱我偶像！”

远处的飘飘医生从喷泉景观中爬了出来，唐灵招呼着她过来戴上鸭舌帽。

她焦急地发出一串声音，沉浸在幻想中的巴璞逐字逐句翻译着：“她说，阿遥怎么一直没有出来？以及那边好像开来了一辆警车。”

说完他才意识到事情的严重性：“对呀，阿遥怎么还没有出来？他说想去洗手间，我指给他位置了，没有那么远呀。”

商场门口，一辆警车停了下来。

商场保安在人群的簇拥下，押送了一个穿短裙的人出来。那个人比划着，好像在竭尽全力地解释着什么。

“等一等！”唐灵大喊着跑过去，而警车已呼啸而去。

鹿记者手里握着那块“预测器”，和巴璞面面相觑。

自从城市大数据中心投入应用以来，警局就形同虚设了。

人类的所思所想在大数据面前无限接近于透明，每个人的行动轨迹都是可预测的。当一名婴儿发出人生中第一声啼哭时，大数据中心已经根据他的生物信息、祖辈的教育程度、居住环境等一系列相关的因素，对他的一生进行了建模。在这样的管理模式下，人类的盗窃、暴力犯罪、凶杀几乎成为了不可能的事。所以，那些久悬未决的案件，大多出于动物变种人之手。在过去的几百年中，活跃在人类社会中的他们不受大数据中心的监管，可以轻而易举逃脱法律的制裁。

当听到眼前这几名海底人从来没有录入过生物信息时，一名个子矮矮的警官拍案而起："我说怎么有人这么大胆！穿了条短裙就敢进女厕所了？那你要是穿了宇航服，是不是就要潜入航空管理局了？戴了马鞍是不是就要混入国际赛马场了？"

这名警官是小矮马和人类的“混血儿”，过去由于没有合法的身份，只能担任辅警一职，常年在路口追逐那些超速的车辆，并以更快的速度送去一张罚单。最近刚刚取得正式身份的他，显然对人类社会的逻辑还不够了解。

“不是这样的，马警官。不是地点的问题。”旁边一名人类警官试图解释，“是……是……”他发现自己没法儿向鼻子不停喷气的马警官讲清这件事，干脆摊摊手，重新埋头在动物变种人提交的各类户籍申请资料中。

“我以为是要按照穿衣类型选择入口。”阿遥无辜地说。他的脸上还有几道抓痕，是洗手间里惊慌失措的女士们在他面颊上留下的痕迹。

“你们之前一直生活在海底，从来没有和人类社会接触过?”马警官在屏幕上填写处理意见，“教育程度——是文盲吧?”

“我不是。”巴璞摘下帽子，对马警官恭敬道，“鄙人是海底结界的人类学专家。对人类社会有一些不足挂齿的小研究，也一直在海底倾尽全力传授人类社会的文明和语言。”

马警官不动声色地打上了“半文盲”三个字，然后问:“有没有可以用人类文字表达的姓名?”

“有，有。”巴璞依次介绍着，“我们全员姓‘巴’，每个人的名里都会带有一个‘王’字旁。这是因为我们的祖先是来自巴蜀之地的王家三兄弟。”

“你们是不是弄反了，为什么不是姓王名巴呢?”马警官从屏幕后探出脑袋，好奇地问。

“您说呢?”巴璞眨眨小眼睛，温顺地看着马警官。

马警官耸耸肩，这是他跟上司刚刚学会的动作，说:“不懂。我猜是因为你们祖辈都没有接触过人类社会，对人类社会的风俗一无所知，所以才会造成这种姓和名颠倒的错误。如果是我，我就会姓王名巴。”

“您……真是博学呀!”巴璞憋住了一肚子话，从嗓子眼儿里挤出这几个字。

由于阿遥没有被录入生物信息，警方也无法对他进行惩处。马警官只能按照“宠物扰民”的由头警告了唐灵。

“这样下去不是个办法。”马警官托着脑袋，为这个他看不懂的社会操碎了心，“这几个人，尤其是海星和那个鱼头人，退化得太厉害了。万一哪天退化成彻底的动物，你是无法饲养他们的。到时如果被人举报，我可要按照‘个人违法饲养保护动物’来处罚你了。”

“这个我明白，我也是在律所工作的。”唐灵手里握着一张纸，是辖区新近颁布的《养犬管理条例》，马警官建议她按照上面的规则来饲养阿遥。

“你在律所工作？那你怎么不知道‘十二只猴子’法案？”马警官很高兴自己能发现眼前这名人类的知识盲点，兴奋得嘶嘶作响，“那十二名猴人就是在我们辖区登记的，他们的户籍材料还是我审核的！”

马警官点起一根烟——尽管他不会吸烟，但他认为在有人对自己进行录音、录像时最好这样干，会显得自己深沉一些。鹿记者的相机发出“嘀”的一声，她示意马警官可以继续进行了。马警官被烟呛得直咳嗽，眼角已经有了泪，他回忆起前段时间名噪一时的“十二只猴子”法案。

新法颁布的次日，旅居在外国的猴人家族就回来了。他们和巴璞、飘飘医生遇到的问题一样——无法变成彻底的人类了。但是好在他们长期生活在人类社会，一直在某岛的温泉酒店打工。他们留下了许多影像资料，也有人类顾客出面做证，声称享受过猴子的搓澡服务。按照新法规定，只有具备人和动物双形态的生物，才可以被认证为动物变种人。猴人家族申请了行政复议，这件事在司法界闹得沸沸扬扬，法学教授、知名律师、官员在媒体前展开唇枪舌剑，不少海外媒体也全程跟进，进行 24 小时无间断报道。

最终，这群猴人被认定为合格的动物变种人，从此可以和正常的人类一样享受这个社会带来的一切便捷和庇佑。

“这就是‘十二只猴子’法案。不具备人和动物双形态，但又确实具备人类的情感和智慧，可以遵守人类法律的族群，只要达到十二名以上，就可以在经过论证之后，被认证为动物变种人。”马警官做了一个结束语，迫不及待地掐灭了烟。

巴璞捂住喉咙的部位，大口大口吐着气，用颤抖的声音说：“如果我还能哭，我一定热泪盈眶了，可惜我的泪腺已经退化了。这件事终于有希望了！”

阿遥和飘飘医生似懂非懂，但他们通过观察巴璞和唐灵的表情，知道这是难能可贵的机会，相拥在一起欢呼。

鹿记者是唯一无法理解这份欣喜的人，她用相机记录下这令她费解的一刻，说：“成为人类这么值得开心吗？我一直以为你们动物才是无忧无虑的。”

“当然，当然。”巴璞激动地说，“身为人类，我可以走遍每一个角落，见证几千年来所有文明的传承。我要去大英博物馆、开罗、巴塞罗那，我还要去内华达州的 51 区！我对这个世界的理解和想象，可以发表在权威的媒体上，人们会讨论我、看见我、认可我，而不是把我的研究当成一只海星的胡言乱语。总之，成为人类，才能和你们共享这个世界啊！”

“也不用担心自己的家园会在一瞬间被炸掉。”阿遥补充着，他的脸上有一丝阴霾，但很快云消雾散，“如果我的亲人不见了，这里所有的人都会去帮我寻找。”

马警官听得心潮澎湃，他情不自禁地站起来，唐灵注意到，小矮马的基因在他身上得以体现，他只达到成年男子肋骨的高度，头大腿短，身材比例接近侏儒。而他的警服是警局里最挺括的，衣领、袖口、下摆连一根褶皱都没有，没有每日的浆洗和熨烫，一件工作服是维持不了这样的体面的。他对着来自2021年的鹿记者说：“你知道可以用自己的名字入学、得到自己本该拥有的职位、合法地拥有自己的住所是多快乐的事吗？我猜你不知道，你一出生就是人类了，你把这些看作是天经地义的。”

“我是出生在马厩里的，我的父母也是变种人。但是他们认命了，他们不认为‘可以习得人类的语言’是一件神圣的、了不起的事。他们把这视为马戏团吸引观众的手段。他们和那些真正的牲畜生活在一起，不洗澡、不读书、用蹄子攻击彼此，闲下来就反刍那些恶心的干草。”马警官从慷慨激昂的情绪中渐渐平静下来，他开始查找自己处理过的档案，试图为巴璞他们提供更多的帮助，“……但我知道我不是动物，我是人。我要和人类生活在一起，我要体体面面地工作、挣钱，拥有自己的房子，睡在床上，坐在餐桌前吃饭。”

“——找到了。按道理说，我是不应该向你透露这份资料的。但是我真诚地欢迎你们尽快加入人类社会。”马警官把屏幕转向唐灵，上面是退化猴人提供的判决材料和户籍资料。

唐灵凝神看着，连连赞叹。

“陈述词写得太好了！——‘我们生而平等，我们共同拥有这个世界，我们不能因为长相或者出身就把我们的兄弟姐妹排挤出人类的序列。’让我看看这是哪个律所的律师帮他们打的官司。”唐灵一直按着翻页键，长达68页的电子文件，足以证明当事律师对动物变种人群充满了同情和理解。

“这位前辈一定花了很多心思在动物变种人身上。一定在新法颁布之前就开始对这些特殊族群有所关注了。我也要成为这样的人……”她的心里热潮涌动，第一次体会到裴子航曾说过的那种“因法律的公正而感动”是什么样的感觉。

很快，一盆冷水兜头而下。

“辩护人：泰多金律所……林律师。”

早上，泰多金律所的会议室中，气氛凝重，加了一夜班的林律师双眼通红，他强打着精神给自己手下的精兵强将们鼓劲：“大家再加把劲儿，海氏集团是人工智能行业的天花板，能拿下他们的并购业务，咱们部门的业绩一定会翻三番。想想年底诱人的分红啊，朋友们！”

不知谁托着额头说了句：“我们的分红那只是毛毛雨，拿下海氏集团的业务，林律您就可以成为律所的永久合伙人了吧。”

林律师尴尬地笑笑，他看看手表，到了给太太打电话报备早餐的时间了。

这场会议已经连续进行了一夜，为了应对海氏集团的突然来访。

昨天，接到通知的林律师受宠若惊。要知道，自从波塞冬号海难事故发生后，泰多金律所风评受损，许多合作企业都委婉地表示合同到期后不再续约。林律师带领的公司业务部门业绩直线下降，他合伙人的地位也岌岌可危。

海难发生后，律所的负责人曾暗示过林律师，尽量把伤亡人数报得少一些。“只要不多于五人，我们就不用承担向媒体公开情况的义务。我觉得这种情况是非常合理的，海难嘛，总是会有人失踪的。失踪一个月、两个月，甚至半年都很正常，只要没有达到法定的两年，我们就可以先不宣告死亡。”

林律师唯唯诺诺地表示同意，但汇报伤亡人数时，他还是坚持把唐灵作为第五人加上了。

唯一不能接受这件事的是裴子航。当时尚在住院的他，坚信唐灵依旧在某座岛上等待救援。

“小裴，接受现实吧。只有把她报为伤亡人员，才能多争取一些抚恤金。小唐的家庭情况我是了解的，父母没什么学历，也就这么一个孩子。咱们都是亲眼看着她被风卷走的，律所能补偿的，我都会争取。”林律师装作看不懂负责人铁青的脸色，硬着头皮为唐灵申请了巨额抚恤金，后来还按照“家属”的要求，使用现金支付。

海氏集团的来访是林律师职业生涯的一线转机，他深信，只要拿下这项合作，成为永久合伙人指日可待。不过，令他费解的是，海氏集团并没有透露来访的目的，对方的联系人嘻嘻哈哈，口风很紧，什么也不透露。据林律师揣测，这一般都是大业务、大单子的前兆。

见会议室的人都走得差不多了，方玫站起身来，回到办公区拿来一套手冲咖啡器具。这套器具是她在海外读书时的室友所赠，全铜材质，由日本职人手工打造，光泽温润，手感沉甸甸的。

“耶加雪啡——安宁的湿地，我不是非常喜欢它的味道，但是喜欢它的名字，让人心安。”方玫淡淡地介绍着，优雅地曲起手腕，让水流一圈一圈地冲击出咖啡粉末的香气。

裴子航机械地点点头，对他来说，喝进嘴里的是什么都无所谓，只要能让他继续保持一刻也不停的工作状态就好。只有面对眼前这密密麻麻的数据、条款时，他才能让大脑短暂地安静下来，不再重复回想唐灵被风卷走的那一幕。

他很感谢林律师的安排，刚回律所两天，皮肤上被阳光灼伤的印迹还未褪去，林律师就交给了他大量的工作，强迫他尽快恢复工作状态。每当他试图打探唐灵的下落，林律师就置若罔闻，推推眼镜，反问一声：“啊？”

“怎么还没回来？不会让我们在这里处理工作，他自己躲去休息了吧？”半个小时过去了，会议室里的人再次坐满，而说好只休息五分钟的林律师一直没有现身，大家开始交头接耳。

裴子航揉揉眉心，刚才一直留在会议室里的他似乎听到电梯间那边传来很轻微的“救命”声。

“是我的错觉吗？”他疑惑地望向方玫，发现方玫也在困惑地看着自己。

纵横司法界几十年的林律师万万没有想到，自己会有被绑架的一天。

应太太的要求，他下楼去便利店买早餐，只是说不上为什么，心里有些不安。

自从裴子航回来后，这种不安的感觉常伴他左右。“可别把小唐给招来了……一定要挥慧剑、斩情丝啊，朋友们！小唐在律所已经是个死者了，要是她再来闹一场，我就可以收拾铺盖走人了。”

不过他也安慰自己：“不会的，不会的，我要是小唐，就拿着那笔抚恤金远走高飞了，何必回来给自己找不痛快呢？放心，不会的。”

临近便利店时，他瞥见路边好像坐了个五角星形状的东西，那东西正在那里吃冰激凌。一夜没睡的林律师向前走了几步，隐隐地感到不安。

他倒退着撤回几步，再伸头朝那个方向看看——路边有一辆粉红色的小型冰激凌售卖车，旁边的路牙子上坐着一名个子高高、皮肤黝黑的长发男子。这男子看不太出年龄，从身材看像是成年人，但是眼神又如同高中篮球场边坐着的男孩儿，亮晶晶的，也不知道在为什么事而快乐。他见林律师望向自己，露出满口的白牙，灿烂地回报了一个大笑，然后又舔了口冰激凌。

林律师哆嗦了一下，快步冲进便利店，他心想：“露着肩膀，还穿着短裙，可能是个变态。啧啧，现在年轻人真是压力太大了……”

当他买完三明治准备回律所时，发现路边的男孩儿不见了，只有冰激凌车还在那里。男孩儿坐过的地方留下五只被啃得乱七八糟的甜筒脆皮。

“哟嚯，年轻人还真是能吃。”林律师想着，哼着小调，刷了门禁卡，走入电梯间。

进入电梯时，一只雪白的长腿从他背后伸了过来，似乎有一位优雅的女士想要抢先进入电梯。

出于本能，林律师回头望向那位女士——一只巨大的鱼头出现在他的视野中。

“救命！！！”林律师立刻以突破天际的分贝喊了出来。

然而，当保安赶到时，林律师已经不见了，电梯口只留下一摊水迹。

“是从地下泳池的方向过来的吗？”保安望向地上湿漉漉的脚印，好像潜伏进来不少人。

林律师是被呛鼻的消毒水味道熏醒的，他一睁开眼，就看到五张形态各异的面孔出现在自己视线上方——人的、鱼的、海星的。他们的脑袋围成一个圆，用十只眼睛关切地望着林律师。

林律师胡乱在脸上拍着，慌张地寻找眼镜，他以为是自己老眼昏花看错了。

“林律，眼镜一直在您鼻梁上。”唐灵面无表情地说，“‘十二只猴子’法案，非常精彩。我希望您可以按照那样的辩护思路来为他们申请身份认证。”

林律师坐了起来，手还在脸上到处摸索，这次不是为了找眼镜，而是为了掩饰尴尬：“啊？”

他试图拖延时间，才发现自己身处这座写字楼负一层的游泳馆中。泳池还未到开放时间，两个方向的大门都锁着。他们说的每一句话都有回声，除此之外，任何声音也透不出去。

“什么猴子猩猩的，我听不懂。”林律师只能装傻。

唐灵也不再废话，把纸币一摞摞甩在林律师身旁：“聘请您的费用，不够我可以再加。反正我现在有钱得很，托您的福，我在所里可已经是个‘死者’了，我的抚恤金是寻常人的好几倍。”

“不是我不帮你，小唐。这个情况不一样嘛……”林律师适应了眼前这几张奇特的面孔，终于可以不哆嗦地说话了，“那些旅居的猴子是已经社会化了的，过的日子是和我们人类差不多的，甚至可以说，他们只是披着猴皮的人，这样在法庭上才有可以论证的空间。而你的这几位朋友，几乎不懂人世间的事情嘛。别的不说，就拿他们的婚配制度来说，千百年来完全异于人类社会。他们的生活，和人类的生活千差万别，他们即使拿到身份认证，想适应人类社会的生活，也是难上加难。他们常年生活在海底，不是每一个人的心肺器官都能适应陆地上的环境的。对他们来说，以‘国家一级、二级保护动物’的身份来生活，才是更安全的啊。这些你都了解过吗，小唐？”

林律师的发问把唐灵问蒙了，她想强辩几句，却发现林律师说得似乎有些道理。外貌最接近人类的阿遥，是个连“男、女”概念都没有的家伙，唯一懂些人情世故的巴璞，也比陆地上七八岁的孩子强不到哪里去。

林律师说起海底族的生活，如数家珍，甚至比在海底生活过一个月的唐灵还要了解。说到激动之处，他右手背拍打着左手心说：“海底人和其他变种人不同，他们和人类社会从来都没有建立过交流，也不懂人类的法规、伦理、逻辑，不能因为他们具备少许的人类基因，就把他们认定为人类。”

他的语速极快，大有法庭上论辩的架势。然而怔怔的唐灵只问了一句话，就让林律师哑口无言。

“林律，您什么时候去的海底？”

广播里响起的寻人声打破了这尴尬的沉默。

“快，快进水里躲起来！”林律师急不可耐地催着唐灵一行人躲进泳池中，他担心安保人员正在赶来泳池的路上。

“林律，林律，‘十二只猴子’法案的事情您还没答应我呢！”唐灵被林律师“扑通”推进水里。

“什么猴子不猴子的，要是被律所的人知道你还活着，我就得去澡堂给人当搓澡的猴儿了！”林律师边说边脱下湿透的外套，盖在那堆抚恤金上。他扩了扩胸，一头扎进泳池中，佯装正在晨泳。

恒温泳池的水深仅有 1.8 米，阿遥还露了半个额头在外面。林律师拍拍他的脑袋，让他扎了个马步，沉下水中。被池水淹没的鹿记者不时浮出水面，气喘吁吁地对林律师说：“我，我不能在水下呼吸，要不我还是爬上去吧……咕噜咕噜，我不是海底人……”

游泳场的门被保安打开了，后面还跟着几位泰多金律所的同事。林律师紧张得满头冒汗，脑瓜子嗡嗡的，只听到鹿记者在说“我……不是人……”。他连连点头，含糊地说：“我知道，我知道。”然后把好不容易游到池边的鹿记者又按回水底。

“林律，您没事吧？保安说看到您被人绑架到游泳池了。”不知为什么，问话的青年律师听起来很是兴奋。一听说林律师被绑架了，会议室里那些恹恹欲睡的年轻人们登时清醒了过来，像脱笼的麻雀一样在这座写字楼中四处飞散。

“我，我很好啊。我游泳呢，游泳。”林律师在水里夸张地伸胳膊蹬腿，暗暗祈祷，只求不要突然抽筋。

“刚才在监控里看到几个奇形怪状的人围着您……”保安冲了过来。

“啊，你是说这个吧，这是我的……游泳圈。”林律师在水里胡乱捞了一把，把巴璞捉了上来，让他脸朝下、背朝上浮在水面上，然后自己趴了上去。巴璞身材娇小，林律师不得不立起一条腿，以“贵妃卧”的姿态侧躺在上面。

“我有在大事发生之前游泳的习惯。”林律师咳了一声，优雅地划着水。水下，阿遥一手拉住唐灵，另一只手则颤颤巍巍地托起了巴璞和林律师的全部重量。

“这个秃子好沉……”阿遥艰难地说。

唐灵在水下无法说话，只能顺着阿遥的目光远远望去，水面上，一个小小的、毛茸茸的假发片漂了起来。然而林律师浑然不觉，顶着亮晶晶的天灵盖，给闻讯赶来的青年律师们讲解“保持头脑清醒的重要性”。

“每逢大事，必有静气。说的就是我这样的人。海氏集团对律所有多重要我已经不用再说了，就这样吧，你们都回去继续准备吧。我再冷静一会儿。”林律师很得意自己的沉稳。

第一位赶来的青年律师实在憋不住了，提醒林律师：“林律师，您的假发被水冲走了。”

“我故意的。为了冷静。”林律师强颜欢笑，直到看着这些年轻人走出游泳馆的大门，才拍打着水面：“快快，快游过去捡起来。那不是假发，那是我的尊严！”

“林律师！这差点儿就是一条人命。”在水底憋得瞠目结舌的鹿记者终于能浮上来换口气了，然而很快就被林律师再次按进水中。

找遍了整座楼的裴子航也赶了过来，他是一层层跑着找的，满头大汗，外套搭在手臂一侧。看到林律师在水里安然无恙，他松了口气说：“林律，您没事就好。您别着急，慢慢冷静。一切有我。”

逆光中，林律师最初没看清这个黑黝黝的小伙子是谁。听到话语声，才支支吾吾地回过头，仔细看了看几乎被烈日晒脱了相的裴子航。

律所的同事都知道，从医院清醒后，裴子航第一时间递交了辞呈，租赁了救援船只打算出海。后来是他的父母来到律所，撕了辞呈，通过卫星电话一次次以死相逼，心灰意冷的裴子航才重新回到了陆地。

也许别的同事尚未发现，昨夜加班时，林律师在茶水间曾亲眼看到裴子航在服用抗抑郁药物。他本打算和妻子通完电话就单独和裴子航聊聊，谁知在楼下就被唐灵“绑架”了。

“小裴，你等一等。”林律师停下了拾取假发的动作，重新趴到巴璞身上，像掏心掏肺的老大哥那样审视着裴子航，“有件事，我一直犹豫要不要和你说。用心良苦啊，我怕说出来会把事情搞得更复杂……这样吧，你先告诉我，你和方玫发展到什么程度了?”

“啊?”裴子航感到脸颊一热，“林律，我们就是聊得来的朋友。”

“朋友，朋友，那就好。”林律师放下心来，深深吸了一口气，满鼻子都是消毒水的味道，他准备说出这个秘密，“你知道吗？其实——啊啊!”

他原本想说“其实唐灵还活着，就在这里”，然后欣赏这对苦命鸳鸯抱头痛哭、重归于好的场景。然而，就在他下意识地低头望进水里的那一瞬间，他看到唐灵和阿遥紧紧拥抱在一起。

脸贴脸，面贴面，嘴唇吸住了彼此。

林律师简直不敢相信自己的眼睛，使劲伸头朝水里望着，心脏都快从嘴里跳出来了：现在的年轻人，感情也太奔放了！好好的怎么就亲上了？

“林律？”裴子航站在泳池旁，一脸茫然地看着林律师，“您想说什么？”

“呃——”林律师把到嘴边的话生生吞回了肚子里，大脑飞速旋转，脸上面不改色。

“你知道吗？其实，其实——我秃顶了。”林律师舍弃一己之身，终于是圆上了那句话。

裴子航像是被一块干面包噎住了，点点头，艰难地把目光从漂在水上的假片转移到林律师脸上，说：“我……现在知道了。”

“那就好。”林律师马上说。他松了口气，像卸下千斤的担子。水底下的唐灵和阿遥还是脸对脸地贴在一起，林律师只能伸了一只手下去，胡乱地在他们中间拍打着，试图分开他们。

“那这和方玫有什么关系？”裴子航仿佛终于咽下了卡在嗓子眼儿的干面包，试探着问。

“当，当然有关系！”当初招裴子航进来时，林律师就相中了他缜密的逻辑，但是这一刻，林律师为自己的选择叫苦连天。然而，征战法庭几十年的林律师也不是吃素的，心里慌乱如鼓，脸上却颇有风度地露出笑容，淡淡道，“我听说——她到处和别人说我秃顶了。”

裴子航终究还是嫩了点儿，急切道：“她没有！”

“那就好。”林律师点点头，一副看得很淡的样子。

“嗯。”

“嗯。”

沉默，沉默是今晚的康桥。

以及水下憋得连翻白眼的鹿记者。

两个人都觉得该再说点儿什么，但又都不知道该说什么。还是裴子航先开了口：“那，那我就先上去了。”

林律师微微颔首，静若处子。

“啊，对了，林律，我刚才下来找您是想说，海氏集团的人来了。”裴子航边走边说，始终没有勇气回过头来面对林律师诡异的微笑和亮晶晶的脑壳。

“好的，我这就上去。”林律师款款一笑，像一个真正的体面人。他望着裴子航一路走远，然后嗓门儿炸开，像晴空里爆了雷：“你们两个怎么回事？！现在，立刻，马上出来给我说清楚！！！”

“我们就是人类和氧气瓶的关系。”唐灵解释了无数遍，林律师始终半信半疑。他抱着手臂，从眼镜上方瞅着满脸无辜的阿遥和唐灵，像抓住了初中生早恋的班主任，总想从他们的脸上再挖出点儿什么线索。

“你们哪儿也别去，就在这儿等着我。海氏集团的人来了，我忙完再下来，你们今天必须得说清楚。小唐，尤其是你，你现在思想很有问题。”林律师念叨着，扶扶眼镜，仔细地戴好湿透了的假发片，迈起小碎步跑向电梯。

“虽说是氧气瓶，我可一口氧都没有吸到啊……”经过飘飘医生的护理，鹿记者终于缓过一口气来，奄奄一息地吐槽着。

林律师的回归比他们预想的要快一些。刚过十几分钟，游泳场的广播再次响起："唐灵，我正式地通知你，你可以'复活'了。"

林律师低沉的声音从四面八方传来，唐灵目瞪口呆地望向摄像头说："我还以为是哪里来的声音……林律怎么跑到中控室去了。"

很快，广播里传来纷乱的脚步声，和七嘴八舌的劝阻声。有个愤愤不平的声音响起来："你们怎么都说她死了？她亲口告诉我她在这家律所工作的呀。你们是不是骗我的？"

林律师的声音唯唯诺诺，充满了讨好："海公子，我们怎么会骗您呢？我们秉承最大的诚意和贵集团合作，为表诚意，我……现在就能让唐灵复活。"

"你们还能让人死而复生？"那个愤愤不平的声音变得快乐起来，兴冲冲地问，"你们可不能骗我，我这辈子最恨别人骗我了。是唐灵告诉我的，她在泰多金律所工作……"

一个陌生的号码出现在林律师的手机屏幕上，接起来是唐灵的声音。

林律师的脸色从极其难看变得如沐春风，海公子一把抢过手机，大声质问："唐灵，你可别骗我。你说的来泰多金律所找你。"

"你听错了，我说的是泰多金律师事务所……楼下的……"唐灵一边说，一边读着鹿记者的口型，"楼下的法师事务所。"

当海公子带着他的保镖、保姆以及律师浩浩荡荡地回到楼下时，那辆粉红色的冰激凌车已经改头换面。

小黑板上的菜单被更改成了一排小字：“律师解决不了的，法师来。”黑板后面是两张殷勤的笑脸，唐灵和鹿记者一左一右，热情迎客；飘飘医生系上了粉红色的围裙，面对庞然大物一般的冰激凌机一脸茫然；阿遥则在车子的后面，抓了一把又一把的纸币，塞给冰激凌车的老板。只有巴璞是个彻底的闲人，站在柜台前，大口大口舔着冰激凌。见到海公子来了，他认为自己应该说点儿什么，笑眯眯地把冰激凌上调味用的瓜子仁抠了下来，高高举起，问：“吃瓜子吗？”

海公子并没有拿自己当外人，抓起巴璞手里黏糊糊的瓜子仁，倒进嘴里，然后大咧咧地说：“我是来讨债的，我的墨镜、手机、租车费用，总共是——”他报出了一个天文数字，然后和巴璞像老熟人一样坐在冰激凌车前面吃起了冰激凌。

显然，林律师对这一切相当满意。他从身体一侧探出手，竖起拇指。

唐灵得意地挑挑眉，用唇语再次强调：“猴子法案。”

林律师哼着小调，朝着海公子的背影努努嘴，小声说：“务必拿下。”

“冒昧地问一句……”唐灵打断了海公子和巴璞的闲谈，“除了讨债之外，您就不需要律师……或者法师咨询服务吗？”

“啊，需要的。”海公子恍然大悟，这才想起自己来的正事，他漫不经心地把一整个甜筒都塞进嘴里，“我要起诉我妈，我要继承遗产。”

“简单，简单，没问题。”唐灵一口答应下来，然后殷殷地望着林律师。

“您是说，要起诉您的母亲，海氏集团的负责人?”林律师小心翼翼地确认。除了他之外，跟着海公子一起来的保镖们也面面相觑。保姆仔细地给海公子擦了擦嘴角的奶油渍，小声说:“您慢点儿吃，别噎着，喝水吗?”

海公子点点头，旁若无人地张大嘴巴，保姆捧上一只保温杯，把吸管递到他嘴里。海公子全程都保持着一个姿势，一动不动，俨然一个大号儿童。

“您是说要起诉您自己的母亲，来提前继承遗产，对吗?”林律师谨慎地重复了一遍。

海公子不理他，低着头在手机上操作一番，然后说:“钱打给你了，去医院查查耳朵。”

林律师一时没明白过来，听到手机里“叮咚”一声的入账声音，才明白是怎么一回事。他白皙的脸颊气得胀红起来，金边眼镜一抖一抖的。

一只宽厚的手搭在了林律师的肩膀上，不动声色地施了施压，手的主人是泰多金律所的负责人。他沉稳地扫视着冰激凌车里的唐灵，再看看气得发抖的林律师，微笑道:“这个案子，我们接了。”

第五章

鱼类清除计划

YU LEI QING CHU JI HUA

凌晨1点41分，唐灵推开了阁楼里小小的窗。

她租住的公寓位于整座楼的顶层，这间公寓在夏天炎热无比，哪怕到了凌晨时分，暑气也未及消散。而它唯一的好处，就是拥有一间三角形的白色小阁楼。阁楼的面积很小，甚至连摆放一张床的空间都没有，但足够容纳一个在深夜里失魂落魄的人。

原本摆在唐灵眼前的难题，似乎都迎刃而解。和海氏集团的合作，令泰多金律所上上下下大喜过望，负责人半推半就地接受了唐灵的“死而复生”，抚恤金也默认无须追回；而气鼓鼓的林律师，对于“十二只猴子”法案的提议不再否定，只是推托说等处理完海公子的遗产争夺案，再考虑帮唐灵解决这些海底族身份的问题。

唐灵也跟着所有人一起欢笑庆祝，她全程带着老母亲一般慈祥的微笑，看着巴璞、阿遥和飘飘医生相拥欢呼，看着他们笨拙地把冰激凌车驶向海边，然后把冰激凌发给每一个游泳、冲浪、发呆的人。

这一天他们遇到的似乎也全都是被命运偏爱的人，拿到冰激凌的过路者热情地分享着自己的好消息：股票涨了、被心仪的学校录取了、向心爱的人求婚成功了……

他们在海边欢庆到很晚，直到冰激凌机开始冒出抗议的白烟，直到月亮都被沾染了冰激凌的香味。

这本该是很甜很甜的一天，只是唐灵的心情却与整个世界背道而驰。

“喂——你在偷偷哭吗?”唐灵被阿遥的声音吓了一跳，阁楼探出去的窗台很窄，仅容唐灵蜷着腿躺在上面，阿遥只能从窗户中挤进一半的肩膀，托着腮看着她。

“能不能给我一点儿隐私啊?我知道你们今天很开心，一切都有了希望，我已经陪着你们开心很久了，能不能……”唐灵说着说着气馁了，声音低下去，“是的，我在偷偷哭。”

她不想惊醒巴璞和鹿记者，那只会让这纯白的阁楼变成八卦的舞台。唐灵用手背抹掉眼泪，转过头看着灯火通明的城市。她很庆幸只有阿遥发现了这件事，这家伙头脑单纯，几句话应该就可以敷衍过去。

“也没什么，就是一直睡不着，所以很伤心咯。”唐灵随口编着。

“我在游泳池里也看到你哭了。”阿遥用手指把自己的眼尾向下拉，像一只垂头丧气的小狗，“虽然在水里看不到眼泪，但是你哭起来眼睛就会变成这样。”

唐灵气极反笑，抱怨道：“你学得很怪啊，我哪有这么丑!”

阿遥点点头说：“有的。在岛上我也看到你是这样哭的——白天你和他们嘻嘻哈哈的，这里跑那里跑，到了晚上去守夜的时候，你就是这样一直哭、一直哭。和今天一样。”

看着他认真的模样，唐灵有隐约的感动，然而阿遥接下去的话，却让她想马上挠花他的脸："……你也有亲人去世了？"

"我一想到巴琅可能死掉了，就和你现在一样难过。"阿遥长叹一口气，唐灵收回了准备进攻的"利爪"。

阿遥是被海底族收养的弃子，被巴琅和爷爷抚育长大。在他的心中，巴琅不仅仅是兄长，更像是父亲和支撑起海底结界的神。

"我……没有亲人去世，只是失去了一位很重要的人。"唐灵原谅了阿遥的口无遮拦，在阿遥单一的人生经历中，除了生死，没有大事，"说了你们也理解不了。虽然你看着和人类一模一样，但内心还是和小动物一样简单。林律师说得没错，常年生活在海底的人，很难融入我们陆地上的世界。"

"我知道这位很重要的人是谁。是和你一起在岛上的那个男孩子吧。"阿遥补充说，"不是秃头的那位。"

"当然不是!"唐灵又好气又好笑。

"可是他还活着，活得好好的，为什么你会说'失去'呢?就像我和巴琅，我现在见不到他、听不到他说话，也不能和他一起在海里游泳了，但是我知道我一定没有失去他。不论巴琅是活着还是死掉了，我都不会失去他。"

"那是因为你心里很确信无论如何巴琅都是爱你的，但是我不一样。"唐灵抱起膝盖，给阿遥腾出一点儿空间，示意他也可以坐过来，"今天全律所的人都知道我活着回来了，所有人都从楼上跑下来看我，但是他没有。”

阿遥静静地坐了过来，狭小的空间里，身材高大的他看起来格外笨手笨脚，小心翼翼地避免自己碰坏阁楼窗台上的木质装饰。

“我失踪了一个月，生死未卜，如果他真的很想念我，那当时一定会下来找我吧。”唐灵摇了摇头，想要打消这个无聊的念头。

“果然是失恋，竟然被你猜中了。”有个滑稽的声音在说话。

“哈哈哈哈哈，要遵守竞猜规则，把浴室让出来！到了我好好泡个热水澡的时间了……”

巴璞和鹿记者一左一右躲在窗口两侧，兴奋地交谈着。刚才在浴室争执不下的他们，听到了阁楼里隐约传来的啜泣声，于是决定打赌来决定浴室的归属。

巴璞认为唐灵是喜极而泣，而鹿记者则从唐灵诡异的行径中判断出她“八成是被人甩了”。为了公平起见，两人怂恿阿遥来做见证。

“你们——实在是太过分了吧……”唐灵目瞪口呆，愤怒地站了起来，却忘了阁楼的高度仅容人躬身通过，脑袋上方“咚”的一声响。

“等等，那我也不算输——是我教给阿遥用这样‘以毒攻毒’的方法。”巴璞压根儿没听唐灵在说什么，一个滑步冲出去，拦住鹿记者前行的脚步。

“我今天，一定要和你们决一死战！”唐灵捂住磕红的脑门儿，从窗台冲了下来。

“如果他也是这样想的呢？”阿遥难得沉稳，望着渐渐熄灭灯光的楼宇，不知在想些什么。天上的云遮住了月亮，又落入他的眼中，在少年心里投下一片柔软又晦暗的阴影。

“你说什么？还不快来帮忙！”唐灵和巴璞、鹿记者打闹成一团，主卧里的鹅毛枕头被他们撕开，雪白的绒毛纷飞。飘飘医生没有见过陆地的冬天，仰着头看了很久，见房间里安静下来，她用海底语言询问巴璞，是不是下雪了。而累得气喘吁吁的巴璞躺在地板上，鹅毛覆盖住他的面庞，下面很快传来轻微的鼾声。

唐灵哭笑不得地瘫倒在乱物之中，外面朝阳渐渐升起，烤得她的脸颊暖暖的。半睡半醒之时，她才模糊地想起，追出阁楼时，阿遥说的话是：“如果他也在等待你上去找他呢？”

唐灵失踪的这段时间里，裴子航无数次想象过两个人重逢的场景——也许会是在孤岛上，也许会是在医院中，总之绝对不会是像现在这样，相遇在这样一个平平无奇的周一早晨。

裴子航走进律所时，唐灵正在递交海氏集团相关的材料。她似乎变了很多，头发重新打理过，发色染成了青灰茶色，发梢弯成柔和的弧形，遮住倔强的下颌线。她穿了一身淡咖色的职业装，袖子挽起在小臂上，干练又利落。在裴子航的印象里，似乎从来没有见过她这样成熟的装扮。

律所里冷气开得很足，一种淡淡的花香随着冷冷的气息扑来，唐灵打量着律所新换的装潢，问道：“咦，所里的味道好像都变了，以前总有打印机的油墨味和烟草味，现在闻起来好像是——”

“洋甘菊的味道吧。”裴子航走到她一侧，打了声招呼，“平安回来就好。”

在海底的一个月，唐灵清瘦了许多，脸上圆润的线条不再。看到被日光灼伤的裴子航，她的脸上有几秒失神，原本笑起来会眯成一条线的眼睛只是轻轻地弯了一下，重复着裴子航的话：“平安回来就好。”

空气安静得能听得见两个人的呼吸声，林律师的助理在一旁“沙沙”地翻着纸张，空调也“呼呼”地喷着冷气。周围的一切变得喧嚣嘈杂，相互陪伴的十年光阴在他们之间飞速流逝。裴子航第一次发现，那个总是穿着 T 恤衫和人字拖，蜷缩在沙发上百无聊赖地等他回家的女孩儿，好像已经长大了。

裴子航弄不清这可怕的陌生感来自哪里，他只能猜测也许是这身职业装的剪裁过于硬朗，也许是她新换的发色过于时髦，不然为什么两个人明明站得很近，却像隔了千山万水，谁也没有力气大声地说出下一句话。

“这味道不错，是方玫昨天带来的洋甘菊香薰精油，对吧？”林律师揉着鼻子走过来，“你们感觉到缓解焦虑、放松心情的功效了吗？”

唐灵和裴子航不约而同地摇摇头，这默契来得有些不合时宜，两个人只能客套地干笑几声。

投入工作的林律师没有注意到这对青年男女的尴尬，吩咐裴子航："下午有个股权转让的庭要开，一会儿我带大家开个小会，你去通知部门里的人准备吧。"

裴子航匆匆离去，很快就和其他人一起坐进了会议室中。唐灵终于敢望向那个她朝思暮想的背影。今天早晨，从踏进律所的门起，她的心就变成了一块皱得不成体统的布料，连呼吸都有些磕磕绊绊，只有望见那个背影，才能被熨得服帖平整。

可惜的是，那个背影旁边，很快又站过去另一个窈窕的身影。

方玫俨然已经成了这个小圈子的中心人物，她一只手虚搭在裴子航肩上，另一只手干脆利索地做着手势。她在给其他几位青年律师讲解事情，表情认真，手势犀利、干脆，一起一落之间有种杀伐决断的气势。

虽然同样是穿着正式的职业套裙，方玫别出心裁地拆下了系在颈上的丝巾，用它束起长发。橄榄绿和金色相间的绸带看似漫不经心地垂在肩上，随着她的手势起伏跳跃，随性之余，也不失优雅。

也许是察觉到有人在远远望着自己，方玫提起眉毛，对傻站在律所中的唐灵点头微笑。唐灵脸颊一红，这才发现自己的双手正在背后无意地模仿着方玫的手势。她瞬间感到一阵窘迫，身上新买的职业装似乎一下子就缩了水，不是袖子长、就是下摆短，她控制不住地抻抻这里，扯扯那里。新染过的头发也有用力过度的嫌疑，一切都是那么令人不自在。

“小唐?”林律师一连叫了她好几声，唐灵才回过神来，“我和老大申请过了，如果你愿意的话，可以随时回到所里。海氏集团的人对你很信任，这个案子你可以一直跟着……”

“不了，不了，我在楼下的冰激凌车办公就好，那里，那里凉快得很。”唐灵慌慌张张地拒绝了，她生怕方玫会款款地走出会议室，再用那只白而细腻的小手与自己握手。尤其是在裴子航面前，两个人站在一起，自己一定会相形见绌的。唐灵越想越是气馁，几乎是夺门而出。

“林律，这材料没问题吧?不是应该签本名吗，哪有自称‘公子’的?”新来的助理疑惑地指着材料上的签章，所有的地方落款都是“海公子”。

林律无奈地瞥了一眼:“这是他本名，海氏集团的继承人就是叫这个名字。这案子也不复杂，之前的掌门人是他母亲，据说已经向董事会递交辞呈了。他们母子二人对于财产分配方面有些不同意见……”

唐灵躲在走廊一侧，听着林律师解释的声音，心里连连地说着抱歉。她自认不是一个合格的代理人，该帮海公子交代清楚的事宜，未及安排妥当就落荒而逃。只是再让她重新迈进那扇门，她也没有多余的勇气了。

“这么久还没有下来，不会真的‘输人又输阵’吧?”巴璞坐在冰激凌车前，忐忑地望着写字楼的玻璃墙面。

唐灵的这身行头，是他们几个人“智慧”的结晶——衣服是鹿记者帮忙选的，发色是阿遥和巴璞帮着挑的，发型是飘飘医生给打理的。

“你们确定这个灰不溜秋、还带点儿绿的颜色好看？”昨晚坐在美发椅上时，唐灵曾对这件事提出过质疑，“我们人类一般不太喜欢在头发上染绿色……”

“好看！像海藻一样，多自然，多柔软，多茁壮！”阿遥用尽了自己所能想到的溢美之词。

“非常清新，有青春的气息，夺人眼目。”巴璞的词汇量要丰富一些。

鹿记者最终起到了一锤定音的作用：“你就是要焕然一新，和以往傻兮兮的迷妹形象截然不同，才能重新引起他的注意。”

“我猜她可能又哭了。”阿遥一边向外递着冰激凌，一边担心地说。

“像那天晚上一样伤心吧。”巴璞担心地站了起来，手里的冰激凌似乎不甜了。

旁边的鹿记者忙得应接不暇，“法师事务所”的牌子为她招来了不少顾客，尤其是动物变种人，由于还不太熟悉人类社会的规则，做任何重要决策前都喜欢来她这里抽一张牌。比如哈士奇先生要不要和狼小姐网友“奔现”、熊太太要不要偷偷抛售自己买的生化玉米概念股、大象夫人要不要花近两年的时间怀孕生三胎。

鹿记者把结果甩到阿遥眼前，抽空解释了一句：“有一些新的东西，要在今天诞生了。”

巴璞和阿遥迷茫地彼此望望，再把目光投向高楼之上。

泰多金律所中，早晨曾闯入的那位不速之客再次进来了。

这次她没有犹豫，径直地走向会议室。

“小唐，有什么事情的话你们等我开完会再说……”林律师无奈地扶住了额头，他早就注意到了唐灵情绪上的不正常，以为这间小小的会议室里要爆发一场不够体面的争夺战了。

而唐灵压根儿忽视了他的存在，直截了当走向方玫身边，说：“方小姐，可以出来聊一下吗？”

“唐灵……”裴子航紧张地站了起来，挡在唐灵和方玫之间，双肘微微张开，似乎防备着唐灵会突然扑过来。

唐灵忍不住摇头笑了笑，今天的裴子航也格外陌生，她找到原因在哪儿了——过去那个一直被她追着跑、被她仰望的人，似乎也没有印象里那么高大嘛。瞧他说话的样子，软弱得可笑。

“有什么事在这里说吧。”方玫脸上的神情没有改变，依旧聚精会神地看着投影屏上的资料。

“好的。方小姐。这个手势——”唐灵模仿起自己无意之间习得的那个动作，“我看过另一个人做。”

方玫看着她比划出那个决断的、犀利的手势，脸上有一刹那的错愕：“所以呢？”

“这个人，是禄岛核电派来的。做完这个手势十几分钟后，他炸掉了我朋友的家园。”唐灵垂下眼睛，却无意退让，“方小姐参加过很多次他们的会议吧，才会在潜移默化中也开始使用一模一样的手势。”

方玫抿住嘴笑笑，发现眼前这个穿着职业装、染着青灰发色的姑娘不容小觑。

“小唐，不就是那群鱼的事情嘛，我不是答应你了吗？等这个案子忙完就给他们申请身份……”林律师像哄孩子一样，好言相劝。

唐灵点点头，冷静地说：“是的，我知道。他们不被认可，他们不属于你我生活的这个世界。法律暂时没有打算保护他们，但是我有。方小姐，我在外面等你，忙完之后，我们聊聊。”说完，她转身离开。

律所新换的钛白色玻璃上，映出唐灵的身影——步伐轻盈而有力，被冷风吹乱的头发无拘无束。

走廊尽头，站着她的朋友。

这两个人从泳池给水管潜入写字楼，和保安一路打着游击，跌跌撞撞上了泰多金律所所在的37层。

阿遥的头发还是湿漉漉的，刚刚更换过的绷带上一直滴着水。厚厚的三大包纸巾被他保护在胸前，一把递给唐灵：“你是不是又躲在这里自己哭了？说过了哦，哭的时候不可以自己一个人藏起来。”

巴璞则像献宝一样，小心翼翼地摊开尖尖的手掌，里面是他最珍爱的东西——“吃瓜子吗？”

唐灵心里轻快极了，她一点儿都不想哭，有种更饱满的东西在填补她心里缺失的那个口子。她揽住阿遥和巴璞的肩膀：“你们知道吗？我刚才超拉风的。”

“真的？是不是他们也都觉得你又美味又美丽？”阿遥跟着就快乐起来，像大孩子一样踢踏着脚步走路。

“那是我们给你选的颜色好——我就说头上带点儿绿不会错吧。”巴璞得意扬扬。

那场爆炸发生前，阿遥从来没有做过梦。

他一直不知道“梦魇”是什么意思，尽管巴璞在课堂上教过他无数遍——“就是噩梦，非常可怕的事情，像真实发生的一样。不过，只要你敢睁开眼睛，就会发现那只是一个梦而已。”

爆炸发生的那一刻，巨响轰鸣、海水沸腾，幽谧中的海底结界被刺目的白光吞噬。光与热撕碎了生活在这里的族群，让他们与无声无息的浮游动物一起变成灰烬，落向最深、最冷的地方。

阿遥全程都没有闭上眼睛，他眼睁睁地看着一切发生。他不想承认自己被巴璞骗了——睁着眼，也无法阻挡噩梦的发生。

更令他害怕的是，身体的变异和爆炸几乎是同步进行的。他害怕自己才是那个引发爆炸的“怪物”。

发现自己是“怪物”这件事有段时间了，过去，阿遥一直以为自己和巴琅一样，是六鳃鲨与人类的后裔。然而巴琅长到青年之后，体型就没有改变过，而阿遥却在持续地生长。他的体型开始超过一般的六鳃鲨，超过虎鲨，超过鲸鲨。等他发现自己的鱼类形态比那只喜欢游荡在结界附近的座头鲸还要大一些的时候，才意识到事情不对劲了。

他开始拒绝在族人面前化为鱼类形态，那可怖的身躯只会把整个结界碾压得粉碎。他只敢在巡逻时潜入千米之下的海床，在那里尽情地舒展身体。幽暗的深海是阳光无法抵达的地方，这里黑暗、阴冷，为无数奇形怪状的生物提供了庇护所。在这里，视觉彻底失去了意义，阿遥只能依靠触觉来判断这熟悉又陌生的躯体到底能有多庞大。

与海底结界为敌的巨型赤鱿常年栖息在这里，与它们一同生活在这里的还有巨型水母、霸王乌贼以及身体柔软的幽灵鱼。一切属于海洋的尘埃都会坠落于此，它们很少为食物和空间发愁，尽情地生长是黑暗中唯一可以做的事情。可是阿遥发现，那些强壮丑陋的巨型赤鱿，在他广阔而无边际的鳍前，小得令人生怜，就像庸庸碌碌的蚂蚁和可以载人的风筝。

这庞大的躯体似乎总是会引发灾难。

波塞冬号的海难因他而起——阿遥在海底浮起时，和几只蓝鲸嬉戏得过于忘形，来到了离海面不足百米的浅海区。他无意间的游动掀起了一场风浪，千吨沉的游轮像被秋风刮落的银杏叶，轻飘飘地就翻了过去。游轮在海中燃烧了起来，滚烫的夜色和爆炸发生时的结界有几分相似。

来到陆地后，阿遥经常心情忐忑地听唐灵和他人谈及那场爆炸。“不可能呀，那炸药是他们随身携带的，钛白色的盒子又小又轻，怎么会制造出那么大一场爆炸?”

这样的话让他夜不能寐，他站在镜子前，看着里面那张青春年少的人类面孔，回忆起巴璞教过的“梦魇”两个字。

方玫的话终于给了他们一个答案。

“是鱼类清除计划。”方玫看起来并不打算隐瞒什么，她捧着一杯冷下去的咖啡，慢慢喝着，“我们曾经是……禄岛核电的合作律师团队。这个计划可以说是天衣无缝，在多年前我们就开始为这个计划做准备了，专门负责处理其中可能涉及到的法律风险。”

她的脸色有几分难看，说不上是因为漫长的会议，还是因为想起了那些筹谋杀死海底“动物”的夜晚。“是这个手势对吧，无意间学会了，有时心里没底，发现强硬的手势倒是可以给自己增加一些气势。”

方玫叹了一口气，抬头望着唐灵，说：“不得不说，那些人做事，有我喜欢的风格——事情做到极致，坏也要坏到极致，让人无法反击。听林律说，你想帮这些海底生物起诉禄岛核电……”

“不是生物，是‘人’。”唐灵小心地纠正，方玫的坦诚让她多了一点儿钦佩，她希望在方玫面前，自己也是一个冷静、严谨的形象。

方玫一口喝掉了那杯冷咖啡，好像下了一个决心，笃定地告诉唐灵：

“你也许永远拿不到认证。虽然很不想承认这件事，但是那个计划，是我和朝日法律事务所的前辈们全程参与的。我们为禄岛核电规避掉了每一个可能面临的法律问题——

“首先，事发地处于公海，你很难界定这件事究竟适用于哪国法律；其次，禄岛核电对于核废水会导致海底族退化的事情心知肚明。也就是说，你其实根本无法找齐 12 个不受核废水影响、能被认证为‘人类’的海底族。”

方玫的声音越来越小，最后，几乎用他人都听不到的声音说了一句：“发自内心地，抱歉……”

这件事也是她从朝日律所离职的原因，那段工作经历，让她认识到了法律人做事的极致。

事情已经过去了很久，方玫想起自己曾参与制订那些血淋淋的计划条款，依旧忍不住轻抚胸口，她不希望自己在别人面前太失态。

“分析那些法律风险时，我从来没有想过他们是活生生的、会说话会笑的‘人’。我以为那只是书本上的题目，在考验我是否可以从大大小小无数个角度来发现风险。实际上不是的，我毁掉的是和我一样的‘人’。”方玫勉强地笑笑，骄傲的她不允许自己再次向别人道歉了，她打量着阿遥的伤口，“幸好，鱼类是没有痛觉的。你能从那样深的爆炸伤中活下来，就足以证明这一点了。想到这些我的负罪感会轻一些。”

“阿遥能活下来真的是一个奇迹。”巴璞多嘴多舌地说，“也许是有什么在保佑我们吧，爆炸发生时，好像游来了一条非常大、非常大的鱼，挡住了爆炸源。海底结界的先祖们记载过，结界能在无数次灾厄中保存下来，就是源于一条大鱼的保护。”

“从很久之前就有了吗？”阿遥困惑地问。

巴璞叉起腰，神气地训斥他：“我的历史课你到底有没有好好听？先从我曾经还能变成人类时开始讲吧，鄙人不介意让这位美丽的女士了解一下我过去的长相……”

“朝日法律事务所……”方玫被喋喋不休的巴璞缠住了，唐灵只能询问刚刚散会的林律师：“林律，我不是第一个去过海底结界的律师，这个律师事务所也曾派人下去过。不过那个人应该是凶多吉少，他们事务所是否有过员工失踪的消息？”

“有的。”林律师先不慌不忙地给太太打去电话，汇报了今日的早餐种类，然后才开始回答唐灵的问题，“是有一位律师失踪。半年前，他曾留下过一份公开的遗书，然后就失踪了。业内一直都认为他是压力过大而选择了自杀，你知道的，他们国家法律从业者的压力也很大的。”

林律师找出了那份遗书的资料，投影到桌面上。

这份遗书是用一些曲折缠绕的线条构成——不是日语，也不是汉字或英文，类似于某种尚未成型的象形文字。

“所以，当时不少人都认为他是心智失常了。”林律师关闭了投影，遗憾地说，“这个人我在国际会议上打过交道，做人做事谨小慎微，没想到他会走这条路。”

唐灵想了想，确认林律师应该是彻底的自己人了，她把林律师拽到无人的走廊拐角，小声说：“林律，这个人的尸体还在海底的盐卤池，是被海底族的人误杀的。”

林律师警惕地转了一圈，确认旁无他人之后，马上捂住自己的耳朵说：“听不到，我也不存在窝藏和包庇的行为。”

唐灵试图拉开他的双手，发现是徒劳，林律师的双手像焊在耳朵上一样，一边按住耳朵一边念经一般地说着："不听不听，王八念经。"

唐灵彻底放弃了，准备打道回府，重新计划。

然而林律师却捂着耳朵大喊："不听不听，王八念经——海氏集团是深海潜水型机器人的研发企业，如果想去深海捞什么，找他们准没错。"

借着庭前调解的空隙，林律师为唐灵和海氏集团的实际控制者梅朵安排了一场见面。

唐灵对这位神秘的女商人了解不多，从接手了海公子的诉讼请求后，她才开始关注海氏集团的各类消息。梅朵是海公子的母亲，据说是"人工智能"元勋的后裔，早年一直随祖父母在边疆进行实验。那些被铭记在教科书上和国人心中的科学家们是她家的座上宾。对此，梅朵从来没有承认过，被媒体问得急了，也只是淡然地说："小时候脑子笨些，祖父不过是请几位先生点拨过功课而已。"

更为传奇的是，海氏集团在人工智能行业异军突起，很快成为世界范围内首屈一指的人工智能产品制造商，但梅朵始终躲在丈夫和儿子身后，连海氏集团这个名字都来自她那个并不懂科学的中学教师丈夫。

她的行程安排得很紧，只给唐灵预留出了 8 分钟。

"说吧，是有什么事情需要我来帮忙？"她挥手示意唐灵可以免去不必要的自我介绍，大大方方地坐了下来，像好客的女主人那样令助理给唐灵送上多巴胺饮料。

她花了几十秒的时间盯着唐灵喝下去，之后侧耳倾听，然后说："很好，你的心率恢复正常了——别害怕，我只是听力有些超乎常人地敏锐。你的心跳声很好听的，像钢琴曲《卡农》，海先生去世之后我很久没有听到这个节奏的心跳了……抱歉，聊得有些多了，你还剩下5分钟42秒，所以，有什么要求请直接说出来吧。"

唐灵对这个古怪的女人莫名地多了些好感，她突然就理解了海公子的怪异行径来自何方。和怪人打交道不是一件难事，比和那些西装革履、满口大道理的人谈话轻松多了，唐灵略一思索，大方说道："我和我的朋友们遇到了一些困难。所以希望可以租用贵集团的深海潜水型机器人。听说这一批机器人还没有面向市场……对了，很抱歉，您的儿子起诉了您。"

"哦？这件事是需要抱歉的吗？"梅朵微微地皱了一下眉头，又恍然大悟般地笑起来，"我一点儿也不这么想。我的儿子起诉了我，我反而非常开心。这代表着他学会了反抗，要成为一名合格的继承人，反抗精神可是少不了的……"

谈起"育儿经"，梅朵似乎很有兴致，不过时间限制了她的发挥，她遗憾地摇摇头，一副没有聊够的样子，说："这几条生产线的控制权，我会尽快移交给海公子的，过去太偏爱这孩子，现在确实到了该让他熟悉产品的时候了。实验室里有几种概念型机器人，都是可以适应深海探索工作的，他会带你去的，你选喜欢的就好。”

唐灵大喜过望，回过头和忐忑等候的阿遥、巴璞一一击掌，已经站起来的梅朵望着她，脸上始终带着那种热情好客的笑容：“还有半分钟，告别的话就留给我来说吧。请转告我儿子，官司我会奉陪到底。另外，从巴西运来的黑金凤梨已经到家了，我会亲手给他烤他喜欢吃的凤梨芝士曲奇，晚上九点钟由助理开车送到他所在的 M 酒吧——他的庆功宴预订信息我已经查到了。如果他生气的话，请替我说声抱歉；如果他开心的话……”

梅朵顿了一下，好像对这件事不太自信，但很快就恢复了那种热情好客的表情：“如果他开心的话，就请他回家来看看吧。他养在庄园里的可达鸭、侏儒马、无毛猫都很想他。”

“这人好奇怪啊，不过看起来很有意思。”等梅朵离开后，阿遥第一个说道。这个小个子的女商人有种古怪的气场，在场的人莫名其妙地就被她掌控了节奏。

“她很怪，我有点儿喜欢她。”巴璞拍拍空荡荡的背包，懊恼地说，“早知道我就该把那个像我的人类的照片随身带着，送给她说不定可以交个朋友。”

鹿记者撇撇嘴，检查着自己刚刚拍下的照片说：“夏季是海星的求偶期吗？你再四处分发柳昊然的照片说不定就要遭到起诉了……这个海氏集团，在我们的时代就已经颇有名气了。我相机里还有 2021 年拍摄的照片——梅朵似乎一直没有变过，长大的只有她旁边那个小男孩儿。”

唐灵接过相机一起看着，照片拍摄于2021年的1月份，那时唐灵还是个中学生。海公子看起来只有小学五六年级的模样，紧紧地牵着母亲的手。那也是海公子第一次出现在媒体的视野中，他们母子二人出席父亲葬礼的模样被拍到了。

镜头被雨水淋湿了，照片上仿佛都氤氲着南方小城阴冷的雨意。躲在黑色的大伞下，海公子满脸都是湿漉漉的泪珠，而他的母亲梅朵女士站得笔直，头发纹丝不乱，脸上干干净净，像大雨中的一棵木棉树。

“看起来很平常嘛，就像是在普通的公墓。到场的也没有传说中的科学界大佬。”唐灵把照片放大到最大，清晰得能看清海公子的鼻涕泡。

“是啊，是啊。是我们杂志社一位老记者去拍的，当时接到一个电话，说逝者生前是《奇报》的忠实读者，希望可以在《奇报》上刊发讣告。他去了之后才知道这位逝者是海氏集团创始人的丈夫。”鹿记者一脸惋惜，“早知当时就收他们一些版面费了……”

“搞不懂，搞不懂，一个中学语文老师的遗产有什么好抢的啊。”告别了梅朵，林律师终于忍不住抱怨开了，“海氏集团的实际控制人是梅朵女士，然而法人代表始终是海公子，而且梅朵女士也明确表示很快就会把一切公章和管理权都移交海公子。无论是账户里的资金还是海氏集团的不动产，迟早都会是海公子的，何必大动干戈打这场官司呢？”

“这母子俩都怪得很，我倒是想知道到底是多少钱才让他们你争我抢的?”唐灵好奇地问。

“不是钱，有争议的财产是—— 一台旧电脑。”林律师哭笑不得，庭前调解失败，他不得不代替海公子来为这台看似价值不足千元的电脑上法庭。

如同梅朵预料的那样，海公子在 M 酒吧提前举办了庆功宴。

也如梅朵预料的那样，面对母亲亲手做的凤梨曲奇，海公子勃然大怒，连同盒子带着喷香的曲奇一起丢到了门外，巴璞在一旁不停地咽着口水。

“我讨厌她！我讨厌她什么事情都知道。她越是这样，我越是恨她!”海公子没有给唐灵转达那声抱歉的机会，而是气急败坏地寻找能激怒母亲的方式，他激动地问，“对了，你是想要机器人对吧？我们现在就去，我知道实验室有一批最新型的，我带你去全部偷走，我要气疯她。”

唐灵尴尬地告诉他，梅朵早就知道了这一切：“她说过，你会带我去实验室拿最新型的机器人……”

“我真恨她什么都知道的样子。”海公子仰面叹了一声，伸出手臂，让酒保给在场的每一个人都开一瓶最贵的酒。除了一掷千金之外，他实在找不到任何能让母亲产生情绪波澜的事情了。

搭乘回家的空铁时，这座城市遇到了短暂的停电。

广播里响起温柔的声音，告诉乘客们稍安勿躁，城市供电系统遭到黑客攻击，线路需要临时检修，几分钟就会恢复通行。

大家反而兴奋异常，纷纷站起身仰望夜空，生活在这里的人们很久没有见过彻底暗的夜了。

失去了灯光，天空和海洋的界限变得模糊不清。远近不一的星体开始明亮起来，停在空中的列车像是钻进了盘旋在楼顶上方的人造银河。

“停电了……我好想鳗老板那家伙。”阿遥一会儿望望天，一会儿看看海，他已经分不清哪里才是曾经的家园。

“是呀，他还答应我要开个小吃摊儿，不知道他还在坚持吗?”一旁的唐灵疲惫地笑笑。她度过了非常奔波的一天——动员家人和过去的朋友寻找一切可能是海底族的人，小心翼翼地周旋在海氏集团的母子二人之间，还办理了售卖冰激凌的执照，让巴璞和阿遥可以彻底拥有那辆冰激凌车……这一切都让她感到累却充实，她很享受被按下休止符的这一刻。她甚至有些感激这突如其来的黑暗，让满天星辰变得清晰可见。

当空铁再次缓缓运行起来，疲惫又满足的人们已经头垂在肩膀上睡着了。巴璞小心翼翼地跳下座椅，躲在车厢与车厢的连接处，悄悄地伸出手腕，用腕上的管足包住了那块从地上捡起来的凤梨曲奇。

很遗憾，这种进食方式是尝不出味道的。但是巴璞别无他法，因为这几天以来，他发现自己渐渐不能像人类那样用胃部来消化食物了。

“我可能……在持续地退化中。”他颤抖地对着窗户上的倒影说。

倒影里的生物，比他印象里更像一只真正的海星了。

同样的退化症状也出现在飘飘医生身上。

她开始越来越无法忍受陆地上干燥的空气——“像小刀在割我的皮肤。”她用鱼类的语言艰难地告诉阿遥。

语言表达对她来说也日益困难，她常常感到脑海里有大片大片的空白，就像正午时分明晃晃的太阳照耀着海面，遥远的地方传来混沌的声音，但眼前只有一成不变的白色。

早一些的时候，飘飘医生还能跟随巴璞、阿遥的冰激凌车一起在海边售卖冰激凌，她知道按下那个圆圆的按钮，机器里就会冒出软软的、散发着水果香味的“雪”。她喜欢看那些“雪”落进圆锥形的蛋筒里，就像浪花奔流进礁石窝里的样子。她也喜欢看人类顾客接过“雪”时的样子，他们是那样惊喜、那样欢快，仿佛拿在手里的不是一支普普通通的冰激凌，而是一根可以施法令人躲避酷暑的魔杖。

而现在她几乎无法离开水域，站在陆地上二三十分钟，就会令她呼吸困难、皮肤灼痛。唐灵只能把飘飘医生藏到泰多金律所楼下的泳池里。最初只要在放满凉水的浴缸中浸泡一会儿，飘飘医生就会感觉轻松许多。而现在她不得不 24 小时躲在泳池中，只在夜里从泳池里浮上来，和朋友们交流这一天的生活。

“我想回到大海。”飘飘医生说着，巴璞在一旁为她做翻译，“陆地是很好，但这里并不是我们的家。这里的光线太强烈，空气太干燥，没有像样的酒，人们忙忙碌碌，从来不躺下来游泳……”

她说得一点儿也不夸张，陆地上的日子对海底族的这几位遗民来说并不好过。干燥的空气令他们的皮肤皲裂，喉咙发痒，人来人往的街道过于吵闹，即便是在夜晚，穿行在空中的电波也令他们不堪其扰。尤其是飘飘医生，她保留了鱼类的听觉器官——侧线。那些穿透力极强的低频噪音在夜色中奔袭，穿墙透壁，折磨着她敏锐的内耳。

“我也很想念结界。不过为了我们能安全地留下来，她已经努力了这么久，现在放弃的话……”阿遥用鱼类语言说着，他看了一眼旁边的唐灵，她正抱起膝盖，托着腮坐在泳池边，侧影像极了在岛上独自哭泣时的模样，“总之我不会回去的。她说过，只要有 12 名海底族出庭做证，我们就能像其他变种人一样堂堂正正地生活在这里。我想和她一起生活在这里。”

“你呢，巴璞？”飘飘医生失望地问巴璞。

“我……”巴璞躲闪着朋友们探询的眼神。他比飘飘医生更早地察觉到了自己的退化，在海底结界时，所有的海底族都是素食者，他们从来不肯对其他的鱼类、贝类以及虾蟹痛下杀手，他们把那视为一种野蛮行为。而此时的巴璞，看到飘飘医生流线型的鱼类身体，竟然萌生了捕食的想法。

这个可怕的念头吓了他自己一跳，他赶紧晃晃头，喃喃地重复着：“海星是肉食动物没错，但我是人。我要生活在这里，对，我是人，我要看博物馆，要去看极光，我想欣赏这个世界的文明……”

“我们也有我们的文明。”飘飘医生对巴璞的变化毫无察觉，继续没有防备地接近他，“我们本来就不属于这里，是那场爆炸让你们害怕了吗？告诉你们，我一点儿都不怕。被捕捞、被杀害，是海洋动物的宿命，几千年来一直是这样，一代代族人都是这样过来的。以前的结界毁了，我们再去找一个新的庇护地，重新建立我们的文明不也很好吗？那些坏人，总不能占领海洋的每一个角落吧。”

空荡荡的泳池里回荡着飘飘医生的声音，唐灵听不懂鱼类的语言，但她能分辨出其中的恐惧和焦虑。在广袤的海面上，被捕鲸船伤害到的鲸类和海豚常常会发出这样尖锐、忧伤的声音。

“他们确实不能占据海洋的每一个角落，但是那些核废水携带的放射性物质可以。”唐灵打开几瓶多巴胺饮料递过去，打算尽可能用海底族能理解的话语来解释禄岛核电公司的“鱼类清除计划”。

这一切都是方玫陆续对她透露的。

“他们不认为那是‘退化’，而称之为‘还原’。”方玫和唐灵的会面总是在律所楼下的便利店，她们一前一后，徘徊在冷柜前，佯装在挑选品牌不一的冻饮。

“从 2021 年 4 月份做出把核废水排向大海的决策开始，禄岛核电就聘请了各界学者、专家来论证这件事了。”方玫凝神看着一瓶放了盐渍青梅的多巴胺饮料，这透明的玻璃瓶在她手里被翻来覆去调转了好几遍，“他们先是排除了海底生命的存在，然后否定了核废水对‘人类’有害。注意，他们提到的是对‘人类’无害。所以，只要海底族不被认定为人类，他们就可以继续毫无顾忌地向大海排核废水。”

冷柜“呼呼”地喷着冷气，唐灵的海底族朋友在大太阳下欢快地售卖冰激凌。冰激凌车前的人们排成长队，这辆由海星和人鱼运营的冰激凌车渐渐出名，不少游客是特意来打卡的。

“他们做了两个方案，并称为‘鱼类清除计划’。第一方案是加大核废水的排放量，并在其中添加某类放射性元素，加速海底族的‘还原’——让他们的智力退化，更快地恢复为彻底的鱼类。备选方案则是直接引爆海底族的栖息地。按说这个备选方案是没打算启用的，但是自朝日法律事务所失踪了一名前辈之后，禄岛核电的人就把备选方案提上了日程。我也弄不清这两者之间有没有直接的联系，因为当时我已经提交了辞呈……”

说着，方玫握紧了那瓶青梅多巴胺饮料，灿烂地对着唐灵笑起来，说：“向你透露这些，对我这个曾经的法律顾问来说，也算是违背职业道德了吧。”

唐灵站在冷柜前一怔，说不上是因为“鱼类清除计划”太可怕，还是冷气太凉，她有种不好的预感。

方玫还在灿烂地笑着，冷光灯下，她的长发泛着一点点浆果红色，像童话故事里任性又美丽的女海妖。

“谢谢你。”唐灵发自肺腑地说。无论如何，方玫透露的消息，让她对禄岛核电以及葬身海底的那名律师有了一些猜测。

“我想起在岛上的时候，你很在意那些鸟类的安危。比我们任何一个人都在意，当时我还觉得……你有点儿古怪。可是当我面对海底族这些死里逃生的人时，我才发现自己当时有多狭隘。”唐灵亦步亦趋地跟在方玫身后，真诚地说着。

方玫提醒她和自己保持距离，说：“如果你要起诉禄岛核电，我不希望有任何我们碰面的影像资料被人发现。”

唐灵抱歉地退了几步，方玫才微笑着继续说道：“其实，我有更在意的事。”

“是什么？如果我能帮忙……”唐灵马上说。

“你当然能。”方玫笑着，轻轻甩了一下长发，周围有暗香浮动，唐灵的脑海里浮起了“灿若玫瑰”这四个字。

“我希望你尽量不要出现在泰多金律所附近，如果可以，最好离开这座城市。律所给你的那笔抚恤金，足够换个城市开始生活了吧。”残忍的话语，从这张笑起来灿若玫瑰的嘴巴里说出来，似乎也有了它的合理之处，“我们……我是说我和裴子航，刚刚开始。我不希望节外生枝。”

“咳，事情就是这样，他们……我是说禄岛核电，排放的核废水会让你们持续退化。回到海底，只会让情况更糟。”唐灵的心里有一处柔软的地方在隐隐作痛，好像被玫瑰花丛短而锋利的刺扎到了。方玫是个守信的人，自从唐灵承诺减少出现在这附近的次数之后，她也如约发送了一些保密文件给唐灵，那些文件是她在朝日法律事务所时留存的。

这些文件中显示，朝日法律事务所在与禄岛核电合作时，已经知晓了海底文明的存在，但是对于到底该如何处理，似乎高层的意见并没有那么统一。

文件里反复提到一个人的名字，那个人连续三年在会议上公开反对律所参与“鱼类清除计划”的制订，甚至说了这样一句话：“如果诸位还是无法做出理智的判断，我将把真相公之于众。”

自从这句话出现在会议记录之后，这个人的名字就彻底消失了。

“这个人就是死在海底的那位律师。我猜这些事之间是有关联的。只要找到这个人的尸体，带回来做了尸检，很多事情就会水落石出了。要么是堂堂正正地留在陆地上，要么是回到净化后的大海里，相信我，这一天总会来的。”唐灵耐心地安抚着飘飘医生，就像在海底时对方为她做的那样，那时她初来乍到，在漆黑的礁石洞穴里恐慌不安，是飘飘医生一次次地治愈她的伤口，安抚她的痛楚。

门外传来踢踢踏踏的脚步声，是海公子带着他的人工智能潜水员来了。

“咦？潜水员没来吗？”鹿记者一直在泳池外等着，海公子和他们约定，今夜将带机器人来进行试水。

出现在走廊的是海公子和两位留着络腮胡的胖大叔。

两位大叔看起来如同双胞胎，一样蓬乱的络腮胡，一样圆润的啤酒肚。

“就是这两位。”海公子得意地摊开手掌，“《机器人制造与使用公约》里明确规定过，不得制造身材比例过于完美的机器人，过于性感或者过于英俊都是不行的，以免引发人类的容貌焦虑。这两位是我们实验室里最新的拟态机器人。是不是和真人一模一样?”

鹿记者挠挠头，难掩失望之色，说:“我还以为潜水型机器人最起码都是修长身材、八块腹肌……”

“哼，那是你们2021年的落后科技。如果你是做机器人外观研发工作的，你就知道了，英俊的容颜、美丽的外表都是小菜一碟，但是真实却很难得。”一名胖大叔不满地嘟囔着，那语调和菜市场抱怨蔬菜不够新鲜的大叔没什么区别，“你什么学历?”

“啊？我？我本科。”鹿记者怯怯地跟在他们后面。这两位胖大叔和真人过于相似，让她产生了一些莫名的畏惧感。

“呵，文盲啊。”胖大叔不屑地说。

“别气，别气，你对他们来说确实是文盲。”海公子扬扬自得，他对这两位机器人特立独行的性格很是满意，“他们是学习型机器人，具有自主开发功能，智力和性格都是根据环境时时更新、时时进步的。这两位都已经拿到了博士学位，所以，有些恃才傲物也能理解。就像我一样……”

“你们研发的机器人连说话风格都和你一个德行，你确定他们会潜水吗?”鹿记者愤愤不平。

两位胖大叔已经进入游泳馆内，完成了自我介绍——“我们的控制系统和下潜到深海8000米的潜水器系统是一样的，诸位看起来学历都不高的样子，我也就不多介绍了。”

海公子站在他们一侧，满意地点点头。见大家毫无反应，他带头鼓起掌来："好!"

唐灵小声地问："这两位，是不是脑子不太正常……"

"怎么会呢?"海公子深深地吸了一口电子烟，他认为这样看起来比较成熟，"这是我们海氏集团最新的研发技术，他们颠覆了传统机器人那种古板、木讷的性格，具备学习和发展的能力……"

"看来诸位对我们的能力不太相信。我们今天来就是让你们长长见识的。"说着，两位机器人潜水员轻触手背上的圆形按钮，一整套完整的深海潜水装备从后背升起，裹住了他们全身。

"供氧系统、分压系统、航行控制系统、数据分析平台、水面监控系统都在这些装备中。有了这些装备，潜入水下 8000 米不成问题。"胖大叔哼了一声，在池边活动身体，迟迟不下水，"对了，这里的水深是多少?"

"1.8 米。"鹿记者回答。

"您请。"一位胖大叔彬彬有礼地说。

"您先请。"另一位胖大叔立刻回应道。

"给您一个艳惊四座的机会。"胖大叔调整着装备，不动声色地后退了一步。

"给您一个一鸣惊人的机会。"另一个胖大叔也不甘示弱，装作活动身体，又蹦又跳连退两步。

海公子的面子已然挂不住了，板起脸来训斥他们："都给我下去!说好了今天来试水，你们两位自从被研发出来，还一次没有下过水呢!”

“你也没提前告诉我们是要去深海盐卤池捞人呀!”两位胖大叔异口同声地说。

这个词把海公子说蒙了:“盐卤……什么卤不卤的，都什么时候了还惦记那口吃的!”

唐灵捂住额角，小声地告诉海公子，盐卤池是深海中的地貌，含盐量极高，任何生物都无法在那里存活。

巴璞终于找到了卖弄的机会，兴奋地举起手臂说:“你们的神话里也有这个故事——哪吒前往不周山时，遇到了一条没有浮力的河，飞鸟啊、游鱼啊，在那里都会神秘地消失。据鄙人分析，那条河就是盐卤池。”

“就说你们去不去吧!”海公子越发感到丢脸，大声质问。

鹿记者已经找了一个舒服的躺椅，伸了个懒腰躺了下去，说:“别问了，毕竟是‘学习型机器人’，具备‘学习’和‘发展’的能力，有个性咧。”

“你行你去。”一位胖大叔说着就拆下了自己的装备。

“是啊，你行你去。”另一位胖大叔也手忙脚乱地拆下了装备，塞到海公子怀里。

“喝一杯去?”脱了装备的胖大叔无比轻松，哼着美式乡村民谣。

“走。”两个人勾肩搭背扬长而去。

“回到实验室我要对你们进行报废处理!”海公子恶狠狠地喊道。

“《机器人制造与使用公约》第三十二条，明确规定不得对任何具有人类智能的机器人提前进行报废处理。三年起步，最高无期。”胖大叔浑厚的嗓门儿穿透了走廊。

“文盲!”

“不如，我们去吧。”唐灵捡起了被海公子丢在地上的装备，“有些事不能再等了，我的朋友们一直在退化。我怕……”

“不行不行，盐卤池那里太危险了，任何生命体都不应该去。这两位大叔不去，海公子一定还有别的机器人对不对?”巴璞焦急地说着，他两条短短的手臂试图抢夺那套装备。

“别的……和他俩比起来，有过之而无不及。”海公子感到脸上火辣辣的。

“没关系，我们兵分两路。巴璞和阿遥留在这里寻找其他海底族的消息，我和鹿记者去海底。”唐灵做出了任务分配，“鹿记者?”

鹿记者仰面朝天，在躺椅上发出夸张的呼噜声。

“睡着了？这么快?”唐灵半信半疑。

“我和你一起回海底。”阿遥已经把那套装备穿戴在了身上，“深海无光区，你们去太危险了，有我在比较好一些。我不怕退化。我，我还有很多退化的余地。”

“好的，没问题。你们放心去吧，寻找其他海底族的事就交给我了。”鹿记者迅速醒了过来，殷勤地说道。

第六章

潜入深海

QIAN RU SHEN HAI

林律师对唐灵要亲自前往深海的事不置可否。

一向喜欢碎碎念的他今天出奇地沉默。他坐在海公子的豪华游艇上，若有所思地看着唐灵和阿遥一次次从海水里沉没又浮起。

经历过海难的人对海水会有本能的恐惧，离海还有一段距离时，那咸咸的味道和齿轮互搅般的海浪声就让林律师双膝发软。他一直默念着“给的钱多、给的钱多”才强迫自己登上了游艇。

唐灵和阿遥的练习已经持续了半个月，海公子为他们提供了一切支援装备。这位纨绔的公子哥儿对于人类要潜入千米之下的深海这件事兴奋极了，全程陪伴练习，林律师要想见到他，只能来到游艇之上。

这艘游艇是海公子新近购置的，他还不惜花重金请来了专业的教练和医疗团队，为唐灵制作了完备的训练和康复计划。

“潜水器将载着你们进入深海 1000 米的位置，到那里后，你们可以打开舱门，开始寻找目标物。”海公子从全息影像屏幕中展示着模拟训练的路径，“有这些装备保驾护航，深海并不可怕。可怕的是你从深海回来，极有可能会遇到减压症或者……叫什么名字来着，对了，大脑氮麻醉。”

海公子很得意自己能说上这些专业术语，一边安排教练为唐灵开始新一轮的练习，一边悄悄瞟着林律师，试图在林律师的脸上找到一丁点儿的钦佩。

“哼，如果不是怕晒黑皮肤，我就戴上装备和他们一块下水了。”海公子咳嗽几声，夸张地在围栏边摩拳擦掌。

“你……您为什么怕晒黑皮肤呢?”林律师瞧着被晒得黑里透红的唐灵，啧啧感叹。

“他的造型指导不允许。”卧在躺椅上喝草莓果汁的巴璞说。

巴璞的旁边趴着鹿记者，鹿记者正在晒着日光浴，她刚刚惬意地翻了个身，一旁的侍者就递过了菠萝朗姆酒。鹿记者深深咂了一口，殷勤地说:“是的，海公子一直准备进军演艺圈。他一定会大红大紫的，等我回到2021年，我一定要去他的小学找他签名。”

“可以，可以。好说，好说。”海公子微微一笑，深藏功与名，“我主要是有这方面的天赋，从小就不是很在意那些功名利禄。为了更好地为艺术献身，我的造型指导建议我维持皮肤的白皙。前期呢，我大概是要走颜值路线……”

“呵呵，你想走才艺路线那实力也不允许啊。进了演艺圈你要表演什么?胸口碎大石吗?”林律师对这个油腻腻的男孩子一直缺乏好感，终于脱口而出。

“啊?”海公子一愣。

“没什么，我说你……您进演艺圈太合适了，演艺圈缺您这样德艺双馨的人!”林律师一眼看到海公子手腕上那块估价超百万的手表，马上改了口。

巴璞唯恐是海浪声太大，导致海公子没听清。他特意从躺椅上跳下来，走到海公子和林律师中间，大声说："他刚才说你是不是要去演艺圈表演胸口碎大石。"

那块价值百万的限量版手表一闪，海公子的手腕已经抬到了林律师脸前，指尖正对着林律师的鼻子。

"别，别动手。我今天是来向您汇报庭审结果的。"林律师举起公文包，时刻提防着海公子的进攻。

"你！"海公子的手绕过公文包，在林律师的肩头拍了拍，欣喜道，"你这个主意好啊。"

他勾了勾手指，叫来一旁忐忑不安的保镖："你现在就去缅北，给我买几块大石！"

私人飞机从海面上接走了保安，一路向南飞去。

林律师在公文包里掏出两份纸样，谨慎地说："您母亲梅朵女士没有请律师，她坚称那台电脑是你父亲在婚前就送给她的礼物，不在遗产继承范围之列。不过，她没有提供出任何能证明她和您父亲婚姻关系的文件……"

"直接说结果。"太阳变得毒了一些，海公子缩回到太阳伞下，躺倒在椅子上，保姆开始为他涂防晒油。

"哦，梅朵女士证明不了他们的结婚日期，但是我们却提交了这台电脑是购置于您出生后的证明材料。所以，胜算很大。"林律师小心翼翼地确认着海公子的表情，"您母亲单独找到我，再次提出一个和解方案。”

“读一下吧。”海公子眯着眼睛，掏掏耳朵，很不屑的样子。

“确切地说，是两个。她请我在见到您之后再读。先读第一份。”林律师清了清嗓子，“‘妈妈的好大儿：抱歉，那台电脑真的不能给你。那是你爸爸留给我的唯一念想，任何人都不可以从我这里带走它。我会把它保留到我生命最后一天。作为回报，妈妈同意你在管理集团之余去当一名艺人，妈妈愿意给你拍电影、出单曲、买热搜……’”

“撕掉。”海公子言简意赅地说。

林律师尴尬地看着最后一行，嘴巴已经读了出来：“‘林律师，您好，我儿子很有可能让您撕掉这份。请您在保证人身安全的情况下，再读第二份。’”

“她又猜到了！”海公子恨恨地握紧了拳。

林律师一把抓住在一旁发呆的巴璞，把他拉回到自己和海公子之间，然后才开始读第二封信：“‘——你个小王八蛋，我就知道你非要和我过不去。告诉你吧，电脑我已经彻底带走了，你回到陆地上也找不到我和电脑在哪里。对了，妈妈爱你。”

午夜降临时，他们才等来了救援船只。

梅朵似乎早就掐算好了一般，在林律师读完第二封信、海公子火冒三丈地砸翻所有躺椅之时，她已经远程关闭了这艘游艇的定位信号。这让他们在海上迷失了方向，给梅朵带走电脑留下了充分的时间。

海公子不得不向周围发送了求救信号，很久之后才有回应。

“这台电脑，据您提供的照片来看，样式已经很旧了，为什么你们母子二人一定要争夺它呢?”黄昏时分，唐灵的训练完毕，大家在甲板上升起了小小的篝火。围炉而坐的氛围让林律师忘却了海公子任性的脾气，把令自己困惑许久的事问了出来。

他们在篝火上翻烤着雪花肥牛，唐灵还从海里带回来许多样式奇特的贝类，贝壳在火里发出“噼里啪啦”的声音。巴璞和阿遥一开始坚持不吃，后来耐不住那气味勾人，小心地拾了几个，开始剥着吃。

“比瓜子还好吃。”阿遥由衷地赞美起来。

“此言不虚。”巴璞想吃肉很久了，被贝壳烫得嗷嗷叫。

“就喜欢你们没见过世面的样子。”唐灵笑眯眯地看着他俩，帮他们把剥开的贝肉放在盘子里晾去热气。

“我知道，她一直瞧不起我爸爸……”海公子喝得有些醉了，说话开始颠三倒四，“但是我瞧得起。那台电脑里是爸爸的研究。我亲眼见到他画那些符号。”

他眼眶红红的，手指蘸了酒水，在甲板上画了一些奇怪的符号。

“爸爸去世之后，妈妈就不许任何人碰那台电脑。那里面是爸爸的心血。她大概是认为传出去会给海氏集团丢人吧。爸爸活着的时候，妈妈就说他像个疯子。

“爸爸说，海底有活着的人类。还说，海底有游乐场……爸爸不是疯子，他的证据都在那本古书里，他给学生们讲课文时会用到那本书。”

海公子迷迷瞪瞪的，他回忆起那本古书叫作《聊斋志异》，他的父亲认为，蒲松龄写的不是陆地上的妖鬼狐神，而是在海底的所见所闻。

“嗯……这样的言论发表出去，确实很容易被人认为是疯了。”唐灵喃喃地说。

“可是我见到这些海里来的朋友，就知道我爸爸没有说谎!”海公子摇摇晃晃地指着巴璞，再指指阿遥，“那本古书里，就记载过鱼妖的存在，爸爸给我讲过。但是，但是我都忘记了……”

听到海公子的醉言醉语，各人反应均不相同。

巴璞拉着阿遥，一个劲儿地对着醉醺醺的海公子说：“我们可不是妖啊，我们是良民！法律马上就要认可我们了!”

而鹿记者则兴致盎然，她暗中打听了一下海公子当年就读的小学名字，打算回到 2021 年后去他的小学劝他订上十年的《奇报》：“一看你神神叨叨的样子就有做我们读者的潜力。”

林律师咬咬牙，在甲板上跟着海公子描画出那些由曲线和圆圈构成的符号，再次和他确认：“是这样的字吗?”

海公子已经醉过去了，倒是巴璞定睛一看，发出一声惊呼：“这是海底结界的古文字呀！你从哪儿知道的?”

林律师迅速地把甲板上的水迹抹掉了，嘻嘻哈哈地说：“我哪里知道，我现学的。”

唐灵从烤串中抬起头来，看看地上模糊的水迹，再看看林律师，总觉得这符号很眼熟。

这些符号，来自朝日法律事务所失踪律师的遗书。

今天早一些的时候，林律师在家整理近期拍摄过的照片，那份遗书的图片也在其中。

正在和孩子玩着捉迷藏的林太太藏在书柜后，从柜门的倒影里看到了那些符号。

她的眼神迷茫，记忆如同千堆雪，一层层地涌了上来。

林律师一凛，关闭了电脑屏幕。而林太太从书柜后走了出来。

“……最近是有代理的刑事案件吗？我好像看到有人说他很痛，像小刀在割皮肤。”林太太身材高大，笑声爽朗，每次林律师为难以推动的案件头痛时，都喜欢拉她过来聊两句。

“没有，没有，最近太平得很。你是不是最近看侦探小说看多了？”林律师笑着吻太太的头发。

林太太深深地望着他，垂下头，说：“没有就好。你知道的，我的记忆一向不好，大概记混了什么。”

在黑黢黢的海面上想起这一幕，林律师浑身都在发冷。

他看着年轻人们开怀地登上了救援船只，再回头望望甲板，那片写过符号的水迹还没有干。

他真希望这夜的风大一些，好让那些符号消逝得快一些，最好从每一个人的记忆里消失。

“林律，走吧！”唐灵在救援船上喊着他。

林律师快步赶上去。

救援船只来自附近的渔业协会，他们热情地给大家分发着热姜汁饮料。

甜甜的，辣辣的，还有红枣的气息，只是，很快就让所有人都昏睡过去了。

林律师醒过来时，身边坐着几名西装革履的人。

那些人礼貌极了，毕恭毕敬地对他鞠了躬，然后“呜哩哇啦”说了好多话。

林律师感到头痛欲裂，花了几分钟时间才反应过来他们说的是别国语言。

他什么都没有记住，只是为一直没有和太太联络而着急。

有名叫作池田佑的人和他握了手，用非常不标准的中文提醒他：“林律师，我们应该见过。在波塞冬号上。”

林律师的眼前一阵阵发花，根本看不清对方的脸孔。

有翻译在旁边说：“是这样的，听说您准备为唐灵和海底人代理身份认证的事了。‘十二只猴子’法案，真是赫赫有名，令人钦佩。”

“希望您，停止这件事！”所有的人突然鞠了个九十度的躬。

“吓我一跳，这架势，我还当你们要切腹呢……”林律师站起来，准备去隔壁的房间。他听到海公子和唐灵他们“叽叽喳喳”的聊天声了。

“您随时可以去。我们不会在贵国的领海上限制您的自由。当然，您执意要为他们代理的话，您太太的身份问题，我们也会委派日方刑警来进行确认了。”池田佑的中文磕磕巴巴，像一杆不太利索的枪，断断续续地喷出枪子。

林律师在门口踉跄一下，险些摔倒。

他扶着门框，愤怒地望着这些人。然而这是一间有暗道的房间，他们启动了按钮，方才站过的地方打开了一扇小门，有一条楼梯一直盘旋下去。

这群西装革履的人再次鞠躬，脸上带着面具似的笑容，从暗道的楼梯离开了。

那条灰白色的大鱼出现在人们视野中时，唐灵和阿遥乘坐的潜水器刚刚脱离母船，开始向海底无光区潜行。

这条从黑市上抢救下来的鱼，体型介于鲨和鲸之间，身上灰白相间的花纹像一张老旧的远航地图。它的脊背上，一条条参差不齐的伤口是螺旋桨误伤留下的痕迹。据专家分析，这些伤痕最深的达到 30 厘米，均属于陈旧伤。“我们推测，它属于六鳃鲨科，是一条野生的巨型鲨鱼，有过被人工饲养的痕迹，出于某些原因，它暂时脱离了人工饲养环境，被非法捕捞船带到了黑市上……”

飘飘医生听不懂人类的语言，但那一天她离奇地不安。

早上是游泳池陆续开始有宾客进来的时段，或微弱或喧嚣的电磁波在空气和水中蔓延。躲避在泳池深处的飘飘医生仿佛听到了某种微弱的呼唤，那是属于鱼类之间古老的交流方式。在深海千米处，孤独的座头鲸会发出这样繁杂的歌声，用来吸引同伴一起游向北方干净又纯粹的冰川地带。

"呵，这鲨鱼，被养在那么好的水族馆还不知足。这日子不比在海里吃了上顿没下顿强吗?"一位晨泳的大叔把胳膊靠在池边，自顾自地和旁边休息的人搭讪，"对吧?"

新闻里，这头六腮鲨无力地浮在水族馆最大的展箱中，身上挂满藤壶，这些灰绒绒的寄生者侵袭着它的腹部，比背上的伤疤还触目惊心。它的眼睛肿胀无神，毫无光泽，完全不像一只海中猛兽，了无生气地由着工作人员帮它清理那些恼人的藤壶。它只是偶尔在工作人员休息的间隙，猛烈地撞向展箱玻璃。

专家认为，这条鲨鱼曾受到过人类的伤害，出现了应激反应。

"为了应对这只鲨鱼的自杀倾向，水族馆不排除使用麻醉或者防护网……"晨泳的大叔向旁边的人复述着女主播的话，"鲨鱼还要自杀，要我说，这些动物就是想得太多了。自从社会承认了动物变种人，这些莫名其妙的事就越来越多了。对吧，你说呢?"

"你怎么不说话?"大叔气咻咻地质问旁边那位默不作声的游泳者，他看看屏幕，再怒目瞅瞅一旁的"人"，总觉得和屏幕里忧伤的大鱼有点儿相似。

保安赶来的时候，晨泳的大叔一路"啊啊啊啊啊啊"地从泳池冲了出去，他仿佛失去了语言表达功能，大张着嘴巴，指一下屏幕，再指一下泳池里一直呆立在那里的鱼头人。

保安还以为大叔是哑巴，于是抓耳挠腮地想了想手语，一边尽可能地让嘴型夸张，一边用肢体动作告诉大叔："这是，一位贵宾，寄养在这里的，宠物。对，宠——物——"

大叔不可置信地再次望向泳池，那只"宠物"正从水中爬出来，迈着修长的双腿，来到屏幕前，仰望着屏幕里孤独的鲨鱼，缓缓地跪拜了下去。

"嗨，你们、你们好哇。"巴璞第一次使用全息影像通话工具，激动得语无伦次。影像中，阿遥和唐灵在潜水里，周围一片昏暗。看样子已经顺利进入海面 200 米之下的无光区。

"我回来了！巴璞，你知道吗？我一进到海里就闻到熟悉的味道了，虽然外面漆黑一片，但我看得清清楚楚。一路上我们遇到了竹节虾、钻石鱿鱼、白海豚……这里离我们的家不远了，我想你，想巴珊，想巴琅，还很想念爷爷！"阿遥说着，把手伸向影像中立体的海星，却抓了一把虚空。

他注意到，巴璞和自己一样，背后是一片幽蓝。

巴璞的影像成波纹状变幻，好像飘在水中的纸一样。唐灵看了半天，提醒阿遥："他们可能去了水族馆。"

"是的，是的。我们是在这个水族馆。看到许多老朋友……呃……"巴璞少见地欲言又止。他滑稽的嗓音比以往低沉了许多。

"不会吧，我们才走了不到一天，你们几个人就这么消沉？"唐灵打趣道。巴璞举着的镜头晃过鹿记者、抱着手臂的海公子，他们的脸色都不太好看。

“不如让我来说吧。”鹿记者摸摸巴璞的脑袋，让垂头丧气的他去一旁休息，“有一位对阿遥很重要的人，彻底退化了。”

她把镜头转向一侧，展箱中的水已变得比早晨浑浊了一些，六腮鲨身上伤痕累累，这一天它都没有停止撞击箱壁。工作人员在给它注射安定类的药物。

“是爷爷!”阿遥立刻认了出来。这只六腮鲨身上的图案太过独特，是海底结界王族代代相传的标志。

阿遥身上的输氧系统发出了“哔哔”的警报，提示阿遥的用氧量有异常。

鹿记者把镜头移开了，那只鲨鱼正痛苦地在水中扭转身体。自从它看到巴璞以后，情绪比早上刚刚被放进展箱时更激动了。安定药物正在它体内发挥作用，它拼尽全力撞在箱壁上，发出闷闷的响声。围在周边看鲨鱼的小朋友们一哄而散，其他展箱的鲨鱼也做出了回应，开始快速地在水中转圈，粗壮的尾巴重重击打箱壁，仿佛试图破壁而出。光线昏暗的鲨鱼展厅弥漫着哀伤而焦躁的氛围。

“它，彻底退化了。巴璞试过了，人类的语言、海底结界的语言，它都无法做出回应。”鹿记者忍住眼泪，尽量用冷静的语言来讲述这件事。

她和展箱中那头绝望的鲨鱼素不相识，她只知道这头不停撞击箱壁的大鱼和巴璞嘴里幽默、快乐、善良的小老头儿截然不同。巴璞嘴里的王，是海底结界最尊贵的人，然而毫无架子，整日里和虾蟹老伙计聚在一起，给当年还是幼儿的巴璞剥甜甜的海浆果吃。他也是海底结界里故事最多的人，巴璞对于陆地世界最初的想象和神往，就是来自海王爷爷的讲述。

在海王爷爷的故事里，陆地是一个充满阳光和美好的地方。

“想想吧，那里有完整的语言体系，有诗歌，有艺术品，有绵延万里的长城，有色彩迷离的大漠壁画。人们在那里赞美爱，赞美太阳，赞美穿过山林的风，赞美我们在海底未曾见过的一切。我们的祖先来自那里，有朝一日，我们一定要回到那里……”这句话，是海王爷爷常常挂在嘴边的。

巴璞一跑进水族馆，就急不可耐地让海公子帮忙做出了各种尝试。

全息影像中，神秘的飞天壁画徐徐展开，辉煌的卢浮宫仿若重现，塞纳河畔人来人往……巴璞的信心被一点点吞噬，这些人类智慧与文明的凝结，无法让展箱中的六腮鲨有一丝一毫触动。它只是扭动身体，烦躁不安地拍打鱼鳍，试图震掉还粘在身上的藤壶。这类寄生物让它痒不可耐，然而它凌厉的齿和壮硕的鳍对于这种蚀骨般的痒却全无用处。

唐灵示意潜水器驾驶员暂时停在200米的深海。

这里尚能接收到全息影像设备信号，再往下潜，他们就要与这个世界失联了。

“林律一定会帮我们的。”唐灵信誓旦旦地说。

林律师正坐在异乡的雨夜中，他去了某国，刚下飞机不久，正在一家小酒馆中吃饭。淅沥沥的小雨敲打着木窗棂，面前的乌冬面正冒着白茫茫的热汽，他不得不一遍遍摘下眼镜擦拭。

“哎呀，我知道。我知道。完全退化了嘛，新闻里一天都在报道这只六腮鲨的事。”林律向嘴里塞着乌冬面，塞得满满的。他的桌上已经有三四只空碗了，今天的他格外饿，格外需要滚烫的东西来填饱恐慌的胃。

“对了。”他抢在唐灵开口之前说，“禄岛核电这边有一桩并购生意要谈，我要来日本帮他们做一些法律尽调。你知道的，泰多金是禄岛核电在亚太地区的合作方嘛，忙得很。”

趁着唐灵还没有反应过来，林律师加快了语速：“‘十二只猴子’的事我可能就帮不了你们了。”

“林律，那件事我们不急的。”唐灵也慌了，“我们会尽快找到其他海底族遗民的，不着急，您先忙日本那边的事情。今天联系您，是希望您协助海公子把水族馆的鲨鱼买下来……”

林律师打起了哈哈，眼镜上盖满白雾：“你太会说笑了。你们不是陪着海公子浮潜去了吗？好好玩，它已经退化了，其他人的情况恐怕也不乐观，不要说一些没用的话了。”

“我们不是浮潜。我们是去——”唐灵的话没说完，林律师就切断了连接。

“我有种不好的预感。林律师大概……是被收买了。”她叹了口气。林律师对于帮助海底族进行身份认证的事，本来就摇摆不定，突然借口去日本，更让唐灵心里没底。

“他是你的朋友对吗？”阿遥诚恳地望着她的眼睛，“爷爷说过，‘世界上有一件事永远不会改变，那就是真正的朋友’。林律师是你的朋友，也是我们大家的朋友。他答应过我们，就一定不会改变。”

唐灵无奈地笑笑，驾驶员提醒他们，因为在海下 200 米徘徊的时间有些久，潜水器的储能不太足了。他们关闭了唯一的灯光，和静静的海水一起变暗、一起下沉。

“人类社会，并不是只讲感情的。陆地上的人类，也比你们想象的复杂一些。”唐灵怅然地对阿遥说。

“不会。爷爷变成了鲨鱼，还是被人类救了。那些穿着潜水服的人在很好心地帮它摘掉藤壶，难道不是吗？他们每一个人，都在尽着自己的努力来让它感到舒服一些……”阿遥和所有的海底族一样，对人类充满向往和信任。湿漉漉的睫毛下，他的眼睛重新盈起光泽。这样一双眼睛，在再黑暗的海里，也会看向光明。

“林桑，吃好了吗？尽管美味，也不需要吃那么多吧……”翻译收起乌黑色的雨伞，尖锐的金属伞柄上滚下几滴雨珠。

“啊。吃好了，吃好了。我已经按照约定，回绝了帮海底人认证的事情。”林律师说。

“哦？他们这是去了哪里？我看到那个女孩子——在海底结界见过的那个女孩子。是又回到海底了吗？”池田佑也走了进来，用不够标准的中文说着，脸上的笑容像面具一般绷得很紧。

林律师把金边眼镜擦得锃亮，摇着头说：“没有，没有。池田先生知道的，海氏集团有个不成器的继承人，他们一起练习浮潜。兴趣而已。”

池田佑若有所思地打量着他，脸上还是维持着那僵木木的笑：“很好，很好，浮潜是很好的。”

林律师点点头，走进雨中。

他并不知道，从他踏上这片岛国土地的那刻起，自己所有的通信工具就已经被监听了。

进入无光区后，阿遥离开了潜水器，以半人半鱼的形态在海水中引航。

他说不出盐卤池具体的位置，但是脑海中却像有定位系统一样，可以精准地游向那里。

“想不到人类真的可以做到这样！”潜水器的驾驶员同时也是一位研发深海机器人的工程师，他忍不住地啧啧感叹，“这里的压强已经是陆地上的十几倍了，足够把人压扁了。我们花了十年的时间才为机器人设计出减压系统，他竟然只佩戴了简单的给氧装置就进入了海中。”

阿遥在海水中显然比在陆地上灵活，在陆地上行走的他手脚总是看起来不够协调，像宇航员登陆月球时那种双手双脚发飘的样子。而在海水里，他回归人鱼形态，大概是察觉到唐灵和驾驶员正隔着观测窗看向自己，阿遥炫技一般地灵活游曳，时而仰泳，时而快速下沉，时而像突然害羞了似的，用尾巴翻打出巨大的水花，让观测窗上一片模糊。

海水越深的地方，具有发光器的海洋生物就越多。阿遥脖子上挂着的白色鲸骨项链漂浮起来，那还是离开结界时巴琅送给他的护身符。有些小鱼也许是认出了这条项链，始终不远不近地跟在他身旁，阿遥像是拖了一条长长的星河。

抵达海下 800 米时，透过观测窗看到的生物们就长得很随意了。眼若铜铃的鱼、浑圆石头一样笨拙却凶狠的蟹，还有磨盘一样大的水母，腹部的花纹好似人类尴尬又不失礼貌的笑脸，紧紧贴在观测窗上，像来自深海的表情包。

一群虎鲨匆匆赶来，它们和阿遥似乎是旧识，周旋在阿遥附近，花了几分钟的时间来进行彼此确认。阿遥抱住其中最小的那一头——体长已经接近两米了，像一只半大的牛犊。阿遥亲昵地用下巴蹭着它的脑袋，和人类爱抚小狗没什么区别。

“这个深度，不是虎鲨生存的区域吧?”唐灵记得，海底结界周围生活着许多虎鲨，那里是海下 200 米的位置。

果然，阿遥在观测窗外打出手势，示意潜水器跟着这群虎鲨前行。虎鲨们像发现了什么紧急事件，争先恐后地向更深的地方游去。

阿遥的动作放缓下来，尽管具有鱼类的血统，他的骨骼、内脏却依然保留着人类的弱点，这里的压强让他开始感到吃力。他像逆风前行的人，头发和耳朵被海水压得紧贴脑袋，胸腔像被一只巨人的手用力按住。那群虎鲨偶尔会游回来探望他，围着他不停地转圈，像在好奇他为何不进入鱼类形态。

阿遥艰难地拒绝了，在他精疲力尽之际，潜水器终于抵达了海底。

“抱歉，留给你们在这里探寻的时间只有120分钟。潜水器的能量损耗比预计的大一些，我们必须在120分钟之后返回母船。”驾驶员提醒唐灵，“目前是深海1000米左右，这个深度还没有人类抵达过。安全起见，我建议你等在这里，由人鱼独自去寻找。”

“我在海底生存过一个月。区区120分钟算不了什么。”唐灵显然低估了深海的威力，一离开潜水器，她仿佛被一股从天而降的力量卷入其中，像被压在五指山下的猴子那样一下子栽倒在地，扶着潜水器边缘才勉强站了起来。

唐灵的眼前一片漆黑，重压之下，胸腔每次起伏都要花费许多力气，她的耳边轰轰作响，像是一头扎进了几百条飞流直下的瀑布群中。穿戴上深海浮潜设备的阿遥灵活了许多，他拽起唐灵，用设备中的通讯工具询问她的状况。

“别小瞧我。”唐灵隔着潜水头盔对阿遥做了个鬼脸，“我也是很强壮的，毕竟训练了那么久。走，用你自带的鱼类GPS导航系统带我去盐卤池。”

为了证明自己没事，唐灵特意在水中又蹦又跳。这个行为很快让她尝到了苦果，就像在高原上剧烈运动一样，过大的压强和稀薄的氧气立刻让她头脑发晕，一阵眼冒金星。

“笨蛋。”阿遥笑起来，拉住她的手向虎鲨围绕的方向游去。

在黑暗中远远看去，那里似乎沉没了一艘“船”。

越临近那艘“船”，飘落下来的有机物碎片就越多。唐灵在海底结界居住时，见过这样的白白的、一片片漫天飘落的东西，这是海雪。海洋是仁慈的，位于微光区和无光区的动物死亡后，它们的残骸就会化成海雪，一直向下飘落，覆盖无边无垠的海床，哺育栖息在这里的生物们。

唐灵和阿遥在海雪中穿行，像披戴了一身的碎星星。那艘巨“船”的腹部上盖满了海雪，一只个头儿不算大的幼鲸在守护着它。

唐灵认出来，这只幼鲸曾经和母亲一起徘徊在结界外。它守在那艘“船”前，发出“咔哒咔哒”的声音，像亘古不变的海底多了一只小小的钟表。

“它的妈妈去世了。”阿遥的声音有些难过。

那种“咔哒”声是幼鲸寻求母亲哺乳的声音，小鲸鱼转过身子，用脑袋蹭开那层厚厚的海雪，试图在母亲的腹部寻找乳汁。

如果不是阿遥及时赶来，那群饥不择食的虎鲨就要对沉落在这里的母鲸尸体发起进攻了。它们饿了很久了，那次大爆炸发生之后，它们发现很多猎物的味道变了。出于本能，它们宁肯挨饿，也没有咽下那些变异的海洋动物。

阿遥大幅度摇动鱼尾，驱逐着虎鲨。唐灵也尽己所能，把那些横行而来的鬼面蟹扔得远远的。这些蟹类行动缓慢，顺着声音缓缓爬进鲸鱼的嘴中，准备先掠取鲸齿间的残渣。

虎鲨围绕阿遥快速游动，掀起的海雪和海藻把这一片的海水弄得浑浊无比。它们借此表达着不满，询问阿遥是否准备独吞食物。

几头桀骜不驯的年轻鲨鱼绕到黑暗的礁石背后，它们在那里集结成群，准备发起突袭，打算趁阿遥不注意的时候撕扯下一块鲸肉。那肥厚、松香的鲸脂让它们失去了理智。

阿遥还在和几头强壮的虎鲨无声地对峙，他没有察觉到背后已经有偷袭者游来。唐灵惊叫一声，快速跨过鲸腹，埋头在那里的幼鲸也抬起椭圆的脑袋，猛然挡在母亲身侧。

尽管这头幼鲸身形庞大，抵得上两三只虎鲨的大小，但它年龄太小，刚刚结束哺乳期，还没有学会如何抵御进攻。它学着那些虎鲨的样子，张大嘴巴，露出幼稚的牙齿。

虎鲨尖锐的嘴似乎在嘲笑着谁，它们并不介意多吃掉一条年幼的鲸鱼和一个人类，小鲸鱼和唐灵虚张声势的反抗让它们越发兴奋。

唐灵的惨叫让阿遥一阵暴怒，他感到那种难以控制的力量在体内积聚。他的脊背隐隐作痛，肩膀也剧烈地颤簌。他丝毫不敢放松，他知道一旦被愤怒控制了意识，那尖利的鳍将剥开他的人类皮肤，刺破这身深潜装备，带着他变成一只可怖的庞然大物。

小鲸鱼的腹部被虎鲨撕扯下一块皮肉，腥甜的血气在海床绽开，这味道将引来更多、更凶残的嗜血鲨。

阿遥毫不客气地冲了过去，鱼尾重重打开袭向唐灵的那只虎鲨。唐灵深吸一口气，瑟瑟发抖地站起来，走向小鲸鱼，试图用双臂环抱住它的伤口，帮它止住汩汩流出的血液。

一道刺目的亮光袭来，像捅进黑暗里雪白的刀剑，虎鲨群被惊得四下逃窜，纷纷躲进礁石和厚厚的海雪层中。

守候在不远处的驾驶员发现了这片水域的异常，潜水器沿着海底缓慢行驶，炫目的光柱让这漆黑的海底世界亮若白昼。那头幼鲸也受了惊吓，但依旧不肯离开母亲，只是藏在母亲腹部的阴影下不时发出哀鸣。

借着这束光线，唐灵滑落到鲸背的位置，那里伤痕累累，和全息影像中一晃而过的六腮鲨有几分相似。这种伤痕长且粗大，几乎横跨鲸的背部，让这头鲸鱼的背部像烂麻花一样惨不忍睹。

“是被那个快速旋转的利刃打的。”阿遥皱着眉头说。

“轮船上的螺旋桨?”唐灵问。

阿遥点点头。他们继续检查这只鲸的伤口，除了螺旋桨留下的伤痕之外，还有从捕鲸船逃脱的痕迹。

“如果不是饿坏了，带着幼崽的鲸鱼是不会去浅水区觅食的。那里经常有偷捕者，它们都害怕极了。”阿遥难过地抚摸着这头鲸鱼的背部。

在海底，每一头鲸鱼死亡之后，都会落到海床，哺育数以亿万计的海洋生物。鲨、鱿鱼、螃蟹、食腐的小虾，都在盼望这一顿饱餐。然而阿遥始终不忍心让这一切当着幼鲸的面发生。

“在孩子的面前吃掉母亲……”他沉默了。

和虎鲨的对峙让他有些狰狞，鱼尾呈现出剑拔弩张的战斗状态。然而唐灵终于发自内心地承认，无论这些海底族的外表看起来和动物是多么相似，他们都拥有着和人类一样柔软的心。

“喂，你们要去的地方还远吗?潜水器的能量大概还可以支撑 70 分钟左右。”驾驶员敲击观测窗，对他们发出信号。

“就在前面了。”阿遥指着幽深的远方。

光柱移向他指的方位，一群习惯竖立行走的叉尾带鱼受到惊吓，像弹簧一样竖直地弹向海水上方。它们如同那片神秘区域的守夜人，拉开了罩在盐卤池外的厚幕。

光柱的尽头，是一片深深落下去的洼地，海水好像在那里分了层。隔着很远的距离，唐灵只能看清那里浮动着浑浊的白，好像有什么东西在翻滚。

“就在那边。我们能赶回来，让潜水器在这个位置等我们吧，有光线在，鲨鱼们不敢回来吃掉这条抹香鲸。”阿遥说。他让唐灵伏在自己的背上，这样游起来会更快一些。

那群不甘的虎鲨还藏在礁石后，看到阿遥和唐灵游过来，立刻惊恐地逃窜。

阿遥不解地问：“我刚才没有很可怕吧？它们不至于这样怕我吧……”

他的话还没有说完，背后的灯光突然消失了。

一只巨大的生物横亘在他们和潜水器之间。

刚才，这只赤魷已经在黑暗中冷冷地看了很久了。

身后，是它饥肠辘辘的伙伴们。它们等了太久，是时候饱餐一顿了。

盐卤池附近，常有海底热液喷出。

它们像矗立的白色烟囱那样，在空洞深邃的海底喷薄不息。

经过亿万年的积累，它们的沉积物在这里形成了一片海下“丛林”。这些由矿物质和珊瑚礁聚集而成的“树”，高矮不一，高大的如同横亘山野的神像，矮一些的则像浑圆的矮灌木。

阿遥和唐灵藏在这处礁石林后，这里栖息着大量的贻贝和盲鳗，再远一些的地方就是汩汩的海底热泉和盐卤池。

他们默不作声，倾听着通信器里传来的微弱声音。

潜水器的驾驶员第一时间关闭了灯光，快速冲到赤魷上方，躲开了触手的袭击。有几只赤魷始终阴森地盯着这只三角形的潜水器，避免它来分食沉落海底的鲸。

“看到你们了，现在我在你们上方 30 米的地方，你们赶紧游过来!”驾驶员巡游在黑暗的海水中，借着红外线温感系统看到了躲在深海“丛林”里的两个人。

阿遥一边携着唐灵的手缓慢上浮，一边持续地模仿抹香鲸呼唤朋友的声音。他试图把那只围绕在母鲸尸体旁边的小鲸鱼呼唤过来。

赤魷已经开始享用这顿晚宴，粗壮又灵巧的触手从鲸鱼身上剥下一块块肥厚的鲸脂，就像人类扯开橘子的外皮那样轻巧。几只不肯善罢甘休的虎鲸还匍匐在一侧，伺机等候掉落的食物残渣，准备在赤魷口中分一杯羹。

小鲸鱼发出一声声悲痛的叫声，它始终徘徊在离赤魷有十几米远的地方，为自己的母亲唱着哀歌。

“我得把它带过来。那帮怪物吃完了母鲸，下一个目标就是它了。”阿遥藏在礁石一侧，仔细叮咛唐灵，“它们不会来这边的，这里温度高、离盐卤池也近，你就躲在这儿，哪里也不要去。”

潜水器不时给他们发出信号，告知他们能量储存不足。“从这里回到母船要四个小时，别管那条鲸鱼了，咱们赶紧逃吧！”

唐灵只能好言相劝：“大叔，再等等我们。这条小鲸鱼和他是朋友，不救回来的话，这家伙绝对不肯走的。”

阿遥的身边始终跟着散发荧光的小鱼们，他的周围形成一片小小的光晕。唐灵透过微弱的光，看到阿遥一步一步、很慢很慢地行走在深海中。这里的压力极大，如果没有这身浮潜装备，人体相当于要承受三四个自由女神像同时砸落的力度。尽管配置了外骨骼系统，阿遥在这里走起来还是像深陷泥潭那般吃力。

饿了许久的盲鳗还没有意识到有更大的风险降临。它们一直栖息在珊瑚礁形成的洞穴中，每次都是等那些大个头儿的海洋生物就餐完毕，它们才缓缓出动，在鲸骨上寻找残余的油脂。这次，它们按照以往的经验游向那条鲸鱼。行程还未过半，重刃一般的触手就从天而降，将它们的身体卷入口中。

阿遥立刻停下脚步，他知道，赤魟对声音敏感，只要保持静止，就能多一分安全。

而幼小的抹香鲸还不懂这个道理，它以为是自己的悲鸣阻止了赤魟对母亲尸体的残害，继续发出高频的叫声。

那几头虎鲨也按捺不住，趁着赤魟分神的工夫，从四面八方冲向母鲸尸体，如同杀红了眼的海盗，企图虎口夺食。

它们的行径彻底惹恼了赤魷，站在近处的阿遥终于看清，这里潜伏着五头巨型赤魷。最大的那只显然是它们的首领，享有优先进食的资格。

赤魷首领挥舞起布满吸盘的触手，海底立刻大雪纷飞，沉积在海底的足有十几厘米厚的沉淀物飞扬起伏，礁石丛林里像迎来了一场暴风雪。

唐灵看不清那里发生了什么，但她隐约闻到了血腥的气息。潜水器里的驾驶员忍不住发出一声又惊又怒的咒骂："鲨……鲨鱼被拦腰握断了。尾……尾巴还在动。"

巨大的水流冲向唐灵藏身的礁石林，高挺的神像般的礁石轰然倒下，栖息在那里的生物被强力的水流推向盐卤池。唐灵把外骨骼系统的功率开启到最大，才勉强钩挂在一块低矮的礁石上。

潜水器被强韧的海藻层层缠绕，通讯系统传来驾驶员含混不清的声音："不行，必须得走了，能量到达低位警报线了。"

"我们回来了！"唐灵惊喜地喊着。

一片浑浊中，阿遥骑在那头小型抹香鲸身上游了过来。

幼鲸的脑袋上有一圈触目惊心的伤痕，是被触手捆住留下的重伤。阿遥得意地挥挥一旁的胳膊，惊喜道："之前巴琅在的时候，都不能赤手空拳地和赤魷搏斗。但海公子他们设计的外骨骼系统，生生扯断了赤魷的触手。"

唐灵这才注意到阿遥深潜装备左侧已全部损毁，显然是和赤魷经历了一场恶战。失去了外骨骼系统的支撑，他在海里举步维艰，唐灵把他的一侧手臂搭在自己肩上，两人一同朝潜水器的方向游去。那只失去了母亲的幼鲸也一路跟随，像潜水器多了一条小尾巴。

“你们可算是回来了。吓死我了！这深海的空间太大了，动物们随便长长就是哥斯拉级别的大小。”驾驶员抱怨着，在红外线温感系统中，那几只赤魷几乎占据了整块屏幕，满屏都是蠕动的淡蓝色。

“幸好回来了，好像又来了个大家伙。”唐灵无意间瞥了一眼，赤魷群中，挤进了一头似鲨似鲸的生物。这头生物尖吻宽身，行动敏捷狠厉，形态与刚才的虎鲨相似，然而体型却是虎鲨的两三倍。

阿遥正在脱下报废了的深潜装备，他扫了一眼屏幕，立刻站了起来，向潜水器下方望去。

“我要出去。”他说。

“去哪儿啊你，咱们这能量现在回去都有困难。下次再来吧。回母船充了能量……”驾驶员设置好自动巡航路线，点上一根烟，准备放松一下。

“是巴琅！”阿遥激动地拍打着潜水器的观察窗，窗外，那头小抹香鲸已经掉头回去了。

“巴琅？”唐灵也惊讶地站了起来，阿遥大喜过望，抱起她在狭小的潜水器中转了个圈。

“是的！我不会认错的，这个体型的六腮鲨只有巴琅。”阿遥把驾驶员挤到一旁，自己在操作盘上一顿胡按，“我要出去。”

“不行！没有浮潜装备你撑不了太久的……”唐灵劝阻的话还没有说完，阿遥已经投身入水，以半人半鱼的形态冲向被赤魷围攻的六腮鲨。

凌晨 3 点了，海公子卧室门外的走廊上响起踢踢踏踏的拖鞋声。

保姆急匆匆冲入他的卧室，“咻”的一声，卧室里所有的感应灯都亮了。海公子摘下眼罩和睡帽，刚想要发脾气，保姆已把手机递到他手里说：“不好了，出事了！”

海公子恼怒地瞪了她一眼，斥责道：“优雅，要优雅。你要从现在就开始习惯照顾世界巨星……凌晨 3 点，能有多急的事？”

他不慌不忙地选择用全息投影的模式接听，一打开画面就看到一片波光粼粼的海。

潜水器的驾驶员显然受了很大的惊吓，脸色苍白，躺在母船之上，正在接受供氧治疗。“我们逃回来了，有怪物，怪物……”

他告诉海公子，在海下 1200 米，他们先是遭受到赤魷的进攻，接着又出现了巨型海怪。

“海怪？”海公子来了兴趣，他曾在父亲的研究中无数次看到对海怪的描述，“什么样的？”

“像……鱼，但是有翅膀。很大，很大。”驾驶员词穷了，因为他是以最快的行驶速度逃回的母船，目前出现了一些轻微的减压症，头眼昏花。

“有多大？”海公子继续追问。

“看不清全貌，无法看全貌，眼睛能看见的地方，全是它的身体。像梅朵夫人前些年在南海开发房地产时买的那片岛那么大吧。”驾驶员惊魂未定。

“他们两个人呢?”

驾驶员好一阵大喘气，然后才吞吞吐吐地说，阿遥以人鱼的形态留在海底了。

“我知道他是人鱼，那个女孩子呢?她可是人类啊！你把她留在海底了?”海公子有些着急，抓起自己的丝绸睡帽扔到一旁。

“她，她说阿遥这个样子在深海会死的。”驾驶员不敢看气恼的海公子，“然后就骂了几句人，自己也跳下去了……”

海公子关闭了投影系统，冷冷地对保姆说：“帮我安排一下，生产线上的、实验室里的、已经预定出的，所有的深海潜水型机器人，统统召回。三个小时后集合，统一下海救援。不服从命令的，按报废处理。同时通知法务配合，一切后果由我承担。”

保姆又惊又喜，她发现眼前这个自己一路看着长大的富贵公子有了点儿他母亲梅朵的样子，杀伐决断，毫不留情。

“调度10名以上的机器人，需要梅朵女士的指纹授权。”她小心翼翼地说。

“试试我的。”海公子站起来，快速朝外走去。

站在公司那间四面环海的办公室里，海公子按下了指纹。

办公室里瞬间响起“授权成功”的播报声，然而海公子心里一沉。最高授权指纹只可以录用一枚，他的指纹通过了，就代表母亲已经删除了自己的指纹，彻底离开了公司。

从此刻开始，所有的财富和责任都是他海公子一个人的了。这意味着他拥有了这个世界上最先进的人工智能研发集团，也意味着他彻底失去了和母亲的连接。

窗外，千名机器人集结完毕，奔向海洋。

这片海底的凹陷之地，像属于大海的标本博物馆。

这里的盐度是海水的6倍，生物无法在这里生存，也无法在这里“消亡”——它们只能永久地停留在这里，和这块凹陷的盐卤池一起，成为大海无可愈合的疮疤。

里面悬浮着无数海洋动物的尸体，也许是被螺旋桨打伤的鲸，也许是一场恶战之后败下的赤鱿，或者只是走错了路、永远迷失在这里的盲鳗。从误入这片浑浊区域的那一刻起，它们周围的时间就被定格了。

能在这周边生活的只有贻贝和一种寿命极长、但却终生看不到、听不到，也无法移动的管状虫，对于它们来说，生命的意义只剩下了繁衍和见证海底轮回交替的死亡与新生。在亿万年的煎熬与等待中，这一代的贻贝与管状虫终于拥有了离开盐卤池的机会——那只庞然大物在海底横冲直撞，压垮了热带雨林般的礁石丛，也在盐卤池里掀起轩然大波，无数死去的动物和埋藏于此的沉船残骸都被冲出水底，沿着它搅起的旋涡一路冲向上空。

唐灵借助于外骨骼，死死地钩住这只大鱼。这只大鱼身长超百米，疯狂地追逐着一只落荒而逃的六鳃鲨。它在海中忽而上升，忽而向更黑暗的区域钻去，起伏落差达到三四十米，唐灵的感受无异于在乘坐一架跳楼机。

海水剧烈的冲刷之下，她身上的深潜装备有滑落的风险。唐灵只能紧贴在这只大鱼的身体上，像一只试图吸附住抹香鲸的水蛭。

“阿遥，停下吧！巴琅会想起你的，你要给他时间！”唐灵挣扎着说，她不知道失去理智的阿遥是不是还能听到她的声音。

赤鱿的进攻并没有激怒阿遥，在绝对的体型悬殊面前，赤鱿引以为傲的粗壮触手不过是痒痒挠一样的存在；那些趁机涌来分食鲸鱼的虎鲨也没有激怒阿遥，驱逐它们只需要轻轻摆动鳍部，掀起的旋涡足够把它们送去百米开外。然而，当他看到那条六鳃鲨像一只猥琐的老鼠一样偷食鲸鱼残骸时，他信仰已久的世界似乎在这一刻崩塌了。

唐灵也曾做过最后的尝试，她试着去和那条躲在鲸鱼残骸后的六鳃鲨交流：“巴琅，你还记得我吗？我们都还活着，你一直想要寻找的爷爷也还活着……”

这头六鳃鲨全无反应，只是狼吞虎咽地撕扯着鲸脂。它唯恐那只庞大的巨鱼会来争抢食物，满嘴都塞满了鲸鱼皮肉，甚至来不及下咽。

唐灵翻上鲸鱼残骸，继续呼唤巴琅的名字，可是这头六鳃鲨望着她，眼里只有惊恐和阴冷。

“阿遥，你确定他是巴琅吗？”唐灵还抱有一线希望，“这头鲨鱼简直是皮包骨，和巴琅可差太多啦。”

阿遥持续地发出类似于鲸鱼呜咽的声音，他在尝试用鱼类的语言和巴琅对话。也许唐灵认不出，但是他确信自己不会认错，所有海底族的继承者身上，都有那种航海地图一般的灰白色痕迹。

眼前这只落魄的鲨鱼和威风凛凛的巴琅就像是两个物种，它削瘦羸弱，显然已经很久没有见到像样的食物了；它的身上也挂满了疮疤一样的藤壶和褐色的藻丝，看来它没有什么时间来清理身体。更让阿遥绝望的是，“不吃海底动物，因为我们一脉相承”是巴琅谆谆告诫给他的原则，而此刻，巴琅却像豺狼一样贪婪又无情地吞抢鲸鱼残骸。

巴琅不但对他们的营救和呼唤毫无反应，还在唐灵回头说话的瞬间，从藏身的阴影处“嗖”地扑来，企图从后背的位置袭击唐灵。唐灵一惊，强力的外骨骼系统给了巴琅重重的反击，它阴冷的眼睛转着圈，再次撕扯下一块鲸鱼皮肉，逃向海洋黑暗之处。

追逐中，阿遥已经意识不到自己毁掉了多少海底珊瑚，改写了多少族类的生活轨迹。这具庞大的身体是他保护友人的武器，也是阻挡他寻找亲人的障碍。

在一处石灰岩山脉之前，阿遥停了下来。

这里已经是微光区，偶有浮游生物和色彩各异的小鱼游过，海水从浓浊的深蓝变成了清透的澄蓝色。

那头六鳃鲨好像并不太熟悉这里的路线，它慌不择路地钻入一处洞穴，从那里挤了进去。

“阿遥，别追了。巴琅既然逃跑，那肯定有它逃跑的原因……”唐灵几乎是死里逃生，从深海急速上升至海下二三百米的微光区，她已经出现了轻微的减压症。海底连绵的山脉在她眼中出现了幻影，重重叠叠仿佛童年时见过的几场山火。海底山脉上时而喷薄的幽蓝色海火，散发着冬夜月光一样的冰冷色泽，要不是深潜设备一直在耳边发出低氧量预警，她真的分不清此刻是在海底还是重回了山林。

而海底微光区是阿遥从小长大的地方，幼年时期，他和巴琅无数次在这里追逐、嬉戏。那时他还不知道怎样自如地在人类和鱼类形态之间转换，巴琅载着幼小的他，教他识别海底生物、分辨不同滋味的海藻、耐心地引导他与海豚和白鲸做朋友。

让他不解的是，微光区一直是海里鱼类最丰富的区域，而此时这里鱼类稀疏，偶有游过的几条小鱼，身上总有奇异之处。要么是鳍类发生了絮状化的改变，要么是尾部离奇地分成了两半。

童年时的欢乐历历在目，徘徊片刻的阿遥已没有耐心等到那头六鳃鲨游出。他把唐灵送向浅水区，那里已经有船只和救援机器人在等待。然后他重新回到那处灰色的山脉之前，屏息静气，用力撞了过去……

唐灵回到船上没有几分钟，天上乌云密布，海水中隐有轰鸣塌陷的声音。很远的地方，一条水柱盘旋上升，直冲云间。

“是海底地震发生了！”经验丰富的船员立刻做出判断，果不其然，附近所有的船只上都响起了预警播报：“海上出现极端天气情况，请所有船只立刻返航！立刻返航！”

城市里，空铁紧急停运，乘客们被就近疏散到建筑物中躲避风雨；高层建筑物窗外立起了防风平衡罩，像透明的蘑菇伞一样罩住高楼，以保风雨来袭之际楼宇的稳定。人们很多年没有收到6点下班强制回家的通知了，依旧聚集在办公室不肯离去。

阴云渐浓，天色迅速暗下来，很远的地方天和海已经混淆了颜色，都是浓黑如墨。泰多金律所中，律师们放下了手里正在处理的案卷，惊恐地望向滑过空中的青紫色闪电。裴子航正在一间狭小的会议室中接听林律师从日本打来的紧急电话，窗外雨声渐响，而他面色凝重，全神贯注地听着电话里急促的声音，甚至没有注意到极端天气的来袭……

海公子派出的救援型机器人正好参与了这场营救。被困海中央的游船、渔船喜出望外，他们在风雨飘摇之中安心地等候着海氏集团的救援。

巴璞两只尖尖的小手互相缠绕着，在船坞中左右转圈：“巴琅王子？极度饥饿？”

唐灵已经从减压症中恢复了过来，她虚弱地点着头，又摇摇头：“你们有没有可能是搞错了？海底下有那么多鱼，谁能认得出哪条是哪条？”

“我也一直纳闷儿，陆地上人类那么多，都是两个眼睛一张嘴，你又是怎么分辨出谁是谁的呢？”巴璞灵机一动，越说越心潮澎湃，“我就知道巴琅王子还活着！对了，一定是这样！”

鹿记者回头示意他安静一些，她在抓拍极端天气下波诡云谲的海洋。

而巴璞激动得嗓门儿都出现了破音：“我知道了！我知道了！一定是这样的！你还记得吗？当时我们离开结界时，巴琅王子说，如果阿遥在三斛的时间里还没有回去，他就要出来找。”

唐灵回忆起那一幕，她对“三斛”这个时间没什么概念，迷茫地看着巴璞。

“别吵了，一直聚不到焦很烦的……”鹿记者停住了。并不是她的相机无法聚焦，而是一只几乎占据整个海面的巨兽从海水浮起。

它的背上，有翻滚挣扎的鲨鱼，有放着青紫色电光的长鳗鱼，还有一只腰肢丰润的儒艮。

那只儒艮伸长手臂，像人类一样，正在缓缓举起什么东西。

船坞上方，站着海公子。他收回了望远镜，震惊得一屁股坐到了地上。

“婴儿……是人类婴儿！”

第七章

复苏

FU　SU

“这完全就是一只大闸蟹啊!”海公子看着阿遥带回来的族人，充满了怀疑。

巴璞轻轻咳嗽了几声，小声提醒他大闸蟹不生活在海里。

“拿笔来。”海公子轻蔑地看了巴璞一眼，让保姆送来了笔和标签贴。他在标签贴上倔强地写下了“大闸·蟹”三个字，“啪唧”贴在新购置的大型海缸上。然后宣布这只蟹人从此就叫“大闸”了。

“可以，可以。毕竟从法律上说，他们现在都是你海捕到的宠物。你可以用任何名字来称呼他们。”巴璞低下了骄傲的头颅。

寄居在这里的还有巴琅、巴珊、鳗老板以及另外一名虾人。他们都出现了严重的退化，对人类的语言没有反应，从外形看不过是一群大一些的海洋生物。唯有那名和他们一起生活在海底的婴儿，同时具有人类和鱼类的双重形态。放入海缸时，双腿会自然地合并在一起，化为鱼尾；抱在怀中时，则会像人类婴儿一样手舞足蹈，哇哇大哭。

“我猜这孩子是巴琅和巴珊的后代——因为巴琅和巴珊相爱了。”阿遥裹着珊瑚绒毯子坐在桌前，他的眼睛亮亮的，好像在说一件非常骄傲的事情。

那天在深海中撞开石灰岩山脉后，他发现这是一处熟悉又陌生的禁忌之地。幼年时期，他曾在巴琅的带领下，偷偷游进过海底结界的禁地，见识过这片留下陆地痕迹的城市废墟。而这座山脉，正位于废墟深处，像一座城池的堡垒，捍卫了这里最后的文明。

它的上方，是那轮忽明忽暗的人造太阳。守护着它的蝰鱼依旧环绕四周，按照自己的节奏周而复始。像真正的星体一样恒定而无情，既不为这里发生的爆炸与毁灭而悲恸，也不因这里拥有了新生而激动。

“也许正是因为‘太阳’的指引，巴琅、巴珊和其他朋友们才能找到这处庇护所!”阿遥兴奋地说。他一直跟着那头六鳃鲨，而六鳃鲨却冲向了生锈的摩天轮。摩天轮的每一间小房子里，都居住着一位落难的海底移民。其中，变成了儒艮的巴珊坐在那里，木然地抱着一名小小的婴儿。六鳃鲨把含在嘴里的鲸鱼肉送去那里，然后毫不犹豫地转过身来，挡在儒艮和婴儿的面前，企图对抗体型在自己几十倍之上的巨鱼。

“他们每一个人都很好，很健康，没有受到重伤。只是，他们谁也不记得我了……”阿遥的声音低沉下来，巴璞默默地在桌上放了一杯加过蜂蜜的热红茶，一直啼哭的婴儿也变得安静了一些。阿遥抱起他，贴着他的脸，回忆着至亲之间的温度。

外面的雨很大，而海公子的客厅很安静。

偌大的玻璃窗被雨水冲刷得很干净，从海上刮来的大风压弯了庄园外的椰树林，一些熟过了头的椰子落下来，在雨水中骨碌骨碌滚落山坡。

椰树林里的记者们还在坚持，他们都认为海公子的庄园里藏有某种远古生物。阿遥的出现引起了轰动，那张巨鱼浮出水面的照片被不少人抓拍到了。事情已经过了三五天，依旧有不少网红和神秘学爱好者在附近直播、打卡。

而阿遥和这名婴儿的生活并没有受到打扰——在泰多金律所的协助下，海公子买下了大多数照片，声称那是海氏集团最新研发的深海救援艇，还在测试阶段，不方便公布太多消息。

唯一让他们感到头痛的是，这名婴儿似乎无法像人类那样进食。他拒绝一切液体奶，饿得号啕大哭也不肯咽下一口。唐灵和鹿记者已经试过了十几种奶粉，连宠物奶粉都没有放过；巴璞则认为应该去打捞一些“新鲜、柔软、多汁、鲜美”的海藻来试试。海公子被哭声搅得头昏脑胀，甚至打算给婴儿来几口波多黎各庄园的葡萄酒，很快就遭到了众人捶打。

儒艮巴珊没有什么母性，看到婴儿在海缸外啼哭，既不打算哺育他，也不因这小可怜的哭声而焦躁。她只是穿梭在海缸中，自顾自地采食新鲜海草，很满意自己当下的处境。

“我知道了！”阿遥捂着脸颊号了一声，这个软而小的婴儿被他的脸颊蹭得不耐烦，张开小小的嘴巴就是一口，“这小家伙是吃鲸鱼肉的！”

海公子脸色一绿，让保姆拿出了刚从市场上拍卖得来的三文鱼和金枪鱼。

阿遥和巴璞惨叫着跑开，对于他俩来说，看到别人吃鱼，就像人类看到食人族聚餐。尤其是巴璞，夸张地捂着耳朵，仿佛听吞嚼鱼肉的声音也是一种折磨，他断断续续地对阿遥说："人类的文明、海底族的文明，都是来自于代代相传的教化。巴琅王子和巴珊变成了动物，无法教给小王子去吃鲜美的海藻，果然，这孩子就变得野蛮了。"

在桌子的另一边，唐灵小心翼翼地把婴儿放入一只小型海缸中，他在里面翻转身体，变成了一只身长3米左右的鲨鱼幼崽，海缸里的空间立刻显得狭小。鹿记者轻轻拎起一块如果冻一般饱满幼嫩的三文鱼腩，投入水中。小鲨鱼愣了几秒，马上被这橙红色的、散发着鱼油香气的肉类吸引，一口吞了下去。

海公子捂住胸口转过身，抄起计算器"噼里啪啦"一通算，他把聘请浮潜教练的费用、动用救援型机器人的费用、租赁潜水器的费用以及购买新鲜三文鱼的费用，统统加了进去。屏幕上出现了一个天文数字，海公子感到心脏都漏跳了半拍。

他小声地问一旁的保姆："喂，前几天那么大的动静，我妈都没发现？"

保姆点点头，为难地说："梅朵女士离开前，曾说她彻底退出集团的管理工作了。说您之后做任何事都是自由的了……"

海公子还是无法接受，举着屏幕到保姆眼前，问："我这么个折腾法儿，她都没打个电话回来？"

保姆摇摇头，殷勤地问他："要不要吃烤凤梨曲奇？梅朵女士离家前，还给您烤了一批小饼干……"

这条 1.5 公斤重的三文鱼，被海缸里的小鲨鱼一顿就吃完了。

吃饱了的小鲨鱼快乐起来，在水中隔着玻璃向巴珊撒娇。阿遥再次抱出了他，离开水面的那一刻，他变回了一个眉开眼笑的白嫩婴儿。阿遥抱着他来到巴珊的海缸前，他对着海缸里的儒艮甜甜地笑起来。

巴璞忍不住感慨道："想不到还能重现这一幕，海底结界很多年没有这样的人类婴儿出生了……上次我们养育人类婴儿，还是你来的时候。巴夭族人把你从陆地送来海底的时候，你也像他一样幼小而野蛮，喜欢吃生鱼肉，和海底结界的所有人都不一样。"

"巴璞，我一直有个困惑。"抱着怀里软软的婴儿，阿遥也放下了戒备，"为什么我一直和你们、和巴琅、和巴珊都不一样？我到底是什么？"

"坦白地说，我不知道。"巴璞很少承认这个世界上有自己不懂的事情，"我一直认为你也是鲨鱼，个头儿大一些的那种。但是看到你从海里浮起来的样子，我觉得个头儿大得有点儿多……"

"爷爷带我看过一幅壁画，在那片城市废墟里。当时我的年龄还很小，现在回想起来，才知道自己是和那幅壁画里的鱼一样的。"隔着十几年的时光，隔着陆地和海洋，阿遥回忆起第一次见到深海壁画时的场景。

壁画刻在图书馆废墟，是最早来到海底结界的先贤所绘。线条奔放，画幅辽阔，几乎布满了石膏白的穹顶。那里画着一只从天而将的巨鱼，展开的翅膀覆盖了整片海洋。画里的人渺小如豆，簇拥在它的翅膀上，随它入海。

“天地碎裂为四极，人们纷纷逃向极高、极深、极寒、极炎之处……有巨鱼御风而至，忽而入海。”啃着小饼干的海公子，若无其事地接话道，“是鲲。”

见巴璞和阿遥都惊讶地望着自己，海公子弹了个响指说：“这就是家父多年的研究，我不过是背过几句而已。”

“我明白了！我明白了！”巴璞兴奋道，“你肯定也是海底族的后裔。如果我没猜错的话，令尊也是我们海底族的一员。”

巴璞分析得头头是道、口沫横飞，从海公子的姓名到海公子父亲的研究，再到梅朵女士的奇异行径，越说越觉得自己参破了某个惊人的秘密。

“不可能。”海公子向嘴里塞着饼干。

“为什么？”巴璞说，“你要相信科学……”

“因为我爸其实是淹死的。”海公子被饼干呛到了，猛喝几口可乐，继续补充，“还是钓鱼淹死的……”

“那，那令堂很有可能是人鱼。人鱼和人类通婚生子的传闻自古就有，再加上像令堂这样聪颖又美丽的女士，在人类中并不多见。”巴璞还不放弃希望，殷殷追问。

唐灵和鹿记者大声咳嗽起来，以示不满。

“我妈一辈子没游过泳，她讨厌大海、讨厌河水、讨厌一切流动的液体。”海公子摊摊手，表示无能为力。

窗外的雨停了，筋疲力尽的巴璞也终于放弃了。

婴儿在阿遥怀中沉沉睡去，阿遥盯着他小小的脸，在上面寻找巴琅的影子。而海缸中的巴琅也安静了，灰蓝色的眼睛看着外面的一大一小，似乎在回忆自己当年也曾这样彻夜拥抱过一名来自异域的人类婴儿。

门铃响起来，保姆告诉海公子，有客人来访。

海公子得意地挑着眉毛，对唐灵说："嘿，我就说吧，我妈不可能真的走掉。她一天不监控我就难受……"

然而打开门，来访的人却是裴子航。

林律师赴日之后，由他负责海氏集团的业务。他把海公子请到室外，雨意似乎还没有完全消退，椰子树上一片湿漉漉的翠意。

唐灵躲在窗帘后偷看，却看到海公子正大发雷霆。他撕碎了裴子航送来的文件，还发疯似的扑向椰子树，又捶又打，最后坐在泥泞的草地上，扯着自己的头发。

大家匆忙赶了出去，而海公子大声发着脾气，不允许任何人靠近自己。

"他的母亲不在了。"裴子航站在人群最外侧，淡淡地说。

"梅朵女士去世了？"唐灵问道。

"生命的形式……停止了。"裴子航说了一句唐灵不太理解的话，他们对视着，是这段时间以来第一次认真地看向彼此。

骤雨乍晴，天空清澈得可爱。海面像一块澄蓝色的宝石，倒映着蓬松的白云和修长的海鸥。

天与海之间，静静地漂着一艘小型游艇。

“梅朵夫人在海上很久了，她算好了日期，特意等船抵达公海才……”裴子航停下来，他本来想说“自杀”，但是不确定用这个词来形容梅朵的状态是否准确。

海公子脸色铁青，从知道梅朵去世的消息起，他就开始变得异常愤怒。不是摔打东西，就是对着佣人大喊大叫。如果没有唐灵和巴璞的阻拦，他就要闯到实验室去烧掉所有的数据。离这艘浅蓝色的游艇越近，他就越焦躁，无意识地在甲板上转圈。

“请海公子自己过去吧。因为船上有一些事情，一旦被公众知晓的话，也许对贵集团不利。”裴子航低声提醒。

“他们不是公众，他们是朋友。”海公子暴躁极了，呼吸像发烧一样粗重。

这艘游艇的内室被布置成了两室一厅的样子——米黄格子的布艺沙发后，立着一只高高的旧书架，上面摆满了各类古籍，还放了两只蔚蓝色的马克杯。

沙发上，端庄地坐着梅朵女士。她像在小憩一样，脸色温润，头发纹丝不乱，只是微微垂着头。

海公子诧异地盯着梅朵，再看看裴子航，他脸色通红，握紧着双拳，甚至怀疑这是母亲控制他的一个圈套。

“别发火——梅朵女士的生命状态，和我们不太一样。”裴子航早就料到了海公子的反应，他请了医生和海氏集团的AI工程师一同上船，让他们去对梅朵女士的“遗体”做一个检查。

“别碰她！”海公子抢先一步跑了过去，跪在沙发前紧紧拥抱住母亲。

唐灵看不到他的脸，但是从他剧烈颤抖的肩膀来判断，他一定是发现了某件值得大哭一场的事情。

“梅朵女士是——AI 仿生人。”裴子航点点头，像是读懂了唐灵内心的猜测。

“越聪明的机器人，越会变得叛逆，这件事就连人工智能行业的元勋级人物也无法解决呢。”明明是十分悲伤的时刻，游艇里却响起一个诙谐的声音。

“是啊。先生，我们遵照您和梅朵女士的遗愿，把海公子带来了。”裴子航毕恭毕敬地说。

那个声音是从书房的方向传来的，很有礼貌地对裴子航表达了谢意。

海公子惊愕地抬起头，冲进了书房。

书房的正中央，就摆放着海公子一直在寻找的那台电脑。看得出这台电脑已经很老了，显示器又笨又重，宽宽的边缘已经褪色，露出塑料质感的淡黄色。屏幕上，接连出现一行字——“好久没见，孩子”。

那个声音随着字的出现而响起，唐灵这才注意到，电脑屏幕前放着一只小小的发声器。所有的声音都由这台电脑控制。

“爸爸，你在哪儿？”海公子咆哮着，像是一个和父母玩捉迷藏而失去了耐心的孩子。

“好像是在这台电脑里。”唐灵对着电脑问：“这是梅朵女士设定好的程序吗？”

那个声音爽朗地笑起来，屏幕上出现了监控画面。画面显示，在船舱下方，有一个整洁的、小小的生物实验室。实验室的培养皿里，放着一颗大脑。那颗大脑上，连接了无数像围棋子那般大小的电极贴片。

“确切地说，我在这儿。”那个声音像在说一个蹩脚的笑话，“你妈妈知道，我这一辈子最想弄清的就是海底发生的那些事。在医院里，医生判断我已经失去了生命体征。而你妈妈不甘心，她保留了我的大脑，并把它养在无菌的培养皿中。最初，她用脑机接口连接了我的大脑和这台计算机，我可以继续通过网络进行我的研究了。那时我们只能通过屏幕打字来交流。后来，科技越来越发达，这些吸盘一样的小东西可以捕捉到更精准的脑电信号了。现在正如你所看到的那样，我可以‘说话’，可以‘倾听’，如果我愿意的话，我甚至可以陪你妈妈去逛街。”

见大家都没有笑，那个声音旁若无人地把自己的冷笑话说完：“当然，我是肯定不愿意陪她逛街的。要知道，陪女人逛街是件麻烦事，尤其是女性机器人，她脑海中的大数据系统可太要命了……”

“爸爸！”海公子打断了他的絮语，焦躁不安地问他，“所以你一直活着，对吗？”

那个声音克制不住似的，发出一声呜咽，电脑屏幕上出现了一个哭泣的表情符号。

“确切地说，我的思想活着。嘿，儿子，乐观一些。我的思想活着，我还活在这个培养皿里呢。只是我不能抱你，也不能给你小子一拳了。你小子怎么搞的？短短十几年，怎么吃胖了这么多？”

在海公子的许可下，AI 工程师“解剖”了梅朵。

梅朵的“死因”是芯片老化。

海公子的父亲早已知晓了这件事，他通过摄像头，静静地看着像小兽一样寻找发脾气机会的海公子。

“梅朵，一直都是很倔强的。包括和我结婚、和我一起收养你……她想向制造她的那两位老人家证实，机器人也可以和人类一样生活在这个社会。说出来也许你会觉得自豪，你母亲梅朵的存在直接推动了机器人、动物变种人被认可为‘人类’的进程。”那个声音不无遗憾地说，“只是，极度的聪明一定会带来极度的自负。芯片老化的事，梅朵在十几年前就知道了。按照设计师的计划，每隔五年梅朵应该回到位于西南边陲的秘密实验室，进行芯片升级。但是梅朵不肯，尤其是不肯替换负责‘情感’的芯片。”

“是怕疼吗？”巴璞推推鼻梁上并不存在的眼镜。

阿遥回答了他的问题：“是怕忘记重要的人吧。”

那个声音很久都没有出现。阿遥跑到书房去看，屏幕上显示了这样一行字：“想到这点就变得十分痛苦，想流泪，但不想发出悲伤的声音。关闭发声系统。”

他回到客厅，AI工程师正在对面如死灰的海公子展示那枚老化严重的芯片。海公子的父亲大概是调整好了情绪，继续用那个风趣的、儒雅的声音说：“说起来，人类可真是自私的东西。为了防止机器人背叛，就把负责情感运行的部件放置在了机器人的仿生心脏上。当机器人离开、伤害人类时，疼痛感就会随着心脏的跳动，被泵到身体的每一个角落。”

“所以，机器人和自己所爱之人的每一次分离，都会带来生离死别的痛楚。”那个声音淡淡的，“她决定离开你的那一刻，承受的痛苦不亚于人类癌症晚期的痛。”

海公子一拳砸到了沙发后的旧书架上，那些父亲收集的古籍重重地砸落下来，敲得地板咚咚响。巴璞跑过去挡住梅朵女士的身体，而海公子被那古籍的硬角砸破了鼻梁。血迹混着泪水滴在巴璞的脑袋上，巴璞茫然地擦擦头，问道：“芯片老化了，重新换一个，梅朵女士不就醒过来了吗?”

“会的，重新换一个，梅朵女士会醒过来。但是我的妻子梅朵、他的妈妈梅朵，不会再醒过来了。”海公子的父亲始终维持着情绪的克制，他甚至告诉巴璞，如果喜欢那些古籍，可以任意拿走。

海公子好像在喃喃地说着什么，唐灵凑得很近才能听清，他在说：“我再也吃不到凤梨曲奇了。”

“我们可以帮你烤呀！最好的凤梨，梅朵女士的原版配方，一定能找得到的。”唐灵像安慰一个大儿童一样安慰着他。

而海公子只是执拗地摇着头，痛苦地重复那句话：“我再也吃不到凤梨曲奇了。”

“凤梨曲奇有那么好吃吗？我尝过，味道尚可。”巴璞始终进入不了状态。

“我是说，我再也吃不到那些小饼干了，想到这点，你知道我有多难受吗？我好像、我好像也快要死掉了！”海公子终于大哭了出来，鼻涕和眼泪横流，他蹲在那堆散发着旧时光味道的古籍前，抱头哀号。

尊重梅朵女士的遗愿，她的遗体不再更换芯片，而是像人类一样，有尊严地进行了海葬。

完成这一切之后，海公子的父亲也提出了一个要求，他希望可以断开脑机接口的连接，并停止那些维持大脑活动性的营养液和电流刺激。

“看到了他们，我知道，我的研究不是痴人说梦。”他像是长长地舒了一口气，从一个沉醉的大梦里醒过来那样惬意，“海底是有文明存在的。那个文明甚至先于我们的文明诞生。”

他告诉海公子，按照梅朵女士的遗愿，她将和他一直漂流在公海上。“像一场迟来的、却可以用一生一世来完成的蜜月航行。”

“可是，当我看到‘鲲’出现的时候，我想我可以真正休息了。”海公子的父亲声音轻松，似乎在哼着小调，电脑屏幕上果然出现了满屏的曲谱。他继续说着，“我给你母亲聘请的律师打去了电话。幸好，你母亲从来不和死脑筋的人打交道。那名律师没有把我当神经病，很快就派人来看我们了……”

海公子拒绝了这个提议，他反问父亲：“刚刚失去母亲，再让我现在选择失去您，不觉得对我太残忍吗?”

他的父亲笑起来，爽朗地提醒他：“十几年前你就已经失去我了。葬礼上你被拍到的照片可真是逊哪……”

海公子被他逗乐了，顽皮地遮挡住摄像头，像捂住父亲眼睛的孩子。

他的父亲缓缓地说：“孩子，我累了。我活在这个培养皿里已经十几年了。你母亲总是怕我难过，时刻照顾我的情绪，为了让她放心，我只能逼着自己忘记我是活在一个罐子里的事实……现在，她走了。我也想走了……”

海公子死死地咬住嘴巴，回头望望陪伴自己的阿遥、唐灵、巴璞。

巴璞左右看看，弹了个响指说：“我明白了！你是怕你的爸爸妈妈都离开了，从此没有零花钱用了。你放心，我和阿遥卖冰激凌养你！我们生意很好的！”

那个声音变得沙哑，像是突然老了下去，但又很安心：“现在，我是彻底放心了。”

巴璞始终不明就里，而唐灵拍拍海公子的肩膀，沉重地说：“放他走吧……”

“傻小子，过来，十几年没抱过你了。来实验室，给我一个拥抱。”海公子的父亲说。

海公子奔跑进那间无菌实验室，来到培养皿前，刚想拥抱一下那只贴满了电极片的大脑，就被“啪嗒”电了一下。

他的父亲哈哈大笑起来：“恶作剧，欢迎上当！希望你以后想起我，不要觉得我是个讨厌的老家伙。”

海公子的眼里含着泪，笑着说：“那抱歉了，我会把您的讨厌继承下去，让每个人都知道……”

“对了，在关闭营养系统供给之前……”海公子的父亲留下了最后一句话，可惜还没有说完，大脑上的电极片就灭了。

海公子急得手足无措，疯狂地按着培养皿附近的按钮。

“来这里！”唐灵大喊一声。他们冲向了书房，书房的电脑上，还留着那行没来得及转换成声音的文字：“脑机接口系统可以给你们那几位退化的鱼类朋友试试，在远方的那位律师说，你们遇到了麻烦，脑机接口也许能有一点儿帮助。”

远在某国的林律师发现，自己好像被“软禁”了。

无论走到哪里，禄岛核电的几名工作人员都是笑嘻嘻地跟着他。就算是回酒店休息，门口也会轮流有人值守。

更让他愤慨的是，就在他提出回国的那一天，他的护照失窃了。

酒店的防盗窗被人弄出了一道裂缝，有人从那里探进手来，精准地拿走了他放在抽屉中的护照。

酒店方的安保人员解释说，附近有不少暴走族少年，大概是他们用弹弓之类的工具搞的“恶作剧”。

“恶作剧？”林律师愤愤地指着窗户上的裂痕，那裂痕附近有明显的环形纹，仔细看的话，还能看到弯曲严重的贯穿放射纹——这是手枪子弹留下的痕迹。

林律师没有把自己的推测说出来，自从他通知了裴子航有关梅朵遗体和脑机接口的事情之后，禄岛核电当天就派了两名身强体壮的“助理”来陪伴他工作。他轻咳一声，整理了一下自己并不富裕的头发，微笑着说：“难怪，难怪，问题少年嘛，哪里都有。”

两名穿着黑西装的助理也跟着点头哈腰，林律师提出了一个要求：“一旦要补办护照，回国的日期又遥不可及了。我答应过太太，每天都会发一些照片给她，以解……思念之情，可否请两位朋友代我拍摄呢？”

一名胖助理接着就笑出了声，他用母语和旁边的同事打趣说：“听说林太太是令人震惊的美人，先生出差，这位太太不见得会有多少‘思念之情’吧。”

林律师对他们的语言略知一二，从他们脸上意味深长的笑容已经能看出这两个家伙没说什么好话。但他面不改色，埋首于小山一般的材料之间，摆出中年大叔常见的油腻笑容，愣是让两位助理前前后后拍了十几张“工作照”。

然后，在两位助理的观摩下，他坦然地把这些照片悉数传给妻子。

和照片一起传回去的，还有藏在那些材料中的“沟壑”。

这些痕迹均在文字下方，由条纹和圆圈组成，是用铅笔所写，看起来像是某人曾在审读材料时下意识做的标记。

助理们很快就厌倦了林律师在手机镜头前搔首弄姿的样子，把手机丢给林律师，请他自拍，而他们则去门口谈天、抽烟。

林律师微笑着，继续埋头在这批曾经存放于某岛律师事务所的纸质材料之中。

载着梅朵和海公子父亲的那艘游艇，依照他们的遗愿，漂流在蔚蓝的远洋。

随着海公子归来的，只有父亲曾经使用过的脑机接口系统。

“这个……人类使用的脑机接口，安装到鲨鱼大脑上，从技术层面来说倒是不难。只是，只是……”海公子请来的专家一个个面露难色，认为这件事不可行。

“只是什么？只要技术方面不难，那就没问题呀！是不是怕钱不够？没关系的，他有的是钱。他的钱不够的话，我们卖冰激凌也能凑出来。”巴璞叉着腰，信誓旦旦地鼓励这几位专家。

“主要是怕被咬。”专家指指海缸里那条体型庞大的六腮鲨，支支吾吾地说，“这种深海鲨习性凶猛，国内也没有麻醉鲨鱼的先例，安装脑机接口的过程可能会令鲨鱼不那么愉快……”

“我来。”阿遥接过专家带来的机械臂摆弄着，“反正你们进入水中后，也是要靠这个东西来安装接口的吧？”

“没关系，我可以搞到防鲨服的，防护指数最高、体感最轻的防鲨服。给我两天时间，从境外定制过来不难。”海公子摩拳擦掌，已经开始让秘书联络海外的采购公司。

“阿遥，巴琅已经不记得你了……”唐灵也忍不住提醒满眼星光的阿遥。她不喜欢给人泼冷水，但作为那件事的目击者，她非常清楚地知道，在巴璞眼中，人类形态的阿遥不过是一种口味新奇的食物罢了。

“可是我记得他呀。”阿遥不加思索，用手掌紧贴海缸外壁，感受着海水的温度。那里面铺满了干净透明的细沙，投放了沉木、大型圆贝和各式各样的珊瑚，幽蓝色的冷光灯照在里面，模仿深海的静谧和安宁，像一个很沉的梦境。

六腮鲨躲在人造礁石之后，从鲜红的珊瑚缝隙里冷冷地看着外面，阿遥热切地迎着他的目光：“巴琅的孩子还没有名字呢。连上脑机接口之后，就可以一起给小宝宝取个名字了。这件事一定需要巴琅的参与，不对吗?”

巴璞也有些犹豫，这几天只要他站到海缸前，六腮鲨就会在缸里追着他咬，一副垂涎海星很久的样子。“不如从性格温顺一些的开始，比如巴珊?”他提议。

阿遥爽朗地笑起来，被阳光烤成巧克力色的皮肤上水渍闪耀，他已经准备进入海缸。“他是巴琅，是我的哥哥，不是什么凶残的鱼类动物。”

海缸里的巴琅已经习惯了吃活物，变成鲨鱼之后，他凭着本能度过了一段弱肉强食的时光。最初，那些扭动的触手、惊慌的小鱼、在唇齿间还试图挣扎的蟹类让他感到恶心和不适。可随着退化程度的加深，他越来越喜欢海底蔓延的血腥气，那味道太鲜甜了。他要活下去，要守卫和自己一同藏进废墟的伙伴以及那个莫名其妙的小东西，他必须像只真正的动物那样冷血和无情。

当那个身材高大的人鱼男孩儿游进来时，他还是吃了一惊。之前那些人类投喂给他的都是处理过的鱼肉，很少把活物直接投进来。他在珊瑚后缓缓地摇动尾巴，水里泛起猩红色的涟漪。旁边的海缸里住着巴珊，儒艮粗壮的腰肢取代了她曾有过的玲珑身材，她怔怔地坐在一块灰白色的岩石上，手在肩膀的位置下意识地梳理。那里空荡荡一片，她只是隐约记得那里曾经落下过橙红色的披肩长发。

巴琅以为这将会是一次角斗。他看出来了，那个男孩儿对他毫不畏惧，甚至在招摇着双臂呼唤他过去。

在海底出生入死的鲨鱼不会那么快就落入圈套，巴琅快速地在假礁石后游动，装作对食物毫不在意的样子。等游至角落，被娉娉婷婷的海草丛挡住时，他再突然回旋，飞速冲向站在那里的人鱼男孩儿。

外面惊呼一片，巴琅也吃了一惊。

那个男孩儿不但没有躲开，还流着泪抱住了巴琅垂下冷涎的嘴巴。他亲昵地拍拍那血盆大口中的森森白齿，然后自在地游动到巴琅眉眼之间，在六腮鲨额间灰白色印迹的部位亲吻了一下。

自从接巴琅回来后，他早就想那么做了。

巴琅错愕地看着这只“猎物”，他估量着自己可以一口吞下这个屡屡做出挑衅动作的家伙，可是，当人鱼游到他额间时，他看到了那条洁白的鲸骨项链。

这条项链是海底王族的信物，代代相传，见证过他被爷爷承认为继承人的光辉时刻，也见证过他对巴珊表白爱意的隐秘瞬间，还见证了他至亲的弟弟游出结界后发生的一切。

大脑中，出现一阵酥酥麻麻的痛感。

巴琅感到自己好像搞不清状况了，他一时想不起这是哪里，也想不起自己究竟是谁，可他记起了眼前那个笑中带泪的人是谁。

“阿遥，欢迎回家。”

海缸外，屏幕旁的发声器中，传来了这样一句话。

太阳落下的时候，也是黑暗在大地蔓延的时候。

禄岛核电紧急事态管理部的灯已经连续三周没有熄灭过了——自从得知第一只六腮鲨复苏后，部里所有的员工就开始了不间断地轮流值守。

他们做好了各种预案，请来了核污染和海洋保护方面的专家，从不同角度来论证核废水的“无害”。同时，还委派了一些精通中文的员工去和林律师“谈心”，希望林律师能阻拦那些年轻人的行动。

林律师两只胳膊架在脑袋后，懒洋洋地躺在酒店泳池的躺椅上，享受着徐徐的晚风。“这我哪能阻拦得了？这不是让我断人财路吗？”

他抽着鼻子，像在回忆某种醇香的味道：“海氏集团的新继承人，不过是想进军酒水市场罢了。开发开发海底酿造的可能性。公子哥儿玩票的事。”

“我们担心的，是他的那些来自海底的……‘宠物’，会发表一些不利于我司的言论。”池田佑次长小心翼翼地说。这段时间，他的中文水平突飞猛进，唯恐漏掉一丁点儿从林律师那里窃听到的语音记录。

“既然是‘宠物’，那他们的言论哪里会伤害到贵司的名誉呢?”林律师从眼镜下方盯着池田佑，“更何况，贵司已请权威鉴定过了，权威都认可核废水是无害的，何须这样紧张呢？已经好久没休息过了吧，什么时候带我出去喝一杯？我请客!”

“说得也是，说得也是……”池田佑皮笑肉不笑地回应道，转头就用母语告诉手下:“这个人坏极了，是个油盐不进的家伙。”

走出很远，池田佑回头再看看，林律师在月光下哼起了小调，一副了无心事的模样。池田佑哼了一声:“幸好，最老的那只鲨鱼一直复苏不了。应该是没有机会复苏了。”

“次长,”跟在他身后的手下还年轻，乐观地说，“就算是复苏过来，我们也会赶在海底族起诉之前进行起诉的，毕竟他们误伤了一名人类律师，也是难辞其咎。”

池田佑眨了眨小眼睛，再回头看看自得其乐的林律师，然后悄声说:“这个家伙也有把柄在我们手里。继续盯紧那些海底人的动态，一旦他们有动静，我们也要开始行动了……”

被阿遥营救回来的几名幸存者都得到了不同程度的复苏，遗憾的是，他们可以恢复记忆，却无法恢复自由转变躯体形态的功能了。

海公子请来的几位医学专家对他们做了全方位的检查，认为他们的身体情况和那些受到重伤导致昏迷而后又苏醒过来的人类相似——“大脑对身体的控制能力还在恢复中，能恢复到什么程度还不好说。依照细胞受损的程度来看，能恢复记忆和语言、思维能力，已经可以说是医学的奇迹了……”

大家对目前的恢复程度都很满意，尤其是阿遥，巴琅所在的海缸已然成为他的私人泳池，他几乎每天都泡在里面和巴琅在假山前后嬉戏。

“我真该搞个人鱼展来收收费。”海公子托着下巴，望着海缸里欢快嬉闹的一人一鲨陷入了沉思。

鳗老板立刻以鳍代掌，在水里扑了个响亮的水花，以示支持。他对于唐灵“发家致富”的几个小建议一直没有忘怀。即便是退化成鳗鱼的那段时间，他也总是望着废墟里幽蓝的海火发呆，总有种想把什么东西给烤了的冲动。他卷起尾巴，急切地拍拍脑袋，示意该轮到他使用脑机接口系统了。

“我说，别光顾着玩，酿酒厂的事怎么样了？配方我记得的就那么多，总该能调配出几款吧?”鳗老板一激动就控制不住地放电，海缸附近的灯带就跟着闪烁。

“一切顺利。”巴璞告诉他，然后心照不宣地对海缸里的阿遥做了个手势。

阿遥立刻明白了他的暗示，抱着六腮鲨的脑袋蹭蹭，游出了水面。

这是他们的“复苏计划”，在这个计划实现之前，他们还不打算对这些刚刚清醒过来的族人透露太多。

“复苏计划”来自林律师通过妻子发来的邮件。

他的妻子叫安妮，唐灵曾经见过她，只记得她是一位身材高大、光彩夺目的美人。

安妮和他们只通过邮件交流，邮件里说，林律师已相当于被禄岛核电软禁，所有的联系都会遭到泄露。

“但是……这难不倒我。万能的我在赴日调查的过程中，意外得到了一批可以采用的证据。”唐灵替大家把林律师的邮件读了出来，林律师建议阿遥再次回到废墟，以“一种不令外人感到可疑的方式”来进行核污染监测。

“废墟那里常年渗入海水，难以循环，积累的核废水浓度确实是最高的。很长一段时间那里都是我们的禁区，谁也不敢进去。”巴璞说道。

“那里也有很多已经变异的小鱼和植物……”阿遥回想起最后一次进入废墟，尽管在海底长大，见识过深海里奇形怪状的鱼类，废墟中受核废水伤害而变得诡异的鱼类还是令他不寒而栗。

“不令人感到可疑的方式……”唐灵重复着邮件里加重的这几个字，“既然林律师的通讯工具都已被控制，那么我们的行动想必禄岛核电也会时刻关注的。”

他们把目光看向一旁摆弄着红酒柜的海公子。

“别看我，你们已经欠我很多钱了，我是绝对不会再花巨款出海了。”海公子警惕地提醒唐灵，她可是签过欠条的。

唐灵“嘿嘿”一笑，倚住红酒柜问他：“给你一个发财的机会要不要？——造深海酒。”

花了两周的时间，海公子的实验室为潜水机器人增加了酿酒功能。

那两位胖大叔原本不打算配合这个改造，甚至扬言要去“人工智能总工会”举报海公子。海公子把酬劳一加再加，并许诺只要采集了原材料，酿造好酒类之后，想喝多少喝多少，统统免费，两位胖大叔机器人才犹犹豫豫地答应下来。

入海之前，海公子再次紧张兮兮地询问唐灵：“你说的那种海底酒，真那么好喝？真能有市场？我可是下了血本！”

“当然，当然！不是说好了吗？名字就叫‘猫台’，一旦通过专家的食品环保认证，可以对公众销售后，离上市那就不远了。”唐灵循循善诱，并趁着专家跟随阿遥进入海底，小声提醒海公子，“调查为主，发财为辅。格局大一点儿……”

海面一片平静，几艘远洋捕鲸船给禄岛核电发回了信号，认为今夜海上不会有什么动静。

“好像海氏集团的人是出海了，不过也只是在海底采集了大量的藻类和海果，确实符合海氏集团要研发酒类的新闻。”池田佑向紧急事态管理部的部长汇报。

部长一言不发，面色铁青地循环播放捕鲸船录到的视频。

视频十分模糊，他把画面放到最大，语气严厉地问：“你看清楚，是多少个人潜入海水？”

池田佑不知道自己哪里出了错，忐忑地说："从画面上看，7个人。那只海星和那个叫唐灵的女人一直都在甲板上。"

"那你再看看，回来了多少个人？"

"……6个。"

幽蓝的海面之上，一派安宁。月光清凉，返航的渔船和游轮静静行驶，在平整的海面上留下山川一般的纹路。

顺着这些纹路向下，一直深入到海面下200米，日光和月光都难以照射的地方，有一个庞大的身影，正在一次一次对连绵起伏的深海山脉发起撞击。

渔船上，载满了活蹦乱跳的鱼类。有名守夜的海员被某种细微的颤簌惊醒，跑到甲板上，观测风向。

风向未变，太阳西落东升。

金灿灿的阳光蔓延，不远处，另一艘游轮上的环保学家已经对海底取样做出了判断；一名皮肤黝黑的少年缓缓攀爬上来，他的背上布满了刮擦伤痕，一名半鱼半人的医生正在帮他涂药。

海员讪讪地放下望远镜，告知购买消息的"甲方"："一切正常。不过是有人在海底游的时间久一些而已。"

他并不知道，这个少年刚刚打开了一座沉睡千年的废墟。

"在我们陆地文明诞生之前，海底早有文明存在。很长一段时间里，海底文明的发达程度都是超过陆地的。"

经过十几次论证之后，打着"环评"旗号进入海底的专家团队做出了这样的判断。

废墟里的石材采样显示，这里核污染的程度已经不适宜人类进入。大多数采集工作都由机器人完成。

“你们是怎样在这种环境里生存的?”专家团队对海底族的生活状态感兴趣极了，他们认为，这样的辐射强度，会使基因链断裂，人类的身体是无法几十年如一日承受这种生活的。

“我们……其实已经付出了很多代价。”阿遥作为最后一名保持人类特征的海底族，接受了媒体的采访。

他带着专家团和各国赶来的媒体参观了庄园里那些生活在海缸里的遗民。在脑机接口的帮助下，巴琅、巴珊和鳗老板用不同的声音和大家打着招呼。

也有媒体提出质疑，认为这只不过是海氏集团提前设定好的程序。

“可以见一下这位朋友。”阿遥推开客厅一侧茶室的小门，巴璞架着二郎腿坐在沙发上，正在和一位环境学专家大谈自己对于天体物理的看法。专家的表情尴尬但不失礼貌，一杯接一杯地喝着茶水，一直都没有找到可以打断巴璞的契机。

“这一天，终于还是来了。鄙人知道，智慧的光芒是掩盖不住的。”巴璞腼腆地笑了，摘掉自己的鸭舌帽，向闯进来的记者们摆手致意。

那位专家长舒一口气，趁机起身向门外走去。有同行问他：“这海星水平怎么样?”

专家慌张地瞅瞅巴璞，唯恐他追过来继续攀谈，走出茶室才嗫嚅道：“典型的‘民间科学家’!”

巴璞在镜头前高谈阔论的照片很快传遍了互联网。禄岛核电的社长办公桌上，放着一份电子报纸，巴璞和阿遥占据了头版头条的位置，他们身后是海缸里抱着婴儿的儒艮，配图是一张放大后的海底废墟。

池田佑缩着肩膀站在社长身后，满头冒汗，精心修剪过的小胡子都被汗水沾湿了。

“还有多久才能排放完?”

“啊?”因过于紧张，池田佑没有听清社长在说什么。在他写给社长的工作报告中，海底族已经“拿到赔偿，放弃追究后续责任”了。

秘书小心地提醒社长:“还有至少十年……”

“我在问池田先生。”社长的声音很冷，但是手掌却重重地拍在了电子报纸上，遮住了海底族幸存者的照片。

“从……2021 年起，排放冷却核反应堆用的废水，总共，总共 140 万吨。预计在 2046 年完成排放。”池田佑背着自己记下的数据，眼珠下意识地转动，在思考如何对社长解释那笔被自己偷偷花掉的“赔偿金”。

然而社长无意追究这些细节，他阴沉地看着指缝里露出来的几张面孔，儒艮和婴儿脸贴脸，亲密无间。

“算一下，如果我们从现在开始，对核废水进行固化处理，埋入地下，十年要花多少钱？再算一下，如果我们……让这些在媒体前胡说八道的家伙重新变回海洋生物，要花多少钱?”社长的声音轻松了一些。

尽管没能很好地明白社长的意思，池田佑也马上跟着笑了。这是他多年养成的条件反射。

“重新变回海洋生物?”秘书为难地追问，“您是说，让他们退化回和那只老鲨鱼一样的程度吗？那只老鲨鱼，是刚好被困在了核废水排放出口，在高浓度的核废水中生活了两个月以上，才彻底丧失了人类的意志……”

“这件事有难度吗?”社长的转椅轮子转动，面朝着池田佑。而心虚的池田佑压根儿不敢看他的脸，把腰弯成了九十度，大声地向社长许诺：“还有一个更容易的办法。我……很确信，那帮家伙不会被认证为‘人类’。既然不能被归为人类，那么几只动物的起诉也没有什么意义。”

社长一言不发，似乎并不相信他。

池田佑凑过去，依旧是弓着腰，只敢盯着社长黑色的鞋尖：“我可以保证，他们永远凑不齐 12 个能自由表达意识的同族。”

社长不屑地笑笑，把嘴凑在他耳边：“那如果他们凑到了，你就要想想怎么样把吞进去的‘赔偿金’吐出来了。”

海公子在海下建立的酿酒厂，也造出了第一批酒。

这些酒都是在海底无菌生产管道中制作的，隔离了被核废水污染的海水，保持了海底那种彻底无光、低温高湿的环境。原材料来自于用液态培养基养殖的海藻、海果、软珊瑚。

“这能喝吗?”海公子皱着眉头，看着杯中上灰下黄的液体，

“有种石灰水泡黄油的感觉。”

“能的，能的！”巴璞接过那只透明的酒杯，手臂像波浪一样摇晃，杯中的酒上下混合，呈现出落霞橙色，像一块柔软的羊脂玉。他把酒杯放到海公子的耳边，海公子似乎听到那一杯液体中有海风的声音、海浪的声音，还有缥缈歌声。

“珊瑚是有记忆的。像人类的留声机一样，可以记录下它这一生听到的声音。”阿遥也拿过酒杯在耳边晃着，煞有介事地分析，“这块珊瑚的祖先很幸运，一定是听到过巴珊唱的歌。”

“咳，”鹿记者拍拍陶醉的阿遥，告诉他说，“是那只儒艮在发声。”

海缸中，巴珊侧坐在小型礁石上，怀里抱着她和巴琅的孩子。她垂着头，全神贯注地望着这张属于人类的小脸蛋儿，轻轻地哼着一支歌谣。这支歌她曾经为落难的海员唱过，也为独自横行汪洋的渔船唱过，还为另一个从人类世界来到海底的婴儿唱过。

“巴珊恢复语言功能了！”巴璞兴奋得语无伦次，那杯新酿的海底酒被他一饮而尽。醇厚绵软的香气在口腔漫开，烂漫温柔的歌声也在这座庄园的各个角落流淌。

巴珊意识到大家在海缸周围欢呼，惊讶地抬起头来，眼前的面孔越来越清晰，在海底结界的生活回忆像被打乱的碎片拼图，在脑海中一片片归位。

“给我一杯。”她放下好不容易睡着的婴儿，面对着海缸外狂欢的朋友们，哭笑不得地提醒他们，“不觉得带孩子的人才是最需要大醉一场的吗？”

第八章

法庭之上

FA TING ZHI SHANG

海底酒很快风靡了这座城市。

人们不再依赖多巴胺饮料带来的兴奋和幸福感，比起人工激素，人们更喜欢那种口感醇厚、色泽像蜂蜜一样的海底酒。

无论走在哪里，唐灵都会听到大家在讨论这种装在贝壳酒壶里的液体。海底酒迅速占领了便利店大大小小的货架，为了让它的特点一目了然，唐灵为它们设计了海底酒专用的货柜。她在货柜周围布置了海水喷雾器，这里始终会有咸咸的、凉凉的海风气息。泛着珠光的贝壳酒壶下面铺垫着海藻，蔚蓝色的灯影摇曳，在地面投下一条条柔软的波纹光晕。人们路过这里时，仿佛脚下有浅浅的海水在起伏。

也许是酒香唤醒了海底族沉睡的回忆，也许是脑机接口的微电流刺激起到了作用，巴琅、鳗老板、虾小弟以及被海公子强行改名为“大闸”的那只海蟹都恢复了记忆。虾小弟和大闸虽然始终没有语言功能，但他们找回了行动能力，兴致勃勃地舞动着夹子，时刻准备邀请海缸外的人类体验海底洗剪吹服务。

“加上爷爷、飘飘医生和巴琅的宝宝，我们现在有 10 个人了！”阿遥掰着手指头，数了三四遍之后，笃定地说。

而林律师的邮件却发得越来越少，他对即将聚齐 12 位海底族这件事似乎并不太感兴趣。即便是收到唐灵询问身份认证流程的邮件，也置若罔闻，一概不回。他在最近一封邮件里写道："海底酒在这边也颇受欢迎，想必这会给海底族的损失带来一些补偿。我建议阿遥、巴璞等各位朋友，可以专心地经营酒庄，重建家园，至于索赔之类的事情，太过遥远。不提也罢。"

"请告知社长，我已按照会社的要求进行了劝诫。如果再继续扣押我的护照，我就要联络大使馆进行协调了。"林律师推推眼镜，语气强硬却礼貌。

池田佑像没有听到他的话一样，抖着打印出来的邮件内容，干笑了半天，像喉咙里塞了许多乌鸦羽毛，发出恼人的咳嗽声。他指着翻译出来的文字问："林律师似乎一直在指点他们做事。我的脑子很笨，在里面读出很多暗示，却搞不明白。还想请林律师解释一下。"

林律师站起身来，想借着冲泡咖啡的时间来琢磨一下说辞，而池田佑带来的两名黑衣人立刻把他按回到座位上。

"池田先生是打算非法拘禁我吗？"林律师拍拍肩部被按皱的衣服，淡淡地问道。

"那怎么会呢？"池田佑放弃了那种皮笑肉不笑的表情，像在看一只被捉弄的小狗，直截了当地问林律师，"对了，林律师，贵国对于包庇罪是怎样看待的呢？"

这句话仿佛击中了林律师的额头，林律师连连擦着脑门儿渗出的冷汗，强作镇定说道："池田先生是遇到了这方面的问题吗？"

“没有，没有。”池田佑变得悠然自得，他掏出一只绛紫色的雪茄，问林律师抽不抽。

林律师慌忙摆头，告诉他，太太不让。

“哈哈哈哈，太太不让。”池田佑把烟喷向房间上空，夏末秋初的空气干燥极了，端坐在椅子上的林律师像被抽干了汗水，整个人都是湿漉漉的，衬衫在背上印出一个沮丧的哭脸。

池田佑有意拖延这折磨人的时间，直到抽了半天雪茄，他才不慌不忙地说：“林律师的太太，应该不能称为‘太太’吧；林律师的儿子，似乎也和林律师没有什么血缘关系吧？若仔细论起来，林律师的儿子，应该是日本国籍才对……”

在寻找其他海底族遗民的过程中，一张旧报纸被送到海公子的庄园。

“这是我潜进《奇报》报社旧址找到的。”鹿记者灰头土脸，像邀功一般地告诉大家，在2021年，《奇报》曾经刊载过一则新闻，那条新闻不过占了豆腐块那么大小，在《奇报》那些魑魅魍魉的故事中只占据了一个小小的角落。

“这条新闻里提到过一条人鱼。”鹿记者心心念念的《奇报》报社已经倒闭很久了，它的办公楼成为了一家糖果工厂，这些旧刊物堆放在库房中，上面至少压了几百罐糖果。

“是的。我可以给她做证。”吃了太多甜食，巴璞的嗓子沙哑，他是吃到第9罐时才从那堆泛黄的纸张里找出了这份《奇报》。上面提到，本市一家医院将会为一名“人身鱼尾”的女子做 MECT 治疗。

“什么叫 MECT 治疗？”海公子问。

“是一种可以帮人清空回忆的治疗方式。”唐灵抿着嘴说，她羞于承认自己曾检索过这种治疗方式。这种电击疗法可以辅助治疗抑郁症，副作用是会使人遗忘大多数记忆。很多受了情感创伤的人，都会寻求这种快捷但残酷的治疗方式。

“一条人鱼能有什么创伤？你看阿遥和巴璞，个个都是乐天派……”海公子不屑地撇撇嘴。

“问题是，除了核废水带来的退化之外，海底族是不会忘记什么事的。”巴珊已经能从海缸中走出来，尽管没有了婀娜的腰肢，她还是走得风情万种，在地毯上留下两行妖娆的湿脚印。

这只胖胖的儒艮充满自信地坐在沙发上，等待侍者送来金灿灿的海底酒，一饮而尽之后告诉大家：“至少我们儒艮家族的人鱼不会。人类的童话中，小美人鱼宁肯失去长发、失去舌头、失去鱼尾，也要来到陆地上寻找王子，就是因为她永远无法遗忘。人类总说鱼的记忆只有 7 秒，这是个彻头彻尾的错误，人鱼最多只会失忆 7 秒，7 秒之后还是会反复思念自己的所爱之人。”

唐灵失望地放下了那张报纸，抱着一只靠枕瘫在她身旁，说道：“那么这条新闻就是以讹传讹了。新闻上写了，这名患者经过治疗之后，遗忘得非常彻底。”

“不会的。《奇报》从不刊登假新闻！”鹿记者据理力争，她坚称《奇报》上所有的新闻都是真实存在的，“你们看这里——明确提到了，这名女子是跨过海防线游过来的，属于偷渡者。她曾经去过‘泰多金’律所寻求身份方面的帮助。”

唐灵一听泰多金律所的名字，重新抓起那张报纸，仔细看着照片里那位面色苍白的人鱼——尖而小的下颌，倔强的眉和眼之间有一枚小米粒般的红痣，这让她的眼神看起来要么是在挑衅某人，要么是在引诱某人。她的长发和巴珊一样垂到腰间，雪白的手臂紧紧地捏住被角，像是被镜头的出现吓了一跳。

“这个表情我好像见过……”唐灵回忆着，这种凶而娇憨的神情，曾经出现在打给林律师的视频查岗电话中。

坐在泰多金律所的办公室中，唐灵和裴子航面对面，每人身边都放了一台笔记本电脑和一堆纸质的客户资料。他们一边查阅电脑上的档案编号，一边在纸质资料中寻找有可能疏漏的细节。谁都没有说话，办公室里只有纸张翻动的沙沙声响。同事们在外走来走去，唐灵总觉得大家会投进好奇的目光，她悄悄抬起头向外看去。模糊的磨砂玻璃外，每个人都在忙着自己的事情，她那小小的窃喜和小小的悲伤并没有被任何人关注。

裴子航的手指细长，指甲永远修剪得干净妥帖。手指上曾有过的戒指压痕已经不见了，指腹饱满，像是什么都没有留下过的样子。唐灵再看看自己的手，戒指的痕迹也变得很淡很淡。取而代之的是阳光留下的印迹。

裴子航似乎说了句什么，唐灵错愕地抬起眼睛，以为自己的小心思被他发现了，脸上一闪而过地红了下。

“我说，你现在这个样子真好。”裴子航宽和地笑笑，“律所的工作，你并不喜欢吧？在这里时，你总是没精打采的，对什么都不上心。我记得学生时期你曾经说过，最想做的是动物管理员和调酒师。现在都实现啦！”

唐灵习惯性地想要反驳他，却想起自己和裴子航现在只是“甲方代表”与“乙方律师”的关系，她生硬地笑笑，赶紧把目光移回屏幕上。过了好一会儿才说：“你说得没错。当时去旁听法律专业，只是想多和你一起上几节课。没想到呀……我实在是太笨了，确实不是能学得了这些的人。”

裴子航似乎有些动容，唐灵以为自己看错了，她总觉得恍惚之间裴子航的双眼里似乎也有泪光。

戒指的痕迹会消失，脊背和脸颊被晒伤的地方却一直都会有印迹。裴子航有意侧过脸，把那处在岛屿上晒伤过的皮肤藏在唐灵视线之外，他说：“抱歉，改变了你的人生轨迹。如果不是……法律专业，也许你会比现在更开心吧。”

“我现在已经很开心了。旁听法律专业……”唐灵笑笑，似乎有个心结打开了，“也是我人生里很美好的一段体验。”

玻璃门被人推开了，方玫带了两杯便利店的拿铁匆匆回来。她问坐在这里的两个人：“一切还顺利吧？”

唐灵点点头，指着屏幕上细小的字说：“找到了，就是这里。林律师和他的太太，之前是律师和咨询者的关系。”

“之所以一直查询不到资料，是因为他们当时并没有签订合同吧？”裴子航在那堆纸质材料里确认着。

“是的。没有签订合同，但是林律师发现她的精神状态不太对，就一直陪伴着她，还陪她去做了治疗。后来……他们就在一起了，一直没有分开过。”唐灵推测道。

“真羡慕他们呀。”裴子航微微笑道。

“是啊，真羡慕他们。”唐灵也微笑了。

看着方玫打开那杯拿铁，坐在裴子航身旁的样子，唐灵心里反而很平静。

她一直遗憾自己和裴子航没有一个体面的告别，但是现在她相信了，她和他之间永远都不需要告别。

“请你们一定不要去打扰她！”

电话里，林律师的声音很焦急。他关闭了全息投影的实时人像，不希望被唐灵发现自己身后正站着炸毁海底结界的罪魁祸首。

“是的，没错，我是收留了一条人鱼。她也确实……做过错事。但是她都忘记了，那些对她来说已经是前尘往事了。她好不容易才适应了现在的生活，请不要让你们的事打扰到她。”这些话是对唐灵说的，也是对身后那些黑衣人的请求。

如果不是池田佑以此作为威胁，林律师都快忘记和自己朝夕相伴的这个女人是怎么样出现的了——她是偷渡者。

跨越了整片海洋，从那个岛国游到这里。一路上经历了暴风、大浪、游轮的撞击，这个叫作安妮的红头发人鱼像被某种信念支撑着，逃到了这座城市的港口。

被发现时，她还携带着一个不会说话的幼儿。

她的状态还好，除了过度疲劳之外，并没有其他症状。而这个和她一起横跨海洋的幼儿，出现了严重的脱水和晒伤情况。

幼儿被紧急送往医院，安妮全程跟随。对于医生的问话她一概无法回答，只是大睁着眼睛，惊恐而茫然地看着这个陌生的世界。

见到泰多金律所的林律师后——那时他还只是初出茅庐的青年律师，那些没有什么利益的案子通通会被分配到他手里，安妮笨拙地在纸上写下了她仅会的几个汉字：“我不想和孩子分开。”

唐灵也看到了当年安妮留下的字迹，隔着十几年的时光，最初的来访记录被林律师妥帖地藏在家庭合影背后。

来访记录里，访客的名字叫作“星野枫”，而那名幼儿的名字叫作“星野原一郎”。当年那对惊慌失措的母子，此刻正在合影中安然地微笑着。林律师的办公桌上一直放着家人的照片，大多是他和儿子小原的。他带着小原游泳、骑马、练习高尔夫球，在幼儿园的颁奖台上骄傲地把小原举过肩膀。从来没有人怀疑过林律师和小原的关系，他们并不知道林律师的家是“借来”的。

林律师对这件事没有过多解释，他只是反复请求唐灵，不要去打扰自己妻儿的正常生活。

“我和她都花了很久的时间，才让她忘记过去发生的一切。”林律师苦笑着说，“我希望你的那些海底朋友能过上正常的生活，但我也希望我太太的生活不受任何人打扰。说实话，我很肯定现在的她并不知道自己是人鱼……”

“是为了忘记人鱼的身份特意做了 MECT 治疗吗?”唐灵毫不迟疑地答应下来，她知道林太太在林律师心中的分量。只是出于好奇，在终止通话前忍不住追问了一句。

林律师叹了一口气，没有回答。

而身后的黑衣人已然控制不住地露出了嘲讽的笑容，他们挑起眉毛彼此望望，像是在回味当年令当地司法界津津乐道的轶事。

朝日法律事务所由星野家族创办，在和禄岛核电确立了合作关系后，一路突飞猛进，成为当地赫赫有名的事务所。创始人的长子星野聪一向以冷静、狠辣闻名，亲手协助禄岛核电做出了“排放百万吨核废水进入海洋”的决策。只是，在决策生效前，星野聪却因被妻子捅伤腹部住院，星野聪的独子也紧跟着失踪。

多年来这桩失踪案成为悬案，人们都以为星野母子二人早已不在人世。

林律师结束了通话，沉稳地对池田佑说:“我太太不会出庭做证的，我有这个自信——她早就不记得自己是人鱼的事了。至于那几个年轻人，不过是小孩子瞎胡闹罢了。他们凑不到 12 名海底族的，你们可以放心了吧?”

“我们可以放心了，林律师也一样可以放心了，不是吗?”池田佑把这一结果实时汇报给社长，面颊因兴奋而泛起一片红豆色。他怪笑着拍拍林律师的肩膀，说:“海底族不被认定为‘人类’的话，林太太刺伤星野聪、诱拐星野原一郎的事，也统统不会被追究了。毕竟是‘动物’嘛，一条鱼犯下的错误，谁能追究呢?”

林律师轻轻推开池田佑搭在自己肩膀上的手，他的眼镜上笼罩着白白的雾气，嘴角紧绷。

池田佑一时拿不准这个男人是不是真的放弃了，他循循善诱:“噢，对了，林律师，您在这里‘审核’材料的每一天，都是有额外津贴的。我已经按照津贴三倍的金额转入了您的账户。”

林律师似乎并没有被这个金额打动，他不慌不忙地摘下眼镜慢慢擦拭，讥讽地笑道:“池田先生，在我们中国有一句古话——当你撒了一个谎，就要用另外一百个谎来圆。”

“哦?”池田佑一时没有明白，等助理翻译完之后，他问道，“有道理，有道理。是哪位古人说的?”

“我姥爷。”林律师撇撇嘴，戴上锃亮的眼镜，“你们毁掉海底结界、调查我妻子的身世、收买我站到你们这一边，都花了不少钱吧？与其这样大动干戈，何不一开始就做好核废水的净化处理?”

池田佑哈哈大笑起来，他说:“林律师，我们也有一句古话。”

“什么?”

“大自然是免费的，谁不用谁就是傻瓜。”

“这是谁说的?”林律师仿佛被噎了一下。

“我。”池田佑“咯咯”地笑了起来。

禄岛核电的核废水排放，一天都没有停止过。

自从 1 号核反应堆爆炸后，他们不得不用干净的水源来对核反应堆进行冷却处理。处理后的废水径直排向大海，再由洋流把那些携带着放射性物质的废水带向更深更远的地方。

在池田佑和林律师谈判的时候，禄岛核电外聚起了抗议的居民。近几年来，海洋里捕捞上来的鱼类越来越怪异——扁如刀片的小鱼、身上泛着琉璃绿光的鳗鱼、眼睛奇大的蟹类。连在深海捕捞上来的鳕鱼和三文鱼都出现了不同程度的变异，脊骨消失、皮肤黏而钝，这给渔民的生活带来极大的困扰。有些常年出海的渔民腿上也出现了一些形状怪异的斑点，在他们的血液里毫无意外地检测出了放射性物质。

“大家听我说！这些冷却水我们已经做过净化处理了，是完全无害的！那些变异是大自然的巧合，与禄岛核电排放的冷却水无关。”禄岛核电的社长不得不站出来，应对愈演愈激的抗议。

“那你敢不敢喝一口试试？”人群里，有个熟悉的声音响起。

社长怔了一下，这个声音沉闷、嘶哑，像是在哪里听过，但是人群里却看不到熟悉的影子。

“只要你们敢喝一口试试，我们就相信水源是无害的！”那个声音还在继续发问。

社长摸出手机，佯装接电话的样子，把背影留给了公众。他听到渔民们在愤怒地问着：“你们怎么知道这水不会让海洋生物变异？欺负动物不会说罢了！”

他边走边擦着头上沁出来的汗，最近针对禄岛核电的质疑是越来越多了，到底是哪一步出了差错？他想不到纰漏，只得再次拨打给池田佑。

“那个林律师已经没问题了。那么那些海底族遗民到底是怎么想的？他们上次回到海底，真的只是为了采集酿酒原材料吗？”社长的声音少见地慌乱。

池田佑倒是气定神闲，他刚刚从林律师下榻的酒店离开，准备去小酒馆喝上一顿。近来从中国流行过来的那种海底酒很受欢迎，他垂涎已久。

“社长，您放心。我安排的谈判人员已经去往海氏集团了。据我所知，那帮家伙都住在那里。社长，别忘了，他们也有把柄在我们这里——他们‘误杀’过一名人类。”池田佑提醒社长，法律事务所是有一名人类律师葬身海底的，“当时他代表禄岛核电，去组织海底族和赤鱿谈判。但是，却被那头老鲨鱼‘误杀’了。”

“相信那些家伙会忌惮这件事的。”池田佑已经喝上了酒，喉咙被醇厚的液体滋润着，对社长说话都有些不恭敬了。

“法律事务所……”社长不安地回头看着激愤的人群，似乎想起了什么——一个人的形象在他脑海中逐渐清晰。

“那么以后有什么打算？”

离开了泰多金律所，天空也阴了起来。大朵大朵的云包围着这座近百层的高楼，晶灰色的外墙上映着云的影子。唐灵径直走向伸入云端的空铁候车站，有人在她身后幽幽地问道。

唐灵惊喜地回过头，却看到只有方玫一个人走在她身后。她脸上一热，慌忙说：“以后会离开这座城市的，也许会回父母身边，或者去其他城市，谁知道呢……总之，几乎不会再来律所了，我记得答应你的事。”

方玫走到和她并肩的位置，笑着摇摇头，说：“我不是说这件事——我是说，那些海底族的事。如果人数不够的话，你打算怎样为他们讨回公道呢？”

唐灵错愕地望着她，苦笑道：“说实话，我其实没有什么信心。你知道的，在律所工作时，我也只是打发日子而已。林律师一出国，我……我本来就算不上什么律师，更是不知道该如何进行下去了。只是阿遥、巴璞他们格外信任我，能帮他们的也只有我。我不得不推动这件事走下去。”

空铁飞速驶来，车门里倒映着两个女孩儿——一个头发蓬乱，穿着米黄色的卡通T恤衫和破洞牛仔裤；另一个将发丝梳成马尾，用柔软的丝带绑住，一身浅棕色的套裙纤尘不染。

“我倒是觉得也许有一天你会比林律师更优秀。”方玫淡淡地笑着，和唐灵一起坐上了空铁，“一名好律师，总是要有一些‘偏执’。要有那种‘一条路走到黑’的执拗和勇气，你有、我有、林律师也有。”

“裴子航没有吗？”唐灵说完了才发觉这句话由自己来问似乎有些不妥。

但方玫毫不在意，她笑着回答：“没有。你不觉得他是一个很容易妥协的人吗？”

唐灵尴尬地做了个鬼脸，转头望着窗外快速流动的云。她有了一种很奇怪的心情：既希望方玫多说一些关于裴子航的事情，又害怕方玫说得太多。

然而方玫那柔软的声音开始变得铿锵有力："我想，以目前仅有10名海底族成员的情况来开庭也未尝不可。"

她提醒唐灵，林律师为那12只猴子申请身份认证时，也是史无前例的。"再稀少的种族，都应该和我们一样平等地生活在这个世界上，不是吗？"

"是的！哪怕他们中的大多数都已经无法恢复人类形态，哪怕他们没有受过现代社会的教育，哪怕他们秉持着和我们截然不同的道德观、法律观，可他们和我们是一样的人，他们也具备和我们一样的……'心'。"唐灵惊讶地看着方玫，不由自主地想，如果没有裴子航的话，也许我们是有可能成为朋友的。

方玫显然没有注意到唐灵对自己态度的转变，她轻轻握着拳，为唐灵打气："所以，你要尝试一下。只有获得了身份认证，他们才不会被肆意伤害。"

"林律师不在律所，那么你可以帮我吗？"唐灵热切地看着方玫。

"你自己就可以的，为什么一定要依赖别人来帮你？"方玫微微一笑，"不要拿'没有资格证'来做挡箭牌哦，申请身份认证的事，代理人并不需要资格证。"

"我……我可以吗？我好像什么都不会。"唐灵一怔，她似乎从来没有想过这件事。

"你还有时间可以学，当然可以的。"方玫握住她的手——唐灵陡然想起在岛上的那一幕，而这次她却觉得那双柔软的小手是温热的，“你见证过海底结界发生的一切，你本身就可以为他们提供证言。程序上的任何事你都可以学，这样吧，我帮你把申请认证的时间约在一个月以后。一个月的时间，无论如何都来得及准备了。”

车门开了，方玫款款地走下空铁。

她的话让唐灵的心中涌动着热流，习惯了依赖，习惯了寻求帮助，唐灵几乎已经忘记了“自己也可以”这件事。

人群里，两名黑衣人跟在方玫身后。直到她走出空铁站，坐上透明的观光电梯，这两名黑衣人才走到她身旁，客气地问：“方小姐，委托您进行的谈判如何了？”

方玫不置可否地笑笑，说：“很顺利。”

“哦？您提供给她最新的赔偿金额了？只要海底族签下保密协议，禄岛核电是同意继续提高赔偿金额的。”黑衣人兴奋地说着。

方玫摇摇头说：“这不是我提供给她的东西。”

“哦？那是什么？”

“鼓励。”方玫言简意赅。她迈着利落的步伐走出了电梯门，软羊皮的棕色鞋底毫无畏惧地踏着地面。

两名黑衣人追在她身后：“方小姐、方小姐，我们毕竟合作过。我们也是考虑到您朋友的利益，毕竟他们杀掉一名人类律师的事……”

方玫的脚步顿了一下，然后不屑地甩甩头发：“惩罚该惩罚的，保护该保护的，这本就是法律的应有之义。用法律来威胁弱者，不觉得太过可笑吗？”

她的身影走远了，消失在这座彻夜长明的城市里。

两名黑衣人瞠目结舌，他们想起来，这个女人在朝日法律事务所工作时，外号就是“恼人的铁玫瑰”。

在唐灵准备为海底族申请身份认证的这段时间里，海洋馆也传来了好消息——那头年迈的鲨鱼似乎在尝试发音交流。

脑机接口关联的屏幕上，频繁地出现波动，那意味着鲨鱼的脑电波开始活跃。

得到消息的唐灵匆匆赶来，偌大的海洋馆里安安静静。老鲨鱼所在的展厅已经被海氏集团租赁下来，按照唐灵的描述重新进行了布置，灯光调到最暗，模拟海底结界的生活环境。

“不是说开始有声音了吗？”唐灵疑惑地问阿遥，他和巴璞已经提前很久就来到了这里。

“有的。”阿遥侧耳听着，他告诉唐灵，爷爷在尝试发出不同的声波，“这里很热闹的，海洋生物们都在用声波交流。鲸鱼在‘汪汪’叫，海豚很健谈，在‘咯咯咯’地说话，乌贼和章鱼也很吵闹，他们‘砰砰砰’地向前喷水，在比赛谁吸引到的观众多。”

飘飘医生沉入海缸，帮着老鲨鱼清理身上的藤壶。老鲨鱼的性情安稳了许多，放慢游动的速度，避免额头上连接的电极片掉落。

“爷爷试了很多声音，有的我们能听到，有的我们谁都听不到。他想找到一种能和我们交流的声音。”阿遥温柔地抚摸着海缸的边缘，老鲨鱼也在水中安静地望着他。地面上射出的幽蓝灯光照着他们祖孙的轮廓，两个模糊的影子柔和地融在了一起。

“爷爷也在着急。”阿遥从那些频率不同的声波里做出推断，“不过，他现在说的我们谁也不懂……他好像在重新开始学习发音。”

屏幕闪了一下，上面出现了一行字符，有曲线、有圆圈，与其说是文字，更像是勾绘出的海浪波纹。

“这是你们的古文字吗?”唐灵眼睛一亮，“我好像在哪里看到过。”

巴璞的脸贴到了屏幕前，嘴唇蠕动，一番努力之后并没有认出太多，只能挠着头说:“这个，我只能读出其中几个字——‘不要担心，不要担心’……”

唐灵以为他在思索，静静地等待巴璞继续说下去，可巴璞双手一摊:“就这些。只认识这几个字。一定是我大脑退化的原因。”

“有这几个字也足够了！足以证明他是具备思维能力的，他不只是一条冷血的海洋动物。”唐灵尝试着向老鲨鱼打招呼，它在海缸里翘了翘尾巴，似乎做出了回应。曾经被专家判定为彻底退化了的大脑，正在逐渐活跃，寻找和外界交流的方法。这样的恢复程度令唐灵信心倍增，她甚至乐观地想，也许到了开庭那天，水中缓慢游动的老鲨鱼也可以亲口提供一份证词了。

市民登记中心受理了海底族遗民的申请，但由于他们并不完全符合认证资格，需要在身份事务裁决庭由法官做出最终判决。

唐灵为每一名生活在水中的海底族都录制了视频，展现了他们的交流、思考能力。巴珊一边晃悠着酒杯，一边向婴儿嘴里喂食三文鱼糜的画面也被录入其中，鹿记者声情并茂地做了旁白："他们充分具备人类的情感，虽然在幼崽饲养方面和我们有许多观念上的不同……"

"所以，三天之后我们就要成为合法的'人类'了？"阿遥陪伴唐灵回公寓去取开庭时要提交的证件。

远远地，已经能看到高楼之上那间白色的阁楼。人们匆匆忙忙，空铁川流不息，几天之后，海底族也要成为他们中的一员。

唐灵也兴奋极了，这是她第一次独立站上"代理人"的席位，阿遥将作为证人站在她身旁。尽管媒体和司法界的前辈都不看好这次开庭，他们普遍认为海底族人数过少、形态不够完整，很难被认证为动物变种人，至多是被添加到"濒危动物"的条目中。

"是的！拿到身份认证后，你们能读书、能工作、能生活在这个繁杂的城市里，不过说起来也许会没什么意思，可能会像我们一样碌碌无为地过完一辈子。提前说好，到时再后悔可就来不及了。"唐灵有意调侃阿遥。

阿遥认真地思索着，他深深吸着楼梯间里传来的各种各样的味道——烤糊了的全麦面包皮、刚刚冲泡出的咖啡原液、干枯之际还在坚持散发香气的玫瑰花……这些是人类世界滚烫的、热闹的味道，而不是海底那种咸咸的、凉凉的味道。他说：“可能对你们来说，这个陆地上的世界已经很乏味了，但对我们来说，每一天都新鲜极了。我在这里可以认识不同的人，知道不同的事，看许多许多和海底不一样的风景。更重要的是，在这里，巴琅、巴珊、爷爷……所有人都被保护得很好，这里是一个比海底蛮荒更安全的世界。”

“是吗？我从没有觉得这个熟悉的世界有那么好。”唐灵惊喜道，“希望它真的可以让你们不后悔。”

“不会后悔的。”阿遥看着唐灵的背影笑起来，浓密的眼睫并成一排。

推开门，房间里有些陌生的气息。

原本被巴璞一行人挤在这里时，家里被塞得满满的，每次逛街巴璞都要带回各种五彩缤纷的装饰品。画着向日葵的盘子、像儿童涂鸦的地毯、大颗大颗热闹又俗气的珍珠摆件堆满了客厅。可是现在这些东西被整齐地归置到了一旁，客厅干净得令人不适。

“唐小姐，许久没回来了吧？”客厅里响起一个吞吞吐吐的声音。

一个陌生的手机中，投影出了池田佑的形象。他以影像的方式站立在客厅中间，从他背后的装饰来看，他似乎正在某个酒店。

“真是苦恼呀！唐小姐要为海底族申请身份认证了，这么重大的事情发生前，我们却要给您添麻烦了。”池田佑自说自话地笑起来。

“是你这个家伙!”阿遥愤怒地望着池田佑模糊的面孔，海底结界发生的一切历历在目。

“对。是我这个家伙……我这个家伙想问一下唐小姐，有林律师的消息吗?”池田佑下意识地向后躲了一下，仿佛也在担心愤怒的阿遥会扑过来。

“林律师不是一直在禄岛核电处理文件吗?”唐灵嗅到了某种危险的气息，她环视着这间小小的公寓，提防再有什么人突然冒出来。

池田佑冷笑着，告诉唐灵，林律师自昨天晚上就“失踪”了。

“怎么会?你们不要乱来，如果林律师失踪了，对你们禄岛核电没好处，说不定还会引发负面的外交事件。”唐灵有意夸大地说。

“那我这个家伙就不知道了。”池田佑撇撇嘴，做作地摊着手，“说不定是他叛逃了?或者他想以偷渡者的身份留在这里?就像他的人鱼太太那样……”

池田佑挑了一下眉毛，留下一句意味深长的话:“哦，对了，如果开庭取消的话呢，说不定林律师一着急就出现了。呵呵……”

通话结束了，唐灵迅速检查了房间每一个角落。

窗户有被撬动的痕迹，白色阁楼上留有一串陌生的脚印。在她为海底族奔走的时候，这座公寓曾被人肆意闯入过。

“那么，开庭还继续吗?”阿遥沉闷地问。

唐灵伸出手，撬开的窗户缝隙里“呼呼”地刮来了风，击打着她的手心。她没有说话。

经过无数次练习，站上代理人席位时，唐灵还是有些许紧张。她害怕自己不太标准的口音，害怕引用的条文令法官发笑，也害怕让背后热切望着她的那几双眼睛失望。

法官似乎迟到了，几分钟后，一名灰褐色头发的老人匆匆赶来——“原本负责此案的法官和海氏集团的原负责人梅朵女士是旧交，而此案的证人来自海氏集团，所以原法官依法回避，由本人代为审理。”

法官席上的老人恹恹欲睡，一张国字脸上面无表情。听到他的声音后，唐灵心里暗呼不好，这名法官姓董，以古板和死脑筋出名，审理案件最喜欢死抠条文，不少律师都在背后称呼他为“老古董”。

在新法推出之前，董法官曾旗帜鲜明地发表过反对意见，他认为现行法律是针对“纯粹的”人类设立，贸然将动物变种人纳入法律范畴之内，为时过早。

“会带来大乱子的……”董法官戴上挂在脖子上的老花镜，他对今天的安排十分不满。在即将开庭之际，有神秘人打来电话提出原法官需要依法回避，法庭只好临时把正在家休假的董法官请了来。

他瞄了一眼唐灵面前横放的电子席签，上面写着“代理人 公民唐灵”，这意味着眼前这位穿着不合体的套裙的女士连律师都算不上。

最近这种浑水摸鱼、想趁机赚一把的人可太多了——有为鳄鱼申请身份认证的（仅仅是因为鳄鱼会掉眼泪），有想为自家爱犬申请身份认证的（仅仅是主人认为小狗“充分具有人类的感情”），更有带了一批鹦鹉来试图扰乱法庭的。那批鹦鹉七嘴八舌，嚷得董律师头都昏了，个别几只甚至口出不逊，一口一个“老古董”地称呼董法官，气得董法官让法警把人和鹦鹉都哄了出去，只留下一地鹦鹉毛。

“古法官……不不，董法官，董法官。”唐灵一开口就有些慌，因为她看到了董法官眼中那种熟悉的神情。这种眼神她见了太多次，当别人知道相貌平平的她是裴子航的女友时，会用这样的眼神看她；当别人知道她来自遥远的小城，童年没有骑过马、没有打过高尔夫、没有学过法语时，会用这样的眼神看她；当别人知道她没有过留学经历、只是因为男友在律所就被泰多金录用了时，也会用这样轻飘飘的眼神看她。

唐灵手心一阵阵冒汗，她回头望望旁听席上的朋友们。巴璞两只手紧紧抱在一起，小小的眼睛亮晶晶的，写满了信任和钦佩，像是在看着世界上最伟大、最聪明的人；飘飘医生的眼睛无法表达感情，可是她前倾着身体，用肢体语言来表达对唐灵的支持；鹿记者因为抑制不住兴奋，已经被法警警告不许说话了，她只能用两只胳膊在头顶比出了一个心形，士气又夸张地为唐灵加油。

“董法官，今天我站在这里，是想为我的海底族朋友们申请身份认证。”唐灵转过身，迎向董法官的眼神，“他们常年饱受辐射污染，已经无法恢复人类形态，不符合现有的认证条件。可他们和我们一样，拥有值得被尊敬和保护的文明，拥有有条不紊的商业体系以及饱满、完整的人类情感。”

唐灵惊喜地发现，董法官眼里那种很轻却又像小刀一样扎人的眼神不见了，更令人惊喜的是，他在下意识地点头，开始皱着眉翻看唐灵提交的证词。

门开了一下，是裴子航进来了。

他刚结束一场官司，得知唐灵今日要以独立代理人的身份为海底族申请身份认证，就匆匆赶了过来。他做好了准备，如果唐灵的发言不那么顺利，他会及时申请更换代理人，以免唐灵在庭上太过尴尬。

然而他进来时，这里静悄悄的，大家鸦雀无声，只有唐灵用行云流水般的发言论述了海底族被纳入法律的合理性。

她讲到了海底的商业和医疗体系，并以鳗老板和飘飘医生作为证人；她也讲到了海底的人伦与亲情，巴琅、巴珊抱着新生儿以全息影像的方式和法官打了招呼。

轮到巴璞来为海底文明做证时，巴璞由于过于激动，说起话来手舞足蹈，声音却磕磕巴巴，像舌头上挂了一只会夹人的螃蟹。他只能反复地强调：“鄙人是海底的……人类学家，是非常尊贵的！鄙人对量子力学、古代文学、西方美术史……都有一些不值一提的小研究……”

董法官打断了他，唐灵还以为董法官不耐烦了，而董法官却把巴璞叫到桌前，伏在他耳边小声地说：“别紧张，我大学的时候最喜欢的就是派大星了。”

曾经处理过海底人治安事件的马警官也来到了法庭现场，他长嘶了一声，向董法官标准地敬了个礼，声如洪钟地说：“本人可以做证，海底人具备人类的外表、行为能力和心智思考能力，如果不及时纳入法律管理范畴之内的话，反而会引发一些难以处理的治安事件。”

他的话并没太引起董法官的重视，马警官急了，再次敬了个礼，说：“无论如何，请一定要给他们人类身份哪！不然，不然，他们继续顶着动物的头衔违法乱纪，弄不好要影响我的仕途了！”

“别废话了，坐下吧你！”有人不屑地说道。

“遵令！”马警官笔直地坐下后，才发现说话的并不是法官，而是证人海公子。

海公子塌着腰斜靠在椅子上：“法官大人，我可以做证，他们具有生产和经营的能力，具有自给自足的经济能力。将他们纳入人类社会，并不会额外给社会带来负担……这是什么破词……”

他把秘书提前写好的发言稿丢掉了，拍了一下桌子站起来，指着惴惴不安的巴璞、飘飘医生以及沉默的大闸和虾小弟说：“他们，每一个都是我的朋友。陪着我一起快乐过，陪着我痛哭过。失去父母后的每一刻，都是他们陪伴在我身边，开导我、安慰我，当然，也靠着吃吃喝喝剥削我……”

海公子笑了一下，挑衅地看着董法官："他们完全可以体会人类的悲欢离合，他们就是我最好的朋友。无论法官大人是否准许他们成为人类，在我心里，他们都是我的朋友。哪怕他们真的变成了一条鱼、一只海星、一只大闸蟹，我也会带着他们吃喝玩乐，一起潇洒。"

古板的董法官笑了笑，并没有被这样前言不搭后语的证词冒犯到。

唐灵做了总结发言："法律之所以神圣而伟大，是因为它无差别地保护那些守法的人——这一点，不因人们的肤色、种族、贫困与富裕、疾病与健康而改变。更不因他们是否具有完整的人类外表而改变。"

"我同意你的看法——"董法官摘下了眼镜，唐灵心里一阵窃喜，这意味着董法官已经做出了决断，不再需要继续看材料了。

海公子已经带头开始欢呼，然而董法官伸出手向下压着，示意他们冷静："但是我并不能做出准许海底族成为人类的判决。因为他们没有任何一名族人具备完整的人类形态。法律条文是可以根据实际情况进行修正、是可以与时俱进的，但这并不意味着，现行的法律条文就可以被任意地无视——法律规定了，动物变种人需要拥有人类的外形才可以称之为'人'。但是你代理的海底族，没有任何一位……"

"有的！那只小鲨鱼是可以恢复成人类婴儿形态的。"唐灵连线了海氏庄园的保姆，请她将小鲨鱼抱进婴儿摇篮。

然而今天的小鲨鱼格外不配合，即便是被捞出水外，也倔强地保持着鱼类形态。

“这孩子，平时挺喜欢转变为人类婴儿的形态呀……”儒艮巴珊着急地说。

“这样吧，我知道有‘十二只猴子’法案先例，如果海底族有至少3名成员可以恢复人类形态，那么本法官就按照‘十二只猴子’法案的先例，准许他们成为人类。”董法官看了一下时钟，已经是中午12点了，他说，“为了你们的事，我这一天的休假也耽搁了。只要下午3点之前，你们能提供3名可以在人和鱼之间转变的成员……”

“我记得有个男孩子也是人类形态的——”裴子航在庭间寻找，一直没有看到阿遥的身影。

唐灵身旁的证人席还空了一位，正是阿遥的位置。

海公子也回头环视，频频看表。

时间一分一秒流逝，直到下午2点，阿遥还没有出现，外面天色逐渐变暗。

风越刮越大，卷着地上的银杏叶冲进法庭中，像小小的、金灿灿的翅膀在漫天起舞。紧急广播开始通知空铁停运，要求市民尽量不要外出。

“海上又要起风浪了？昨天夜里不是刚下过大雨？”董法官小声地抱怨着。

窗外风雨渐大，黑云直压到地平线上来。豆大的雨滴簌簌地砸着门窗，像是急着要破门而入。

望着远方翻滚的海浪，唐灵反而放下心来——这意味着，昨夜就去营救林律师的阿遥已平安归来。

只是，离董法官要求的时间越来越近，外面风雨大作，阿遥却迟迟没有如约赶来法庭。

巴璞和鹿记者来到庭外，分别搜索着最近的新闻。新闻里并没有出现他们担心的“某国捕鲸船在某海域捕获一条大鱼，种类尚在确认中”，也没有出现“我方海关拦截一骑鱼非法入境的男子，身份尚在确认中”。新闻里只是提到，禄岛核电的办公场所遭海浪袭击，全线损毁，社长和应急事务管理部部长等多名重要员工落海。

巴璞向手指上吐了一口唾沫，点开手机新闻里的动态视频。鹿记者尴尬地提醒他：“咳，刷手机并不需要用唾沫翻页。”

巴璞泰然自若，点点头说：“哦，饱览群书，习惯了。”

视频中，海底有一片若隐若现的灰影，在风雨中急速接近依海而建的禄岛核电。阴影所至之处，骇浪大作，好似一座座白山骤起，推动乌蓝色的海水向前涌来。监控视频中，依稀能听到震耳欲聋的风浪声，像是铺天盖地的网，把禄岛核电围得严严实实。

冲毁了禄岛核电的办公区域后，海下的灰影退远了一些，徘徊在附近，迟迟没有下一步动作。

鹿记者已忍不住拍手庆贺，而巴璞却陷入了沉思，他一拍脑门儿说：“看样子，阿遥好像并不能很好地控制形态。”

“没关系啊！反正大仇已报，早该给那些家伙一些教训了！”鹿记者疾恶如仇地说。

巴璞忍不住又在指尖喷了点儿唾沫，在屏幕上滑动，他说：“可是，如果没有顺利恢复人类形态的话，他怎么能上岸营救林律师呢？”

两个人面面相觑，被大理石屋檐滴落下来的雨滴淋湿了半边肩膀。

离判决的时间还有15分钟，阿遥和林律师依然音信全无。

“我很认同诸位的情感，但是，我们也要对法律抱以尊重……”董法官看了看表，还有最后5分钟，他打算提前安抚一下这些海底族成员的情绪。

“董法官！请再等一等，有一位海底族是可以恢复人类形态的，只要他出现，至少可以证明海底族的认证是符合法律规定的。您不能因为他们是少数派就把他们拒之门外。”唐灵急切地说。

法庭的门开了，在法警的带领下，有人走进来。

“阿遥，你回来了！”唐灵睁大了眼睛，欣喜地回头望去——出现在门口的却是一位身材高挑的女士，她手里牵着一名小男孩儿，男孩儿怀里还抱着一只湿漉漉的足球。

这位女士留着一头淡橙红色的长发，肌肤胜雪，穿着样式普通的运动服也难掩身材的曼妙。她牵着孩子，昂首挺胸地走到庭前，没有对法官问好，反而伸出一只手和唐灵握了握："你好，我是安妮。新闻在直播庭审过程，孩子下了足球课后我们就匆匆赶来了。希望没有迟到。"

"你好！那么这位就是……星野原一郎？"唐灵回想起林律师摆放在桌上的家庭合影以及藏在照片后面的访问记录。

安妮笑着摇摇头，她说："孩子叫——林枫。用他的姓氏和我曾经的名字连在一起取的。"

"你曾经的名字……林律师说，你做过 MECT 治疗，曾经的事你已经不记得了。"

安妮摇摇头，长发闪耀着晚霞一般的光泽，她笑着说："不会忘记的。任何治疗，都不能让人鱼忘记过去发生的事情。人们都说鱼的记忆只有 7 秒，实际上，人鱼并不是这样的，而且恰恰相反。鱼只能遗忘 7 秒。7 秒之后，会再次想起自己爱过的人和受过的伤害。所以，世界上才有了那个宁肯失去头发、失去嗓音，也要和爱人在一起的人鱼公主的故事呀！因为她，永远无法遗忘。"

唐灵激动得声音发抖，她紧紧握住安妮的双手，眼泪几乎夺眶而出，哽咽道："太好了……你不知道你的出现带给海底族多大的帮助！林律师说你忘记了，我们本不想去打扰你。"

安妮俏皮地笑笑，她和所有的人鱼一样，都有一双天真的眼睛和爱笑的嘴巴，她小声告诉唐灵："我忘不掉的。只是，在 MECT 治疗醒来后，我看到他很担心我的样子，心想'不如就装作忘记吧，省得这个傻子总是不放心地围着我转'，于是就装了这么多年……说起来也是很累的。”

董法官有些不悦地提醒她们：“还有一分钟，如果再没有证人出现的话……”

“小枫，做好准备了吗？”安妮温柔地对牵在手心的孩子说。

林枫点点头。他们母子二人开始脱掉身上的运动衫，董法官惊诧地张大了嘴，提醒他们：“这里是法庭！”

“抱歉，可是不提前换好衣服的话，会撑破的。我们的鱼类形态……实在算不上健美。”安妮坦然地说。她和林枫仅穿着运动内衣，走到法官面前，微微一笑——两只肥胖、憨厚的儒艮出现在董法官面前。

董法官短暂地“啊”了一声，膝盖笔直地弹跳起来，他把老花镜反复地戴上又摘下，几乎不敢相信自己的眼睛。

唐灵见识过巴珊的形态差异，对此习以为常。而法庭上的工作人员皆是和董法官一般反应，纷纷围过来仔细打量这对儒艮母子。

“童话故事里可不是这样讲的……”董法官揉了揉鼻子，喃喃自语。

安妮眨眨眼睛，发出一串奇怪的声音，她和林枫瞬时变成了半人半鱼的形态。长发垂腰，黑亮的眼睛一眨一眨，尾巴顽皮地敲打着地面。她问董法官：“您是说这种形态吗？”

“啊，是的，是的。”也许是离安妮太近，被她那张近乎完美的面孔惊艳到了，董法官竟然有些不好意思起来。他迈着小碎步重新回到法官席上，清了清嗓子，试图找回自己那威严、古板的调调："咳，咳，那么这两位的形态就得以证实了……第三位呢？"

"董法官，您能否再给我们一点儿时间？第三位人鱼正在赶来的路上，你看窗外风雨已经小了很多，这意味着他正顺利登岸……"唐灵央求着。

"第三位人鱼，也可以像这对母子一样当庭进行形态的转换吗？要知道，所有的动物变种人认证都是要经过这一步的。"董法官尽量控制自己的眼睛不望向安妮，他认为自己今天有些失态了。

"恐怕您并不希望见到他的鱼类形态，法官大人。"巴璞脱口而出，说完后才意识到法官并没有准许自己说话，尴尬地用小手捂住嘴巴。

"是这样的，阿遥的鱼类形态……过于庞大。"唐灵解释道。

"庞大的鱼？鲨鱼？可以在近海区域展示。"董法官不想承认其实自己已经好奇了。

"不是。"唐灵沉思片刻，她发现董法官也许并没有传说中的那样死脑筋，"他不是鲨鱼，也不是鲸鱼，他是——鲲。转换为鱼类形态，总会带来风雨。"

"呵！鲲……"董法官提醒唐灵，在法庭上说的每一句话都有书记员记录，请她斟酌用词。

"是的。我没有撒谎，他确实是鲲，传说中的那条北冥大鱼。"唐灵笃定地说。

董法官皱皱眉头说："传说都扯出来了……你说的鲲，是现在进来的这位吗?”

唐灵再次欣喜地回头望去——进来的却是一位素不相识的男子。

他似乎不会说话，只是一味地对着法警和法官点头哈腰。

巴璞深吸了一口气，小声说:“这人好像在哪里见过……这不是……去世的那位律师吗!”

经这位男子要求，法庭给他配备了翻译。

他用母语证实了自己的身份，正是长崎法律事务所的“工藤新一”律师。

“因为喜欢那个男孩子，所以选择使用这个名字。如果冒犯了在座各位，还请多多包涵。”说着，他回过神对在座的所有人礼貌地鞠了躬。

“这么多年，一直使用伪造的身份生活，实在是过于痛苦。当得知禄岛核电要向海底排放核废水时，更是彻夜难眠。”工藤新一说着，默默地看向安妮，安妮也痛苦地闭上眼睛，轻轻地点着头。

“所以，把这些苦恼忍不住用海底族的古文字记录在了文件里。没想到多年之后竟然用这种方式联络到了枫小姐——不对，是安妮小姐。”工藤新一再次向安妮颔首，安妮笑着摇摇头，告诉他:“你能平安归来就很好了。”

“你也是人鱼?我要提醒你一下，如果不是的话，你的行径相当于非法闯入国境。”董法官的声音严厉起来。

工藤新一二话不说，把证人席、律师席的位置向后推了推，给自己留出一片空间，拘谨地说："是的。我的原形是柠檬鲨。"说着，他回头向人群中的巴璞挤了挤眼睛，补充了一句："会假死的那种。"

走出法庭时，这个世界上已经多了一个种族——海底族。

巴璞、巴珊、工藤新一等人的生物信息已经被录入市民大数据系统，从此他们和所有人一样都可以尽情享受现代社会带来的便捷和保护。

"可是阿遥去哪儿了?"离开法庭，唐灵撑着的那口气松懈下来，她担忧地问工藤新一。

"是这样的，他似乎不太会控制自己庞大的鱼类身体，载着林律师一路去了岛上。"工藤新一回忆起林律师忧伤的叫声。

"岛上……"唐灵眼睛一亮，"我去接他回来!"

她想起来，最初这条大鱼迷失方向时，就是停泊在一处岛上。

她同样在那里迷失过，也同样在那里找回了新的生活。

番　外

“伟大而英俊”岛

WEI DA ER YING JUN DAO

一年后，修复一新的波塞冬号重新启航。

这艘小型游轮的残骸被打捞上来以后，由海氏集团收购，并进行了修复和升级。它成为了一艘完全由人工智能操控的游轮，船上的工作岗位仅对求职无望的动物变种人开放。搭乘过它的游客总是忍不住抱怨上面的服务过于“奔放”和“随机”，但这艘游轮仍旧一票难求，因为它是唯一可以驶向“伟大而英俊”岛的船。

“伟大而英俊”岛的名字是巴璞起的。

这座岛正是唐灵和林律师等人落海后抵达的小岛，经过海底族一致同意，他们在这里重建海底结界。

“叫什么名字好呢?”作为海底族中学识最渊博的人，巴璞义不容辞地承担起了取名的任务。

“伟大而英俊”这五个字用椰壳外的纤维编织而成，高高地挂在小岛山体的崖壁上。从海上经过的船只，老远就能看到茫茫汪洋中，有个“伟大而英俊”的地方。

小岛还原了海底结界的街景、装饰、珊瑚林，海底族信奉的人造太阳也被 1:1 还原制造，变成月亮挂在了最高的山峰上。

每当夜幕降临，这座岛上就会出现四月共存的奇景——天上一轮月亮，山上一弯月亮，水中两抹月亮。

附近海域的人鱼会在上弦月升起的时候聚集在岛周围，在四个月亮的照耀下梳洗长发、掬水歌唱。

唐灵当初避难的凹谷成为海底人聚居的村落，他们保留了睡在贝壳里的习惯，在龙血树下搭建了一个又一个的贝壳房子。

而岛上靠近沙滩的那一面，则被开发成了旅游区。大多数游客下船后，都在那一片活动。

岛上不通电，网络信号也很差，来这里旅游，不得不遵循日出而作、日落而息的生活习惯。这里拒绝金钱流通，也不参与市民大数据系统的信用支付体系，所有来这里的游客只能在波塞冬号上兑换足量的贝壳币或者瓜子，在岛上采用以物换物的方式来购买餐饮和住宿服务。

尽管禄岛核电支付的赔偿金足够海底族衣食无忧地生活几百年，但他们全族上下都选择了捐出赔偿金，用于大海清理和核废水填埋工程。

阿遥继续从事着贩卖冰激凌的工作，海公子特意帮他把那台冰莓粉色的冰激凌车运送到了岛上。他的冰激凌车前面从早到晚都排着长队，其中女性游客占到 90% 以上。作为同行，鳗老板对此百思不得其解。

阿遥的冰激凌车只提供椰子口味的冰激凌，而鳗老板潜心研发，制造出了糊辣椒口味、焗南瓜口味、海草口味等多达数十种花样的冰激凌，却依旧门庭冷落，甚至常有海鸟来他的车顶歇脚。

唐灵在岛上开了一家动物变种人法律援助事务所，经过一年的努力，她依旧没有考取到从业资格证。但是帮助海底族进行身份认证的事情却在动物变种人之间广为流传，许多变种人会特意搭船来她的事务所进行法律咨询。但凡她能解决的，就当场提供建议和解决思路；而她处理不了的，则转而委托给泰多金律所进行处理。

知道此事后，林律师痛心疾首："俗了，小唐，你变俗了。竟然还知道当中间商赚取差价了……"

林律师的太太安妮成为了这座小岛的代言人，她和阿遥作为两名人鱼，一起为小岛拍摄了宣传广告，广告语就是"来这里，重启你的生活"。巴璞因为这件事碎碎念了很久，他认为海报里没有出现自己的照片绝对是小岛的损失。

"算了吧，"海公子安慰他，"咱又不是拍海产品广告。你放心，海产广告没你我一定不拍。"

但是，巴璞也没有低沉太久。拿到身份认证后，他很快就过上了一个人读书、旅行、到处走走停停的生活。他去了很多地方，见了很多渴慕已久的风景。

唐灵源源不断收到巴璞寄回来的明信片和巴璞的自拍照。从照片上看，他去了纽约第五大道，去了伦敦的大英博物馆，还坐在莎士比亚故居喝茶。

"唔，从理论上讲，这些地方巴璞之前也是可以去的。"这天，唐灵再次收到巴璞寄回的照片和一本诗集，"就算没有身份认证，他也完全可以游着去。”

日落时分就是冰激凌车结束营业的时间，阿遥递给唐灵一支椰子口味的冰激凌，一起向贝壳屋村落走着。“是的，没错。”

“那他为什么不游着去?”

“那多累啊……”

村落里有海底族在举行婚礼，是蟹小弟大闸和沙滩螃蟹妹妹的婚礼。

篝火烧得很旺，人们载歌载舞。生活在水中的巴琅、巴珊和灰鲸爷爷在很远很远的海里喷起洁白的水花，向他们送来祝福。

阿遥和唐灵停留在山坡上，决定在那里趁着月色拜读巴璞寄回的诗集。

巴璞在信里告诉他们:“鄙人偶有写诗的习惯，被英国当地出版同仁知晓后，集结成册。实在是盛情难却呀!”

然而诗集封底却用英文印了一行小字，大意是：本诗集为巴璞先生自费出版，仅供亲友分享。

唐灵翻开一页，大声读着巴璞写的诗：

啊——

飞过都柏林，

灰墙的白鸽，

你把我的心，

撞，

碎了——啊。

村落里欢快的海底婚礼奏鸣曲响了起来，而山坡上一片静谧。四个月亮把这里照得干净清亮，两个人的影子被月光拉扯得很长很长。

唐灵被巴璞的诗笑出了眼泪，阿遥却一直若有所思，他说："巴璞写得很好，他写出了我的感觉。"

"啊？你的感觉？你的心被海鸟撞碎了吗？"唐灵再次忍不住哈哈大笑。

阿遥也没有恼，他有些害羞地说："就是过去我在海底看到你的感觉。"他怕唐灵继续哈哈大笑，忙不迭地说，"当时每天晚上你都会坐在山上哭，我在海水里藏着，看到你的影子，就是这种感觉。"

见唐灵没说话，他大着胆子继续说："我可能喜欢你。"冰激凌化了一滴到他手背上，他赶快啃了一口冰激凌，含糊不清地补充说，"我想和你结婚。"

"你怎么会对我有这种想法？"唐灵倒吸了一口气，虽然她曾经隐约感觉到阿遥似乎是对自己格外依赖，但她一直以为那不过是阿遥的天性而已。

"——我也不知道。在海底结界被炸伤的那一天，我以为自己快要死了。可是我想，糟了，她知道我的生活、知道我所在的世界，而我却对她的生活一无所知，现在死掉可太遗憾了。于是我一直坚持着、坚持着……后来醒过来，睁开眼就看到了你，我觉得快乐极了，背上的伤都不疼了。"阿遥吃着冰激凌，认认真真地说，"再后来我想，可能我喜欢你。"

“但是我……”唐灵因为这份认真而变得羞怯，她说，“我还没有做好开始一段新感情的打算。也许我还在喜欢裴子航……”

“没关系。我们可以三个人一起……”阿遥张开嘴，准备一口吃掉这支快要化掉的冰激凌。然而脸颊上“啪唧”一声响，留下浅浅的指印，冰激凌被打飞出去好远。

“你在胡说什么呀！”唐灵叉着腰，义正词严地指着他问。

“我们可以三个人一起结婚呀！你喜欢他，我也喜欢他。那么可以你和我结婚、我和他结婚、他和你结婚。”阿遥捂着脸，不知道是该先去追冰激凌，还是该先和唐灵解释清这件事。

唐灵发现是自己想多了，登时面红耳赤，转过身继续佯装生气：“上一个我知道的‘三个人一起结婚’的人，也就是顶格判了两年吧，到现在还没放出来！”

身后的阿遥没了动静，唐灵心想：这家伙不会是去捡滚到草地上的冰激凌了吧？

她回头一看，阿遥正踮着脚向山下沙滩的方向眺望。

一艘银白色的大船从半空摇摇晃晃地降落在沙滩上，一下子就压毁了波塞冬号专属的停泊港。

“这是从哪里突然冒出来的船？”阿遥和唐灵向下赶去。

船上下来几个人，岛上的游客们一下子冲了过去。有女游客在大喊：“柳昊然来了！”

唐灵气喘吁吁地赶到时，那艘时空飞船被围得水泄不通。

鹿记者从人群里挤出来，一下子拥抱住唐灵：“你告诉过我，后来时空旅行就被禁止了，我打算在禁止之前，自己带队赚一票。你们瞧我把谁带来了?”

唐灵的眼前只有攒动的人头，黑压压的一片，欢呼声此起彼伏，不时有人大喊:“请在我背上签名!”

阿遥蹲下来，让唐灵骑在自己脖子上看。

人群最中间，有一名肤色白皙的斯文少年，正十分满意地拿着签字笔在各路女游客的背上签名。

鹿记者本打算赚个盆满钵满，却收获了满满一口袋瓜子和贝壳币。岛上的气氛因为他们的到来而变得火热，连正在举行婚礼的蟹人们都赶来观看疯狂的游客。

然而时空飞船飞走后，这些游客才知晓自己背上签的两个大字是——巴璞。

番　外

错位时空

CUO WEI SHI KONG

2022 年，仲夏。

阳光和煦，蔚蓝的海面上波光粼粼。

这还是 18 岁的唐灵第一次看到海。她穿着别扭的白色连衣裙，羞涩地从车门处探出脑袋来。身后排队的同学催促着说："老唐，咋了，今天步子怎么这么小？脚抽筋了？"

唐灵回过头，翻了个大大的白眼，却正好看到裴子航就在后面。这辆大巴是由人工智能司机驾驶的，大多数同学都对这位有着机械臂的司机视若无睹，只有裴子航路过时真诚地说了句"谢谢"。

她赶紧咳嗽了一下，好好地做了一番表情管理，重新露出温婉体面的微笑，挪着小步子下了车。

这一年，唐灵和裴子航刚刚参加完高考。他们选择了这座海滨城市作为毕业旅行的目的地。这里是裴子航志愿大学所在地，唐灵也义无反顾地和他报考了同一所大学。

"这里还将成为我爱情开始的地方！"在大巴车上，吐得晕头转向的唐灵许下豪言壮语。

坐在唐灵一旁的是同桌小萌子，她弱弱地提醒唐灵："老唐，话别说得太满。你能不能考上裴子航那学校还两说呢。成绩下来后，要是你爸妈打你打得太狠，你就来我家躲一躲。”

唐灵的脑袋埋在一只塑料袋前，顽强地伸出一根手指说：“这就是此行的意义——我必须得把这白先表了。”

小萌子没反应过来，问：“老唐，嘴吐秃噜了？”

“我说，我此行必将拿下裴子航！”

“今天我们要去的这个基地，位置稍微偏远一些。但是，是夏季观测星空最好的地方。离城市远，遮挡物少，从这里，能看到牛郎星和织女星，如果再向南方走一些，我们还能看到南十字星。大航海时期，星星可是水手们判断位置的重要参照物……”在轮渡上，裴子航侃侃而谈。

唐灵捧着一瓶汽水，手里还捏着一只小信封。

信封里是她写给裴子航的情书，还有巴士司机委托她转交给裴子航的感谢信。

当时她优雅地走下车，然后没过两分钟就再次晕车吐了。同学们争先恐后地奔向轮渡入口，那名人工智能司机帮她找到了晕车药，还委托她“给那位有礼貌的同学”带一封感谢信。

“唐灵？你在笑什么？”说到一半，裴子航停了下来，他感到脸侧一直有两道明亮的目光以及一个透露着憨厚气息的笑。

“啊，我在，我在想……”唐灵赶紧吐出嘴里叼着的吸管，一本正经地胡诌，“我在想，除了水手依靠星星判断位置，山里的青蛙和蟋蟀也是这样的！还有，还有蟑螂也是这样的，蟑螂要是想抢到新鲜的那个啥……”

看到周围有同学悻悻地放下了手里的巧克力可颂，唐灵知趣地闭嘴了。她脸红扑扑地向裴子航说：“抱歉，就是想到这些觉得很有意思，所以忍不住笑了。”

裴子航看向她的眼神亮亮的：“没什么，你说的这些很有趣，我之前从来没有注意到这些小家伙也是仰望星空的。”

轮渡上有人在兜售报刊，一辆堆满了薯片、水果和报纸的小推车从裴子航和唐灵之间缓缓经过，似乎是有意一般，售货员把小车子推得歪歪扭扭，硬是从他们两个人之间挤出一条空隙。

“买份报纸吗？同学。”售货员哑着声音说。

唐灵一眼就瞅到了自己常看的《奇报》，这是一份常年刊登小道消息和奇闻异事的报纸，唐灵是它的忠实读者。眼见自己的手就要伸向《奇报》，唐灵想起裴子航还在一旁，于是高冷地说：“有没有英文报纸？我，我一向只看英文报纸的，给我来一份。”

售货员冷冷一笑，兜起一张《奇报》把自己和唐灵挡在一侧，在她耳边轻轻说：“得了吧，你高考英语都没及格。别演了。对了，这次出来旅行对人家小萌子好一点儿，成绩出来之后，你在人家家里躲了一个多月呢。”

唐灵目瞪口呆，只见这售货员生得娇娇小小，鼻子翘翘的，眼里闪着狡黠的光。她不由分说把一份《奇报》塞进唐灵手里，又不客气地对裴子航说：“让一让。”

那份《奇报》的最下角，用黑色签字笔龙飞凤舞地写着：“神奇测算，预知未来，详情可联系售货员。”

傍晚，这艘轮渡终于抵达了露营基地。

穿着短裤和人字拖的少年少女们尖叫着跑向沙滩，在夕阳下追逐打闹，互相扬撒着沙粒和海水，用看似漫不经心的嬉笑怒骂，来掩饰一颗颗懵懂的心。

鹿记者不动声色地在沙滩一角铺了一块桌布，上面放置好了“预测器”。她知道，自己等的那个人一定会来。

果然，入夜之后，欢快的少年们围起了篝火，开始大声地唱歌、起舞。而两个鬼鬼祟祟的身影牵着手过来了。

“咳咳，那个，你就是轮渡上的售货员吧?”唐灵拽着小萌子的手，试探地问鹿记者。

鹿记者神秘兮兮地“嘘”了一下，说:“是我。我知道你来测什么，你不用开口我就知道。”

唐灵摸摸发烫的耳朵，问:“那你说我要测什么?”

“你要测会不会和裴子航去同一所大学、会不会和他谈恋爱呗。”鹿记者微微一笑，在黑暗中甩出两张牌，“答案是，会。”

唐灵立刻兴奋地尖叫起来，一旁的小萌子赶紧按住她:“别激动，别激动，看来这次表白能成。”

唐灵快活地转身就跑，恨不得把自己准备了多时的情书立刻交到裴子航手上。

鹿记者赶紧扑过去，补充说:“等等——我的话还没说完。”

她深吸一口气，像机关枪一样“哒哒哒”地说:“不只是恋爱，你们还去了同一家律所，还住在了一起。然后……然后，他就把你甩了。”

“啊?”唐灵握紧了手里紫罗兰色的小信封。

“不仅如此，他还立刻和另一个女孩子眉来眼去、有说有笑、有打有闹，压根儿没把你放在眼里。”鹿记者一口气说了出来。

唐灵的怒气值立刻蓄满，手臂伸得笔直，指向篝火那边，说：“你说的‘另一个’女孩，是不是就是那个扎双马尾的、姓罗的？我早就看出来了，以前在班里她就天天找裴子航问问题，一边问还一边甩着辫子梢……”

“是是是。”鹿记者随口诌了起来，她此行千辛万苦找到唐灵，是有更重要的事要做，绝不能在这些小事上浪费时间。

“打住，打住。”鹿记者拦下了愤怒的唐灵，她告诉唐灵，十几年后，还有一个王子在等待着唐灵，“这位人鱼王子呢，拥有一整片海域。你们一见钟情，你陪着他力挽狂澜，拯救了海底族的遗民，为他们讨回了公道。”

小萌子警惕起来，她拽拽唐灵的衣角，小声说：“这不会是个疯子吧?”

然而听到“人鱼王子”，唐灵已然神往起来：“让她继续说。”

鹿记者不慌不忙地说道：“不仅如此，你还开辟了海底旅游项目，兜售有专利的海底酒，狠狠赚了一笔……”

“那你找我到底是要干什么?”唐灵回过神来。

“拯救世界。”鹿记者脱口而出。

小萌子用看傻子的眼神盯着两个人，直到唐灵跟在鹿记者身后跑没了影儿，她才想起来要去汇报给班主任。

鹿记者的计划很简单——赶在海底结界被核废水污染之前，劝说海底族移居以及保存海底文明。

从2036年回来后，她和那个世界的人们就断了联系。她尝试过很多方法，比如在自己的日记本里写上一些奇奇怪怪的看法，期待2036年的自己续写；特意去海上航行过一段时间，在海上大声喊巴璞和阿遥的名字；还去了海氏集团，被正逢中二时期的海公子气了个半死。

没人相信她说的话，除了烂漫的唐灵。

“所以，你的计划就是把我推到海里去？”唐灵一脸百思不得其解的表情，“你是说，2036年，就是我坠海之后，那位王子救了我，然后带我去了深海结界？”

鹿记者诚恳地点点头说：“我什么办法都试过了。找不到那个结界。我猜，得由你出面，才能吸引来王子。”

唐灵羞涩起来：“那要是王子和裴子航都喜欢我，我可得选一选……”

鹿记者懒得听她这些小心思，拿出准备好的救生衣递过去：“一会儿呢，快艇开到差不多的位置，你就跌进海里去，要是一直没有王子出现救你，咱们再从长计议。”

“行。”唐灵一口答应下来。

海面上的月亮白白的，像一个皎洁的梦。

她们二人坐着快艇来到了海中央，鹿记者掏出指南针，像模像样地看了会儿，说："应该是这儿——很多年后，你在这里遇到了风暴。那个人鱼王子经常在这里游来游去，所以他救了你。"

"嗳，你说的这个人鱼王子，到底是什么样子？是不是有希腊式的高鼻子、一米九的身高、非常潮的衣品……"唐灵再次陷入花痴状态。

鹿记者只能一边给她穿救生衣，一边闷闷地说："衣品潮不潮不知道，衣服倒一直都是潮的。那小子喜欢水，见到水池就想扑腾进去……"

快艇是鹿记者租来的，她开得还不是很娴熟。

给唐灵穿好救生衣后，快艇的发动机处总是传来"吱吱嘎嘎"的声音。鹿记者在快艇上翻捡出几件工具，硬着头皮说："你先等等，我看看这船怎么了。"

她走到快艇边缘，耳朵伏在临近发动机的地方，像模像样地拍拍打打，而唐灵则被海面上的星空吸引了。

天上光点星罗棋布，海水里也映着星星的影子。仿佛一条漫长的银河缓缓坠入海水中，再重新从海面上喷出。

"啊，那里，那里好像就是裴子航说过的南十字星。咦，我们开了这么远了吗？"唐灵好奇地跑过去看，然而，这快艇本就不稳，唐灵一跑，小船立刻摇晃起来。

“别，别动!”鹿记者来不及喊叫，已被高高翘起的快艇甩了下去。

唐灵站在快艇上手足无措，她死命扯着自己身上的救生衣，想要丢给在海里挣扎的鹿记者，却压根儿拆不下来。

眼见着唐灵要急哭了，一阵从天而降的海水喷到她头上，而海里的鹿记者也即刻消失不见。

她怔怔地摸摸脑袋，头发里挂满了海藻和细碎的海螺片。抬头看看天，银河还在缓慢流淌，一片澄澈。

“别吓唬我呀！鹿记者，你没事吧？我、我现在就打急救电话!”然而她的手机信号一直转着圈圈，迟迟打不出去。

又一阵海水从天上落下来，唐灵的手机被打翻在快艇上。小小的快艇开始在海里转着圈，唐灵跌坐下去，呜呜哭着。

从远而近传来一阵哈哈大笑的声音，唐灵抓住快艇，紧张地问:“谁?”

先是一只海星弹了上来，伸出手臂，不由分说握住了唐灵的手:“你好，鄙人是……”

唐灵吓得连连后退:“你别过来，你别过来。你不会就是那个人鱼王子吧？我、我是不会喜欢一只海星的。”

“鄙人也对你毫无兴致。”海星高冷地收回了手，自我介绍道，“鄙人是海底人类学家，巴璞。刚才听到你们两位在议论海底结界和我们王子。”

“是的，那个鹿记者说，她跟着时空旅行团去了 2036 年，见到了你们的王子。还说，还说我和王子是天生一对。”唐灵认真地说。

巴璞撇了撇嘴：“从外表说，你和巴琅王子很难用‘天生一对’来形容。”

又一阵海水喷来，像淋浴似的把唐灵淋成了落汤鸡。

唐灵怒而站起，大声质问：“谁呀？”

一个皮肤黝黑的少年跳上船，张开大嘴巴哈哈一笑，露出两排洁白的牙齿。尽管是从海水里跳上来的，可身上却好像一直散发着阳光的味道。他肆意地抖动头发，水珠甩得到处都是。

“欢迎礼——听说你们想见我哥哥。我躲在下面偷听好久啦！”少年笑起来，调皮地吹着睫毛上滚下来的海水，“巴璞老师正在给我们上课，讲到了人类的‘爱情’。刚好，有几只小虾说，海面上有艘小船，小船里的人在谈论这件事。”

“什么爱情！”唐灵傲慢地抬起头，“我们说的是拯救世界的大事。”

她把鹿记者的话复述了一遍，叫巴璞的海星一脸沉思状，而叫阿遥的少年听她说着，像只大狗狗一样温顺，看样子没听懂太多。

巴璞尚在思考中，而唐灵和阿遥已经斗起嘴来。唐灵指责海底族的“欢迎礼”太不卫生——“嗳，你的口水里都是细菌哎，知不知道！我的头发刚洗过，现在全是一股海蛎子味儿了。”阿遥则嘲笑唐灵异想天开——“巴琅王子是我一个人的哥哥，你休想抢走他。就算是要拯救世界，也是我和哥哥一起，轮不到你！”

“你们两个能不能安静一些，我脑袋都要炸了！”巴璞气馁地说，“移居不是一件容易的事，生活在海底结界的族人们，需要海水，也需要氧气，只有结界这个得天独厚的地方能做到这一点。”

巴璞抱起手臂，继续说道：“再加上，我们的文明以及古废墟都在结界中。我们离开了，谁来守护它们呢？不过，刚才被带下去的那位记者似乎说她有办法。这件事，我必须向王汇报一下。”

唐灵眼睛一亮：“就是那位人鱼王子吗？”

阿遥重重地”哼“了一声：“是我爷爷，三千多岁。”

“红树林、壁画岩石、镇子，还有鳗老板的电车，全部都毁了！”在海底结界苏醒过来的鹿记者，一分钟的时间都没有耽误，拦住一位海洋生物就开始念叨自己在2036年看到的一切。

可惜，能听懂人类语言的族人并不多，鹿记者把美发店的蟹小弟弄得一头雾水。

蟹小弟不知道该如何表达自己的友善，只能把喋喋不休的鹿记者按到镜子前，亲手为她做了个发型。

看到镜子中自己红毛海胆一样的头发，鹿记者欲哭无泪：“这里不能毁啊！我没有在胡说八道，你们能不能相信我？”

"我们相信你!"

一位老者背着手走进来，他的身后跟着化为人形的巴璞和巴琅。

鹿记者呆住了，下意识地捋着自己参差不齐的头发，不可思议地回过头说："巴璞，你没撒谎，你真的长得是像——"

"像个人?"巴璞毫不知情地照照自己的模样，"我们确实有人和海洋生物两种形态……"见鹿记者实在太过惊讶，巴璞拍拍脑袋，又变回了海星的样子。

海王爷爷长发及地，和一旁的巴琅同样都是深眉高鼻的模样，鹿记者猜测，这里的人鱼族也许有一些来自古希腊的血统。

她将 2036 年的惨状娓娓道来，海王爷爷当即做出决断："我们现在就搬离。只是，要重新寻找这样一片结界了……"

"不用！我知道一个人，他有能力来重建海底结界——他是海氏集团的继承者，利用人工智能建了一座沉在水底的海洋馆，模拟了海底小镇的生态。"鹿记者告诉海王爷爷，"只是，我尝试过了。现在这家伙刚小学毕业，除了和女孩子跳皮筋儿外，对什么都不感兴趣……还说我要是再去找他，他就报警。"

正苦恼中，她突然意识到，唐灵并没有和他们在一起。

鹿记者一下子慌了起来："那个和我一起在快艇上的女孩子呢？她，她才 18 岁呀，你们不会没有找到她吧?"

巴璞翻了个白眼说："找到了，但是她对于阿遥带人下海的方式似乎不太认可……”

风平浪静的海面上，只余下那艘快艇自在地漂流着。

鹿记者和巴琅、巴璞重新浮出水面，挣扎着翻上了快艇，而唐灵却不知所踪。

巴璞困惑地抓抓脑袋：“刚才，我们下来之前，她和阿遥打起来了。”

“阿遥应该是不会吃掉她的。”巴琅也从鲨鱼变成人形，坐上快艇。

朝阳之下，一条大型鲨鱼从金灿灿的海岸线游来。

它的背上躺着一位穿着白色连衣裙的少女，似乎是呛水昏了过去。

阿遥费了好大的力气才把唐灵举到快艇上，他说，唐灵拒绝供氧，还对他念了一句“咒语”，让他的脑袋好疼。

他似乎不敢再和唐灵同船，只敢把胳膊搭在快艇边缘，一只手揉着额角，悻悻地问巴璞：“什么叫‘我可是跆拳道黑带’？她念完这句咒语，又是蹦高、又是出拳，结果自己翻下水了……我好一阵找。”

巴璞的眼睛都瞪圆了，不动声色地把这句话记录在随身携带的小本子上，神秘兮兮地说：“容我研究研究，我猜大概是人类古代魔法。”

在唐灵的斜背小包里，巴璞还翻到了一封信件，上面印着“海氏集团”的字样。打开之后，是一张打印的感谢卡，落款签名写着“梅朵”，下面还留了一个手机号；另外一张信纸则被折成了爱心的形状，闻起来还香香的。巴璞手疾眼快，把心形信纸藏在了身后，并用眼神示意阿遥借一步说话。

鹿记者则一把抄起了那张感谢卡，喃喃地念着上面的名字：“梅朵……梅朵？”

“我竟然忘记了，现在梅朵还在世界上！我们可以求助她呀！”鹿记者兴奋地跳了起来，小小的快艇后泛起白滚滚的浪花，在海里拉开长长的分界线。

唐灵睁开眼，面前是七八位同学关心的脸。

他们围着唐灵绕成一圈，脑袋遮住了天光和云彩。

“这是，这是几点了？”唐灵推开脑袋最大的小萌子，吐出一口海水来。

小萌子一把搂住她的肩膀，说：“下午 3 点，老唐，你是不是掉海里去了？中午就发现你躺在沙滩上了，到现在才醒。你看，午饭都耽误了……”

“我……”唐灵困惑地按按太阳穴，总觉得有很重要的事情要做。

裴子航的声音远远传来，他光着脚，踏着沙子跑了过来：“怎么样，唐灵没事了吧？班主任已经去联络急救艇了。”

“我没事。不对，我有事!”唐灵一个鲤鱼打挺从沙地上蹬地而起，她似乎想起自己的“要紧事”了。

在众目睽睽之下，她从包里翻出心形信纸——那是她写好的情书，不知道为什么，折得松松散散，大概是被海水冲的。

“等、等回去在看。”

唐灵扭捏着跑掉了。

一周后，在返回的轮渡上，推着小车的售货员又出现了。

唐灵脑海中似乎有些画面被唤醒了，她冲到小车前：“喂，你——”

卖货的大叔困惑地看看她，问：“吃瓜子不?”

“不，不吃……”唐灵摸起一份《奇报》。

上面用整版的新闻写道：“知名企业家梅朵将在海底建立全球最大海族馆，目前设计图已提前曝光。”另有一则小小的、豆腐块似的消息：“本市一男子因外貌像影星柳昊然，利用影星的宣传力，对粉丝进行欺诈。累积诈骗量：500袋葵花瓜子。”

轮渡的另一端，裴子航忐忑地拿出那张被海水泡过的信纸。

信纸像是从某个本子上撕下来的，边缘参差不齐，还有大量的折痕。

他隐约感知到唐灵对自己似乎有些不一样，只是他不知道该如何告诉唐灵，自己对她只是普通朋友的情谊。

这封心形的信着实让他苦恼了一周，他担心看过后再拒绝唐灵，会让三年的同学情从此破裂。

轮渡上的铃声已响，靠岸后，这帮少年人就要各自远走高飞，踏上新的征程了。

裴子航深吸一口气，展开了信纸——

“我可是跆拳道黑带。”